MARIPOSA VERMELHA

MARIPOSA VERMELHA

FERNANDA CASTRO

Copyright © 2023 by Fernanda Castro

*Grafia atualizada segundo o Acordo Ortográfico da Língua Portuguesa de 1990,
que entrou em vigor no Brasil em 2009.*

Capa e ilustração
Joana Fraga

Preparação
Diana Passy

Revisão
Camila Saraiva
Juliana Cury/ Algo Novo Editorial

*Os personagens e as situações desta obra são reais apenas no universo da ficção;
não se referem a pessoas e fatos concretos, e não emitem opinião sobre eles.*

Dados Internacionais de Catalogação na Publicação (CIP)
(Câmara Brasileira do Livro, SP, Brasil)

Castro, Fernanda
      Mariposa vermelha / Fernanda Castro. — 1ª ed. —
Rio de Janeiro : Suma, 2023.

    ISBN 978-85-5651-183-6

    1. Ficção brasileira I. Título.

23-150711   CDD-B869.3

Índice para catálogo sistemático:
1. Ficção : Literatura brasileira   B869.3

Eliane de Freitas Leite – Bibliotecária – CRB 8/8415

2ª reimpressão

Todos os direitos desta edição reservados à
EDITORA SCHWARCZ S.A.
Praça Floriano, 19, sala 3001 — Cinelândia
20031-050 — Rio de Janeiro — RJ
Telefone: (21) 3993-7510
www.companhiadasletras.com.br
www.blogdacompanhia.com.br
facebook.com/editorasuma
instagram.com/editorasuma
twitter.com/editorasuma

*Dedicado a todas as pessoas que têm coragem
de convidar seus demônios para uma dança.*

ATO I
LAGARTA

1

Quando o convoquei, ele pareceu vir de má vontade. Diferente da forma elegante e fluida com que achei que chegaria, envolto em fumaça, ele caiu tropeçando entre as folhas de amoreira e quase derrubou o prato que eu havia enchido de sangue em sua homenagem, os braços compridos arranhando o piso de tacos.

Ele encolheu o corpo, ainda tentando entender onde estava. Parecia surpreso. Parecia um lagarto. Acocorado, os joelhos ossudos quase na altura das orelhas, ergueu de repente a cabeça e me encarou com um par de olhos que eram completamente pretos e sem pupilas.

O gesto me fez recuar um passo para as sombras do cômodo. Não pela primeira vez, tive dúvidas quanto ao que eu pretendia fazer ali. *Parabéns, Amarílis, eis o seu demônio*, pensei. *Agora faça com que ele não a devore.*

Obriguei-me a ficar parada e a manter os punhos fechados ao lado das coxas. Minha voz saiu firme:

— Pelo contrato de magia que nos rege, você me deve um favor.

A boca do demônio se repuxou nos cantos em um sorriso desdenhoso, e algo pareceu se eriçar nas laterais de sua cabeça. Ele farejou o ar. Os dentes afiados eram muito brancos. Seu corpo era grande, cinzento feito concreto e rígido, a pele formada por pedaços de tecido sobreposto como uma couraça de escamas. Algumas partes estavam descamando.

— Isso vai depender de quem realizou a invocação — ele disse, preguiçoso, passando um dedo terminado em garra pelas bordas do prato a seus pés. A unha remexeu o sangue espesso e meio coagulado do recipiente em círculos amplos e lentos. Depois, ele ergueu a mão e levou o indicador até a boca. Meu estômago se contorceu. — Que escolha exótica. Onde conseguiu esse sangue?

— Isso importa?

Devagar, ele se ergueu, as pernas e os braços delgados contraindo-se sob as escamas, exibindo a musculatura, os lábios manchados de vermelho ainda sorrindo. Parecia saber de algo que eu ignorava, e parecia feliz com aquele trunfo. Eu não fazia ideia de que eles pudessem ser tão altos. Mas, a bem da verdade, eu não fazia ideia de que demônios pudessem ser coisa alguma.

Ele atravessou o círculo de folhas secas, e o chão do sobrado velho rangeu sob cada um de seus passos em minha direção. Percebi que se movia um tanto recurvado, e que mancava levemente de uma das pernas, os braços pendendo. Havia tiras de pele solta e manchada em seu joelho. Mesmo assim, formava uma silhueta impressionante.

Um nó se formou em minha garganta conforme ele abaixava a cabeça para me olhar nos olhos, nossos narizes quase se tocando. Ele cheirava a florestas úmidas e pedras de calcário aquecidas pelo sol, junto com alguma outra coisa antiga. Um cheiro que eu sentia conhecer de certa forma, mas do qual não era capaz de me lembrar.

— E o que você deseja? — ele perguntou.

Embora eu soubesse a resposta, outras ideias ameaçaram se enroscar em minha língua. O que eu desejava? Bem, para começar, desejava poder voltar no tempo e mudar várias coisas, inclusive eu mesma. Desejava parar de sentir o que eu sentia e de temer o que eu temia. Desejava dormir à noite e não sonhar com o rosto de minha mãe. Arrancá-la de mim. Mas afastei os pensamentos e me agarrei à resposta que eu havia ensaiado.

— Quero a morte de um homem.

O demônio negou com a cabeça.

— A homenagem que me fez não cobre o preço de tirar uma vida humana. É interferência demais, e não há magia o bastante. Peça outra coisa.

— Não quero que *você* o mate — retruquei, encarando aqueles olhos sem fundo, soando mais confiante do que realmente me sentia. — Quero apenas que entregue o homem para mim. E então *eu* o mato.

As sobrancelhas do demônio arquearam de surpresa, e uma risada fez com que os dentes afiados aparecessem mais uma vez.

— Você? Você vai matar um homem? — ele riu de novo, e o olhar debochado que me lançou foi suficiente para fazer meu rosto esquentar.

Eu sabia o que ele enxergava quando olhava para mim. E eu sabia o quão desamparada a imagem devia parecer. Minha pouca altura. Minha silhueta cansada sumindo nas dobras da saia e da camisa amassada, minha pele manchada de sol até formar sardas, meu cabelo cortado na altura do ombro, formando uma moldura de cachos ao redor do rosto. A sombra de um hematoma cobrindo meu queixo. Meus olhos castanhos e comuns.

Quando as pessoas me olhavam, elas viam uma moça bonitinha e indefesa, castigada pela vida. Um bichinho vulnerável, inofensivo, mas sem atrativos o suficiente para que valesse a pena me resgatar em meio aos cães.

Então, e por isso mesmo, forcei-me a sustentar uma expressão mais dura e cruzei os braços, porque havia algo dentro de mim que as pessoas não percebiam de imediato e que eu precisava mostrar para o demônio. Certa loucura. O vazio hereditário de minha mãe.

— Eu invoquei você até aqui, não invoquei? — respondi.

Ele pareceu se divertir ainda mais com aquilo, como se meu desafio fosse algo estimulante. Como se eu fosse incapaz de captar a ironia na situação. De novo aquelas coisas despontaram em sua cabeça, e dessa vez pude discernir as protuberâncias afiadas que se eriçaram e depois voltaram ao lugar com a mesma diligência que os espinhos dorsais de um lagarto ao ser provocado.

— Pois muito bem — o demônio disse, voltando a empertigar o corpo e me estendendo uma daquelas mãos cheias de garras. — Dou um jeito de colocar esse homem no seu caminho. Ou você no caminho dele, tanto faz. Mas você vai ter que se virar com o resto, e vai ter que fazer o que digo. Se concorda com os termos, basta me contar seu próprio nome e apertar minha mão para selar o pacto. E então estarei preso a você.

Hesitei. Sabia quantas brechas aquele acordo dito em palavras simples deixava de cobrir. Todas as maneiras com as quais ele podia me enganar ou agir em benefício próprio. A República deixava bem claro que somente pessoas tolas e desesperadas aceitariam entrelaçar a vida aos caprichos de uma magia. Ou de um demônio. Havia motivos para aquilo ser proibido. Mas eu estava para além do desespero. Eu estava com raiva.

— Amarílis — respondi, colocando minha mão por cima da dele. As garras se fecharam, a pele áspera e morna roçando em meus dedos. Ainda assim, embora as unhas tenham pressionado meu pulso, o aperto dele foi mais gentil do que eu esperava. E então, devagar, o demônio abaixou a cabeça e beijou o dorso de minha mão.

Um pouco do sangue coagulado em seus lábios grudou em minha pele. Senti o rosto esquentar outra vez, desconfortável com o contato inesperado, inexplicavelmente atraída por aquela marca vermelha contrastando junto à cor de bronze em meu pulso.

— Está feito — ele disse, e, em outra circunstância, o peso daquela afirmação proferida em tom grave teria sido suficiente para me deixar assustada. Mas quando olhei de novo em seus imensos olhos pretos, enxerguei apenas meu próprio reflexo, e o rosto que vi ali não parecia sentir nada além de cansaço.

Tão rápido quanto surgiu, o momento solene entre nós dois foi quebrado. O demônio soltou minha mão com a mesma praticidade despreocupada de um caixeiro-viajante que acaba de vender algum cacareco sem valor. Com um suspiro alto, ele descansou os braços ao lado do corpo e começou a olhar em volta. Não havia muito com o que se familiarizar, apenas o apartamento minúsculo de uma jovem solteira de poucas fortunas, com o papel de parede desbotado em espirais cor de creme. Ficava no segundo andar de um sobrado, acima da loja de bebidas pertencente ao senhorio do edifício — um homem detestável que havia denunciado dezenas de pessoas durante o Regime. A mobília era simples e gasta, com exceção da máquina de costura apoiada em uma das paredes, juntando poeira. Ramos de amoreira recém-colhidos enchiam a mesa da sala.

O demônio de fato não pareceu impressionado, embora não tenha feito comentários. Mas então seus olhos foram atraídos para a varandinha da frente, e ele se arrastou até lá com aquele andar meio trôpego. Como não havia nenhum manual de boas maneiras sobre o que fazer com um demônio *depois* de selar um pacto, eu o segui, um tanto apreensiva, até a sacada. Ali, o chão cimentado estava frio sob meus pés descalços.

Ele apoiou os braços na grade espiralada de metal, as mãos unidas pendendo para fora com as garras, e ergueu o rosto para olhar o céu. Parecia quase casual naquela posição, a silhueta meio iluminada na penumbra da cidade que dormia. Faltavam algumas horas para que a massa trabalhadora de Fragária começasse a se mexer, quando então os garotos distribuiriam o jornal da manhã, os verdureiros viriam de porta em porta e as balsas começariam a deslizar pelos canais. Espremi o corpo com cuidado para passar sem encostar no demônio. O espaço estreito de cimento comportava apenas duas pessoas de pé, ou um demônio e uma humana muito pequena. Observei seu rosto suspirar e encarar as estrelas. O brilho delas aparecia refletido em seus olhos enormes.

— Faz algum tempo desde a última vez que estive aqui — comentou.

Eu também não sabia como conversar com um demônio, então apenas fiquei quieta. Não fazia ideia do que ele queria dizer com "aqui". Mas ele insistiu:

— O homem que quer matar... É o mesmo que deixou essa marca em seu queixo?

— Foi um acidente de trabalho — menti.

Os dentes brancos se insinuaram de novo. Talvez ele pudesse farejar minha mentira.

— Onde aprendeu a fazer um ritual de invocação?

— Você tem um nome? — Eu não queria ser a pessoa respondendo às perguntas. Já estava desconfortável o bastante com um estranho em casa.

O demônio sorriu.

— Pode me chamar de Tolú.

— O quê, como o xarope?

— Como o xarope.

Às vezes, um dos boticários da cidade aparecia com um pouco de xarope de bálsamo de tolu para vender entre as funcionárias da fábrica, para ajudar as mais sensíveis a desentupir os pulmões cheios de fiapos de algodão.

13

Abri a boca para fazer outra pergunta, uma centelha inesperada de curiosidade queimando por dentro. Em vez disso, voltei a me calar. Eu nunca havia visto nenhum outro da espécie dele, e minha mãe não tivera tempo ou disposição para me explicar muita coisa para além do senso comum. As magias dela nunca ousaram chegar tão longe. Não até aquele dia. Então apenas me debrucei e olhei eu mesma para as estrelas, fingindo não me importar com a proximidade daquela pele cinzenta e cálida no batente da varanda.

Mas Tolú baixou o rosto para mim.

— Ainda não me falou quem é o homem que deseja ver morto.

Hesitei, engolindo em seco, ainda encarando a noite. Meu rosto formigou, e percebi que eu estava sentindo vergonha. Ele com certeza me acharia idiota ao ouvir o nome. Era uma ideia idiota, afinal. Era como uma abelha planejando a morte de um falcão. Talvez eu pudesse aplicar uma ferroada, às custas de minha própria vida, mas que diferença faria o ferrão de uma abelha no grande esquema das coisas? Mas o olhar de Tolú queimava em minha pele, e por fim acabei murmurando a identidade do homem que eu desejava ver morto.

Ao entender de quem se tratava, a gargalhada de Tolú escapou pelo ar frio da noite e encheu o sobrado, seus chifres despontando.

— Se tivesse me dito antes, eu exigiria pelo menos o dobro daquele sangue.

2

UM DIA ANTES DA INVOCAÇÃO

Tomei o envelope pardo das mãos de Rosalinda, enfiando-o depressa sob o cós da blusa.

— Precisa dar mais na cara? — sussurrei aborrecida, olhando para os lados a fim de conferir se alguém nos observava, mas as mulheres estavam ocupadas conversando, abrindo e fechando as cabines de metal do vestiário, aliviadas pela oportunidade de voltar para casa. A sirene da fábrica havia acabado de soar.

Cruzando os braços, Rosalinda apoiou o corpo contra a porta do meu armário e sorriu de lado com os lábios contraídos, fazendo o batom carmesim meticulosamente aplicado se destacar na pele branca. Com parte do cabelo preso em uma fivela por baixo da boina, derramando curvas loiras e impecáveis sobre os ombros do cardigã azul, ela podia muito bem se passar por um anjo ou por uma daquelas moças bem-nascidas que víamos tomando chá nas confeitarias chiques do centro. As duas impressões estariam equivocadas. Mas era um milagre que ela conseguisse se manter tão composta após um dia inteiro de trabalho. Eu certamente não estava.

— É apenas um punhado de ovos. Você fala como se estivesse cometendo um crime, Amarílis — ela retrucou, revirando os olhos.

— Tecnicamente, *nós* estamos. — Empurrei Rosalinda para liberar a porta do armário, usando a pequena chave pendurada em meu pescoço para abrir o cadeado. A trava enferrujada rangeu quando a forcei. — Você esquece que a República não faz distinção entre roubar um diamante ou um alfinete quando se trata de gente pobre e desimportante feito nós duas.

Rosalinda se inclinou em minha direção para que ficássemos cara a cara. Ela era bem mais alta. Ergueu uma sobrancelha irreverente.

— Ora, fale por você, querida. Te vejo lá fora.

Em seguida, saiu andando com seu jeito afetado de secretária, queixo empinado e braços envolvendo o corpo como se segurasse uma prancheta invisível, os saltos ecoando pelo piso conforme ela percorria o vestiário e cumprimentava as outras garotas. Na Pimpinella, todas nós usávamos os mesmos sapatos de ponta arredondada, fivela lateral e salto quadrado, mas eu podia jurar que eles cantavam mais alto nos pés de Rosalinda.

Sem ela, dando mais uma olhada ao redor para garantir que ninguém prestava atenção, peguei a bolsa no armário e voltei a me concentrar no envelope pardo sob a blusa. Enfiei-o com cuidado em um dos compartimentos internos da bolsa, que eu forrara com algodão para não danificar os ovos. A confecção da seda era uma das especialidades da fábrica, e não era sempre que eu recebia autorização para visitar a sirgaria. Geralmente, meu trabalho consistia apenas em corte e costura — nove horas ao dia sentada em uma escrivaninha que mal se aguentava nos próprios parafusos. Meu departamento produzia sobretudo uniformes e roupas utilitárias para a classe trabalhadora, nada parecido com a grife de luxo que concedera fama à Pimpinella, ainda que representasse a fonte de praticamente todo o dinheiro da fábrica. Mesmo assim, os bichos-da-seda me fascinavam a ponto de eu arriscar o delito. Com sorte, aquele pequeno furto inocente me renderia uma nova matriz de criação.

Ajeitei a bolsa sob o braço e passei as mãos pela parte da frente da saia marrom, tentando eliminar os vincos. Meus braços estavam cansados, os dedos doloridos pelo vaivém da máquina de costura, e fechei os olhos por um momento esperando saborear o alívio de mais um dia que ficava para trás. Mas não senti nada, apenas vazio. Mais um dia de completo vazio, tão igual a todos os outros que seu destino era virar bruma e desaparecer da memória. Talvez um dia, sem querer, eu fizesse o mesmo.

Arrastando os pés, deixei o vestiário junto com o restante das mulheres, rodeada pela cacofonia de vozes e pelo roçar dos tecidos nos corredores escuros — apenas as funcionárias com filhos pequenos ou namoros recentes tinham energia ou vontade para sair correndo após o grito da sirene.

Rosalinda pertencia ao segundo grupo. Encontrei-a encostada em uma das vigas do portão da fábrica, trocando sorrisos com Antúrio, o corpo maciço do segurança inclinado por cima do dela, testando os limites da decência. Uma das funcionárias mais velhas passou por eles com um olhar óbvio de reprovação, o que provocou apenas uma gargalhada da parte de Rosalinda. Antúrio pousou uma mão tatuada no quadril dela, subindo pelas costas, mas a retirou assim que me viu chegando. Ao contrário de Rosalinda, ele costumava se comportar na minha presença.

— Se a gente correr, ainda consegue pegar a primeira balsa até o centro — ele disse, tocando a aba da boina como forma de cumprimento.

— Vem com a gente, Amarílis — pediu Rosalinda. Seu rosto se iluminou de repente. — Podíamos comer alguma coisa na praça e depois ir à danceteria. O que acha?

— Não posso — respondi. — Tenho que cuidar dos... do envelope.

Rosalinda voltou a revirar os olhos.

— Você parece uma velha.

A crítica não era exatamente uma novidade. Apesar de termos idades próximas, eu por vezes me perguntava se sequer falaríamos uma com a outra caso não fôssemos vizinhas de porta no sobrado amarelo da loja de bebidas. Nossos nomes nos caíam bem. Rosalinda era um deslumbramento, capaz de se fazer notar pela rua, sempre esperando que a vida viesse a lhe pagar por todas as riquezas que ela acreditava merecer. E eu, flor bulbosa e dormente, preferia me esconder sob o solo e hibernar, temerosa de que alguém pudesse me notar as pétalas, o segredo de minhas cores. Mas Rosalinda não conhecia meus motivos. Tomava-me por alma velha, quando na verdade o que eu sentia era medo.

— Estou cansada — rebati. Era verdade, mas a resposta era uma mentira.

17

— Por favor... — Ela fez beicinho. — Prometo que não voltamos muito tarde, preciso chegar cedo na fábrica amanhã. Pimpinella vai receber uma visita importante, algum figurão do governo, não sei, e tenho que estar com tudo pronto.

Ao contrário de mim, Rosalinda não trabalhava no chão da fábrica. Era uma das muitas assistentes de Pimpinella. Informalmente, nós as chamávamos de "abelhinhas", cópias menores e menos glamourosas da chefe, sempre zanzando e fazendo barulho por aí como se fossem melhores do que as outras.

Queria continuar recusando, mas Antúrio se adiantou, passando o braço enorme e cor de café pelo meu, fazendo minha mão quase sumir em contraste com os músculos e as tatuagens que despontavam por baixo do tecido cru da camisa, ambos heranças de seu tempo como estivador do porto.

— Você vem com a gente — ele disse, a voz de trovão —, e, assim que tiver a menor vontade de ir embora, basta falar e eu prometo que voltamos para casa no mesmo minuto. — Ele se inclinou para cochichar em meu ouvido: — Sei que essa sua amiga aí não é das mais confiáveis, mas você sabe que sou um homem de palavra.

Rosalinda lhe aplicou um tapa no peito, mas ela também estava sorrindo.

— Assim você me emociona — respondi, fingindo limpar uma lágrima, apoiando o ombro contra o corpo do homem. — Quando eu ficar velha de verdade, uma solteirona doente e ranzinza de cabelos brancos, é você quem vou procurar para cuidar de mim.

— Ora, Amarílis, se não achar ninguém para se casar em breve, fique tranquila que nós nos casaremos com você. — Rosalinda tomou o outro braço de Antúrio. — E então você pode encher nossa casa de mariposas nojentas, e vocês dois vão me levar todos os dias para dançar.

Antúrio inflou o peito em um orgulho fingido, observando o horizonte para além do pátio da fábrica.

— Sou mesmo um sujeito de sorte.

Deixei que me levassem, que me conduzissem com seus flertes e gracejos e que me distraíssem do vazio da rotina. Eu gostava de Antúrio. Ele tinha tudo para me enxergar apenas como a acompanhante de

18

Rosalinda, a amiga de quem precisava conquistar a simpatia, manter uma relação cordial e nada mais. Em vez disso, ele me tratava como algo entre irmã mais nova e amiga, e eu me sentia confortável naquela posição. Antúrio era o que se podia chamar de gigante gentil. Nos portões da fábrica, era como um cão de guarda implacável, com seu cabelo raspado curto, o queixo quadrado, a argola dourada na orelha direita e as mãos enormes. Também estava sempre pronto para defender Rosalinda de qualquer rival que porventura tivesse a audácia de importuná-la. Mas eu sabia bem qual dos dois tinha o poder de massacrar o coração do outro. Às vezes, eu me perguntava se Rosalinda sequer notava o quão enamorado Antúrio estava. Ou melhor, eu tinha certeza de que Rosalinda notava, porque ela notava qualquer coisa, mas eu me perguntava se ela correspondia com o mesmo fervor ou se sabia o que estava fazendo.

Pegamos o bonde cheio até o canal. Fragária fervia naquele horário, com o sol terminando de se pôr, pintando de laranja e lilás as pedras quentes da rua. O distrito industrial ficava afastado das zonas residenciais, assim a maior parte dos trabalhadores precisava pegar a balsa ao fim do dia. Carrinhos de sorvete e pipoca doce aguardavam em cada esquina.

Na bilheteria, Rosalinda deixou que Antúrio ficasse na fila e me arrastou até o gradeado que separava a margem do canal, debruçando-se no peitoril metálico para observar a água lá embaixo. Não havia muito o que ver. O canal fedia, seu leito escuro e lamacento devido à mistura entre rio e oceano. De vez em quando, um pedaço de lixo passava boiando. A balsa que nos aguardava era branca, com a pintura desbotada e as laterais verdes de lodo, ponteadas por pequenas cracas e mariscos que se agarravam ao casco. As pessoas desciam até ela por uma plataforma logo depois do guichê. De onde estávamos, podíamos ver o topo de seus chapéus, os passageiros sentados de quatro em quatro nos bancos compridos. Um oficial da polícia tomava conta do embarque, garantindo que nenhum espertinho tivesse a ideia de pular o gradeado ou de se agarrar às laterais do barco.

Olhei por cima do ombro, conferindo a posição de Antúrio na fila. Ele estava pagando não só pelo bilhete de Rosalinda, mas pelo meu também.

— Você vai levar o coitado à falência — comentei. Não tínhamos a ilusão de que Antúrio dependia apenas do salário apertado de segurança da fábrica. Havia outros serviços, coisas mais escusas sobre as quais preferíamos não perguntar. Às vezes, Antúrio sumia por algumas noites, andando com companhias esquisitas (nada mágico, ele jurava, pois era um homem sensato). Mesmo assim, eu me ressentia de lhe causar despesas. Ele não era *meu* namorado.

— Sou uma mulher cara — respondeu Rosalinda, conferindo as próprias unhas.

Fomos nos sentar num dos últimos bancos disponíveis no topo da balsa, bem no fundo, que costumava ficar vazio por causa dos respingos que às vezes voavam das marolas do canal. Havia cabines cobertas com escotilhas envidraçadas no andar de baixo, bastante privativas, mas o bilhete era mais caro e nem mesmo Rosalinda tinha coragem de pedir por tal luxo. Conseguimos sentar os três juntos, Antúrio novamente entre nós duas, Rosalinda com a cabeça deitada em seu ombro enquanto eu abraçava com força a bolsa em meu colo.

A balsa não demorou a partir. Olhei por cima da grade, para a água correndo e as construções passando na margem, as fábricas dando lugar a casas e edifícios de dois e três andares. Sob a vigilância da República, a cidade estava crescendo. Já era muito diferente da época em que eu era menina, e mais diferente ainda dos tempos em que passei no abrigo, quando tudo o que tínhamos era medo e o eterno clima pesado da perda.

Mas eu não queria lembrar nada daquilo. As estrelas começavam a salpicar o céu, e o vento, embora malcheiroso e salobro, fez carinho em minhas bochechas. Fechei os olhos. Ali, em movimento e envolvida pelo calor de meus amigos, eu quase me sentia protegida. Quase. Eu era parte da cidade, eu tinha tantas possibilidades quanto eram as esquinas de Fragária. Eu era livre.

Deixei que o pensamento me embalasse por um instante, perdida nas sensações, quase esquecida de meu próprio corpo. Mas o custo de tais momentos de liberdade nunca tardava a chegar.

A sensação veio formigando por baixo da pele, ameaçando me dissolver entre as linhas invisíveis que costuravam a realidade. Minha mente vagou para longe, convocada, atendendo ao chamado. Caótica como as águas do canal, suja como a foz do rio, desejando se expandir e se libertar. Eu podia ouvir o coração de cada uma das pessoas presentes na balsa. Podia ouvir o ponteiro de cada relógio de bolso e também os girinos que beliscavam o lodo da margem. Eu era tudo. Eu era ninguém.

A imagem de minha mãe veio flutuando pela memória, exatamente como no dia em que eu a encontrara morta. Um quadro pintado em vermelho e preto, e era tanto, tanto sangue...

Louca, louca como minha mãe.

Voltei para meu corpo em um tranco, dando um pulinho no assento. Ergui minhas barreiras por instinto, costurando, abotoando, escondendo tudo que encontrava pela frente. Meu queixo começou a tremer.

— Amarílis? Você está bem? — A voz de Rosalinda soou preocupada. Ao meu lado, Antúrio contraía o rosto em uma interrogação muda.

— Estou... Acho que cochilei por um instante e tive um pesadelo, só isso. — Esfreguei a testa e tentei disfarçar meu pânico com um sorriso. — Eu disse que estava cansada.

— Ah, que gracinha. — Rosalinda se esticou por cima do namorado para apertar meu ombro. — Nossa idosa não consegue ficar acordada após o anoitecer. Não se preocupe, vovó, a senhora logo estará na cama.

Na danceteria, não tive coragem de sair da mesa. Quase *perder o controle* havia me desestabilizado. Não acontecia com tanta frequência, mas, quando o dom de minha mãe aflorava e vinha me tentar a quebrar as regras, eu sempre ficava mais dura comigo mesma, temendo outro deslize. A República tinha um nome para o que minha mãe fazia. Nunca me atrevi a ir tão fundo para saber se somos mesmo semelhantes, se possuo as mesmas habilidades que ela ou até mais.

Magia. A palavra brincava em minha língua todos os dias. Pecaminosa, errada, rara e completamente proibida. Uma passagem só de ida para a cadeia e os Tribunais Extraordinários.

Afoguei os arrepios e a lembrança do cadáver de minha mãe com um gole do copo de bebida que Antúrio havia deixado na mesa. O líquido ardeu em minhas narinas.

Tudo o que desejava era ir embora, mas eu me sentia em dívida com Rosalinda e Antúrio, incapaz de atrapalhar a noite deles. Os dois dançavam no tablado de madeira circundado pelas mesas, ao som da banda, rodeados por mais uma dezena de casais. As luzes amarelas tingiam todos de dourado. A danceteria que frequentávamos não era das mais refinadas — a maioria dos clientes eram trabalhadores como nós, com alguns tipos duvidosos perambulando pela área dos fundos e conduzindo seus negócios nas sombras, fugindo ao menor sinal de uma batida da polícia. Mas Rosalinda preferia assim. Dizia que ficava mais à vontade, o que era um jeito de dizer que ela gostava de se sentir como a coisa mais preciosa a adentrar um recinto.

— Posso me sentar aqui? Talvez oferecer uma bebida? — O rapaz tinha um sorriso franco no rosto ossudo, o nariz levemente torto indicando uma antiga fratura. Parecia simpático. Tinha olhos bonitos.

— Não, obrigada — respondi, cruzando os braços, trabalhando ao máximo para transparecer em minha postura o quanto não estava interessada. — Prefiro ficar sozinha.

A música parou de repente quando a banda se retirou para uma pausa, e o rapaz recém-chegado seguiu a mesma deixa. Com um aceno constrangido de cabeça, deu meia-volta e se afastou. Eu não sabia dizer se estava grata ou ofendida pela facilidade com que ele havia mudado de ideia.

— Assim eu vou mesmo ser obrigado a me casar com as duas. — Antúrio se jogou na cadeira ao meu lado, o rosto suado, os olhos brilhando. Rosalinda apareceu logo em seguida e foi se acomodar escandalosamente na perna do namorado.

— Estou com dor de cabeça — menti. — E ele não era tão bonito quanto vocês.

— Ah, querida, não acredito que vai ficar sentada aqui a noite inteira — Rosalinda choramingou. Estava levemente embriagada, e sempre ficava mais amorosa quando isso acontecia. — Você quer ir embora? Podemos ir se você quiser...

— Não, está tudo bem. Vão dançar.

— Eu sei exatamente do que você precisa para se animar — disse Antúrio, afastando-se um pouco do corpo de Rosalinda para procurar algo no bolso do colete. — Tenho uma surpresa para vocês. Aqui.

Ele depositou três pequenos glóbulos brilhantes no tampo da mesa. Pareciam pérolas translúcidas e azuladas, mas eu sabia do que se tratava. Eram bolotas de *pisca*, uma das drogas mais cobiçadas, mais caras e mais ilegais da República, a queridinha em todas as festas e bailes chiques de Fragária.

Rosalinda arregalou os olhos.

— Onde foi que conseguiu isso?

— Ah... — Antúrio coçou os cabelos molhados de suor em sua nuca. — Eu fiz um serviço na semana passada, e...

— Você matou alguém? — perguntei, sorrindo com inocência, apoiando o queixo nas mãos.

Ele revirou os olhos.

— Eu não faço *esse tipo* de serviço. Além do mais, você sabe quanto se cobra por uma encomenda dessas? A gente não estaria aqui numa danceteria de quinta se esse fosse o caso. Na verdade, eu...

— Esquece, é melhor eu nem saber. — Rosalinda se adiantou para a mesa e agarrou um dos glóbulos, pressionando-o contra o peito. Ela abriu um sorriso. — No três?

Balancei a cabeça em negativa.

— Me deixe fora disso. Já estou bem acompanhada pelo álcool.

— Amarílis! — A testa de Rosalinda ficou vincada. — Não é possível que você seja incapaz de *qualquer* diversão. Quando é que vamos ter a oportunidade de experimentar pisca de novo?

— Se eu não ficar sóbria o suficiente para levar vocês dois em casa, é provável que nunca, já que você vai estar *na cadeia* — respondi, inclinando-me por cima do tampo para ela entender que eu falava sério. — Andem, vão se divertir e deixem que eu seja velha e chata em paz. Se quiserem, me paguem um drinque bonito, um daqueles que vêm com azeitonas e coisinhas coloridas.

Rosalinda queria continuar discutindo, mas Antúrio a pegou pela cintura e, com um olhar solidário em minha direção, apanhou os glóbulos restantes de pisca e arrastou a namorada de volta para o tablado onde ocorria a dança.

A noite correu solta enquanto eu os observava, sentada em minha cadeira. Eles riam e rodopiavam cada vez mais rápido conforme o pisca tomava corpos e línguas. Eu sabia que, se chegasse perto, veria as bordas de suas íris ficando azuladas, as pupilas dilatadas. A cada música, a mão de Antúrio dançava pelo corpo de Rosalinda, e ela brilhava como uma estrela, resplandecendo calor, derretendo-se nos braços dele. Às vezes, outras pessoas se aproximavam, atraídas pelo espetáculo que eles formavam quando estavam juntos. Às vezes, Rosalinda as beijava. Outras vezes, eram os lábios de Antúrio que os recém-chegados procuravam. Mãos e braços e pernas no ritmo da música.

Eu me perguntava como seria estar no meio daquilo tudo, como seria caso eu me permitisse transbordar nem que fosse uma única vez na vida. Ocupar todo o espaço.

Mas era perigoso demais, arriscado demais. Então eu me escondia. Deixava que me vissem como a amiga ranzinza e sem energia. Trancava no peito todas as ânsias e vontades, temendo que fossem parecidas demais com as febres de minha mãe.

E eu me odiava. Eu me odiava por isso.

3

VINTE ANOS ANTES DA INVOCAÇÃO

A pequena Amarílis está sentada no chão, brincando com uma boneca de pano cujas costuras, que unem uma miríade de retalhos de tecido, já começam a ficar folgadas. A casa cheira a alecrim, com os passarinhos cantando e o som de algo borbulhando nos tachos da cozinha. O chão de cimento é áspero e frio contra sua pele. Há uma marca mais clara no piso, bem ao lado da perna da garota, único resquício de que, meses antes, existira um móvel ali: o altar de madeira com os objetos de poder de sua mãe. A agulha, o pilão, a pena e o galho seco. Amarílis gostava de olhar para eles, mesmo sabendo que não podia tocá-los. Reconhecia os contornos de cada elemento em seus sonhos. A mãe amava o pilão, enquanto a filha era atraída sobretudo pela agulha. Mas a República estava endurecendo as leis, e o móvel fora levado embora. É claro que, aos quatro anos de idade, a garota não sabe disso ainda — só vai descobrir muito tempo depois, revisitando as memórias confusas da infância, questionando o destino do armário de madeira que costumava guardar a agulha, o pilão, a pena e o galho seco. Questionando o porquê de a mãe sempre espiar pela janela antes de sair de casa. Vai pensar que tudo não passou de imaginação de criança, mas, logo em seguida, vai entender. Vai se lembrar da mancha no cimento.

A casa fica nos limites da cidade de Fragária, em uma região pobre, beirando o campo. É pequena e úmida, mas bem-arrumada. Amarílis brinca como se fosse a mãe, tratando da boneca assim como a mãe trata dos vizinhos e das outras pessoas que a procuram. Com um dedal, a menina improvisa um remédio, que leva à boca de trapo da bonequinha. Não entende direito o que está fazendo, pois não entende direito o que a mãe faz.

Sem que perceba, sua mente corre solta e para longe, liberta das cercas que nem mesmo sabia ter. Os olhos da garota se perdem no nada, a boneca frouxa no colo. Ela esfrega o dedo pelas bordas do primeiro botão do vestido, de novo e de novo. Cada volta a leva mais distante, e ela não faz ideia de para onde está indo, apenas que gostaria de seguir aquele fio condutor. Sem usar as mãos, Amarílis enrola o fio ao redor do pulso, de novo e de novo, formando uma meada, desfazendo cada ponto da costura. Ela está prestes a chegar ao fim, consegue sentir isso. Ela vai...

A mãe de Amarílis entra na sala, enxugando as mãos no avental que traz amarrado por cima da saia de chita. Ela tem o rosto um pouco mais envelhecido do que a filha terá quando ambas possuírem a mesma idade, mas ninguém deixaria de perceber a semelhança. A pele marrom, as sardas, o cabelo. A filha é o ontem da mãe, a mãe é o amanhã da filha.

Ela pega Amarílis no colo, entoando uma velha cantiga. Parece ansiosa. A filha sabe que não deve fazer perguntas, porque os homens de farda não gostam de crianças que falam demais. Na semana anterior, alguém da rua falou demais e teve a família levada pelos homens de farda. Por isso, Amarílis apenas se agarra à gola da camisa da mãe, a boneca presa na mãozinha delicada, aproveitando o aconchego, memorizando o cheiro de erva recém-colhida e sabão. A mãe a carrega até a cozinha, onde há um armário pesado, feito para guardar louças, com duas portinhas na parte de cima que podem ser trancadas com uma chave de ferro.

A mãe afasta os maços de arruda que pendem do guarda-louças e abre as portas do armário. O compartimento está vazio. Ela coloca Amarílis lá dentro. A garota já conhece a melhor posição para se deitar no armário, com as pernas encolhidas contra o peito. Não é a primeira vez que ela é colocada ali.

— Só saia da gaiola quando eu mandar, passarinha. E faça silêncio.

A mãe afasta os cachos escuros da testa da filha, ainda cantando, ainda alheia, e beija o topo de sua cabeça. As portas se fecham, e a garota escuta o som da chave de ferro girando.

26

Amarílis não tem medo do escuro. Mas, de qualquer forma, há uma pequena fresta num dos cantos do armário, na parte em que a porta esquerda está empenada. Encostando bem o rosto na madeira, a menina consegue enxergar uma pequena parte da cozinha.

E então, espiando, a menina aguarda. Sabe que não deve fazer barulho quando a mãe recebe a visita *dele*. O moço sem rosto, que Amarílis reconhece apenas pela voz e pelo perfume enjoado que traz para dentro de casa.

Não demora para que ele chegue. Seus passos são duros, como se fizesse mais força para pisar no chão do que as outras pessoas. Amarílis escuta. Escuta como ele avança para cima de sua mãe, como os dois parecem brigar ou trocar carinhos em uma dança que ela não entende muito bem, mas que odeia, porque às vezes sua mãe faz um som parecido com o que sai de sua própria garganta quando a menina rala os joelhos no cimento.

As vozes vão ficando mais altas. Estão na cozinha. Amarílis escuta os pés da cadeira arrastando no chão, embora não consiga vê-los daquele ângulo.

— E a criança? — A voz dele é grave, cheia de autoridade.

— Deixei na casa de uma amiga.

A jarra despeja líquido. Sua mãe deve estar servindo água para o homem. Um copo bate contra o tampo da mesa.

— Pare com essa cara feia. Sabe que é arriscado demais para nós deixar que ela veja meu rosto.

— Arriscado *para você*. E o que quer que eu faça? Que me livre da minha filha?

A voz do homem cresce, preenche a cozinha inteira.

— Não fosse por mim, você já estaria separada dela há muito tempo.

O homem leva sua mãe para o quarto, e a menina escuta a porta sendo fechada. Amarílis não tem medo do escuro. Mas ela tem medo *dele*.

27

4

QUINZE HORAS ANTES DA INVOCAÇÃO

— Tem um galho no seu cabelo. — Rosalinda estava inclinada sobre minha mesa de trabalho, as mãos apoiadas no tampo e as unhas vermelhas batucando por cima dos retalhos de tecido. Parecia nervosa e estava ainda mais arrumada do que de costume. As olheiras, os únicos vestígios da bebedeira do dia anterior, apareciam discretamente por baixo da maquiagem.

Afastei o corpo da máquina de costura, esticando a coluna e mexendo os ombros para aliviar a rigidez da noite mal dormida. Corri os dedos pelos cachos do lado esquerdo, até sentir o pequeno galho espetado entre os fios.

— Precisei colher folhas de amoreira para as lagartas hoje cedo — expliquei, posicionando o objeto na frente do nariz para inspecioná-lo direito. Era fino e flexível, ainda verde. Dei de ombros. — Uma pena. Agora já sei por que o rapaz bonito sentado de frente para mim no bonde ficou me encarando o caminho inteiro.

Rosalinda sufocou uma risada na garganta, revirando os olhos. Não havíamos nos encontrado no caminho para a fábrica. Aparentemente, ela saíra de casa cedo demais.

— Você é impossível, Amarílis.

— E o seu convidado especial, o tal figurão, ainda não chegou? — Reclinei-me na cadeira, os braços cruzados, puxando conversa.

Minha tarefa do dia consistia em confeccionar novas ombreiras para um dos pelotões de oficiais que patrulhavam as ruas de Fragária, mais um dos incontáveis contratos de licitação que a Pimpinella fechava com a República. O som das máquinas de costura era uma constante no galpão abafado do setor de uniformes, iluminado por alguns conjuntos de janelas quadradas que se abriam para o pátio da fábrica. As escrivaninhas perfeitamente enfileiradas ficavam a poucos palmos de distância uma da outra, as mulheres sempre com a cabeça baixa. Era um trabalho lento e tedioso, que, no fim do dia, me deixava farta ante a simples visão de um recorte de tecido verde-musgo, e portanto eu estava satisfeita com a interrupção de Rosalinda. Ainda que as funcionárias nas mesas vizinhas nos lançassem olhares de censura, ela era uma presença bem-vinda com sua conversa fácil. Além do mais, como *abelhinha* da dona da fábrica, Rosalinda era hierarquicamente superior a nós. Então ela podia muito bem me dar uma pequena folga em meio à ressaca. Eu só precisava continuar fazendo perguntas.

Ela mordeu a isca na mesma hora.

— Ah, chegou sim, o desgraçado. Pontual feito um relógio. Tive praticamente que implorar para que o responsável pela balsa tirasse aquela jamanta do atracadouro e me trouxesse até aqui quando mal tinha amanhecido. Por que esses caras do Regime não se aposentam de uma vez, hein? Acham que a gente não tem coisa melhor para fazer a essa hora? — Ela ergueu as mãos para pressionar as têmporas.

— Ele é um Inquisidor? — baixei a voz ao perguntar, ao que Rosalinda confirmou com um aceno.

Dez anos. Dez anos fora o tempo necessário para que o destacamento especial da República eliminasse as famílias com traços indesejados do continente. Ainda era capaz de me lembrar do choro das crianças que chegavam ao abrigo onde aprendi a me esconder. Do clima de medo e desconfiança em cada ato cotidiano. Quando a transição do governo fora iniciada, pouco antes do meu nascimento, os líderes das cidades haviam considerado a magia uma ameaça à ordem e ao bem-estar social. *Caótica demais, desafiadora das leis dos homens. Mundana.* Afinal, não era possível manipular uma sociedade na qual o poder brotava de forma tão espontânea nas mãos de qualquer maltrapilho.

No início, os Inquisidores faziam somente inquéritos e presidiam os Tribunais Extraordinários, onde julgavam os ditos crimes que fugiam da esfera comum. Mas logo ganharam poder no jogo político, adquirindo uma independência que os colocava acima das leis. Tornaram-se figuras importantes, ganharam dinheiro. Preferiram adotar métodos... diferentes. O chamado Regime nos custou dez anos e centenas de mortes, mas a verdade é que aqueles no topo da República prosperaram como nunca acima de todo o mar de sangue.

Agora, com a magia considerada estatisticamente extinta, aqueles homens não passavam de relíquias de uma atrocidade, memoriais cheios de pompa de um passado que custava a desaparecer e para o qual fazíamos vista grossa, como a poeira varrida para baixo do tapete. Isso porque os Inquisidores já não inspiravam tanto medo — nem mesmo usavam os antigos uniformes azul-marinho. Uma vez que a magia sempre fora rara e boa parte das famílias haviam passado incólumes ao Regime, parecia fácil esquecer. *Para quem obedece às leis, não há o que temer*, era o que eu costumava escutar na época, entreouvindo conversas no trajeto das balsas.

Fato é que a organização se dissolveu, e a maioria deles foi ocupar outro cargo ou desfrutar de suas medalhas, apesar de os Tribunais Extraordinários continuarem existindo para julgar qualquer idiota pego com pisca ou rabiscando palavras sem sentido pelos muros de cimento. E assim a República se orgulhava de ter deixado os tempos sombrios para trás ao mesmo tempo em que nutria os ex-carrascos no próprio ventre.

Às vezes, eu me perguntava se minha mãe teria sobrevivido a eles. Se teria conseguido apagar-se de si mesma durante dez anos caso as coisas tivessem sido diferentes naquele dia, assim como eu havia feito.

— E como ele é? — voltei a perguntar, movida por uma curiosidade quase mórbida.

— O general? — Rosalinda entortou a boca. — Alto, careca, reto como uma vassoura, cheio de condecorações no uniforme, fingindo que nunca fez mal a uma mosca. O de sempre, embora esse pareça ser um tantinho mais gentil do que os outros oficiais. Coisa pouca.

Dei risada da frustração de Rosalinda, sabendo que ela se ofendia ao ser olhada de cima. Talvez eu também pudesse me ofender caso meu trabalho fosse mais do que ficar sentada em uma mesa costurando peças iguais de novo e de novo até os dedos ficarem rígidos. Meu setor produzia roupas desprovidas de identidade, feitas para deixar todos iguais. Roupas de molde, de medidas genéricas. Eu olhava para aquelas agulhas sem vida e me lembrava da velha máquina de costura da minha mãe, juntando poeira na sala de estar do sobrado. Tempos atrás, eu fantasiava trabalhar nos outros setores da fábrica, principalmente chefiando a sirgaria. Criar coisas novas e, talvez, catalisar um pouco daquela insanidade em algo positivo e controlável. Mas sonhos assim não foram feitos para gente como eu. Gente como eu, com muito a esconder e pouco dinheiro para fazê-lo, não corria riscos. Então enterrei a ideia. Acho que cheguei a ficar deprimida por isso, no começo. Mas, agora, sempre que eu examinava aquele sonho, não conseguia me sentir nada além de conformada.

Continuei brincando com o galho de amoreira, girando-o entre os dedos.

— E Pimpinella acordou cedo assim para receber o general? Ele deve ser importante...

— Ah, ele é. — Foi a vez de Rosalinda dar uma risada maldosa. — Veio transferido para cá como chefe de algum gabinete militar de Fragária. Mas você é muito ingênua se acha que Pimpinella se prestou a aparecer aqui antes das oito. Tivemos que nos desdobrar para manter o filho do general entretido. É, ele trouxe o filho — ela acrescentou depressa, notando a interrogação que se formava em meu rosto. — Já deve estar treinando o garoto para a vida pública. O menininho do papai com certeza vai herdar um cargo alto...

Ignorei a mesquinhez no tom de Rosalinda. Enquanto eu e Antúrio evitávamos ao máximo os oficiais, Rosalinda via neles, e em qualquer pessoa de certo prestígio, uma chance para exercer as próprias vaidades. Ela não vivera o Regime da mesma forma que nós. Estava chateada, na verdade, porque Pimpinella a chutara para fora do escritório a fim de conversar a sós com o general, e aquilo fazia com que se sentisse privada de todo o glamour. Caso contrário, ela jamais estaria zanzando pelo setor de uniformes.

Eu estava prestes a improvisar mais uma pergunta desimportante quando fomos distraídas por um alvoroço vindo da porta do galpão. Algumas funcionárias de outros setores estavam aglomeradas ali, espiando o corredor. Havia certo ar de expectativa no rosto delas, e muitos risinhos. Ouvimos o estalar de saltos altos contra o piso frio.

Rosalinda entendeu tudo uma fração de segundo antes de mim.

— Estão vindo para cá! — ela comentou com assombro, ajeitando a postura e passando depressa as mãos pelo tecido da camisa de botão a fim de disfarçar qualquer amassado.

Mal tivemos tempo de trocar outras palavras. Pimpinella em pessoa entrou como um vendaval pelo galpão, suas roupas coloridas e esvoaçantes contrastando com o tom pálido das saias midi do uniforme das costureiras e as paredes de cimento. Vinha acompanhada por um homem e uma criança, além do séquito habitual de secretárias.

Não era incomum encontrar Pimpinella pelos corredores da fábrica — a mulher comandava seu negócio com mãos de ferro, e tinha o costume de fiscalizar pessoalmente cada setor e etapa de produção. Ainda assim, a presença dela não deixava de ser intimidante. Pimpinella iluminava o lugar como o próprio sol: a silhueta alongada, a postura perfeita, as pulseiras e os anéis brilhando contra a pele dourada. Naquela manhã, os cabelos finos e pretos estavam presos em uma trança comprida, com uma faixa magenta formando um laço no topo da cabeça. Seu sorriso tinha mais dentes do que eu conseguiria contar, todos perfeitos, fazendo subir as maçãs marcadas do rosto. Mas, embora sorrisse, seus olhos escuros e angulados estavam firmes e atentos, varrendo cada detalhe. Pimpinella podia ser a mais perfeita imagem de refinamento, festa e leveza, mas jamais toleraria deslizes.

O som das máquinas de costura minguou no mesmo instante.

Engolindo em seco, enfiei depressa o galho de amoreira debaixo da perna esquerda. Rosalinda produziu um som mortificado, seu rosto pálido virado na direção da chefe. De minha parte, achei mais prudente encarar o tampo da mesa.

Sou invisível. Sou invisível.

Pimpinella caminhou com os visitantes até alcançar a primeira fila de máquinas de costura. Abrindo os braços, convidou-os a seguir em frente, comentando, dessa vez para o galpão inteiro:

— General Narciso, apresento ao senhor o setor de uniformes. Garotas, o general é um grande apreciador da arte da alfaiataria e, estando em posição de liderança entre os oficiais da República, expressou seu desejo de conhecer nossas instalações e todo o processo de fabricação dos uniformes. — Ela fez uma pausa. Seu tom mudou para uma voz aveludada e irreverente, aquela que utilizava para bajular a clientela. Na época em que chegara ao continente, no ápice do Regime, Pimpinella havia lucrado uma fortuna explorando os uniformes da República, de modo que tratava qualquer militar de patente com bastante zelo. — Confesso que este não é o setor a me proporcionar a maior liberdade criativa, general, mas faço o possível para manter a excelência. Por mim, seus soldados andariam forrados em sedas e pedrarias.

A risada do general preencheu o galpão. Sincera, mas sem qualquer traço de afetação. Na medida certa para parecer educado, mas não para entrar nos joguetes sociais da dona da fábrica. Eu podia ouvir os saltos de Pimpinella caminhando entre as fileiras de mesas, e as vozes foram ficando mais próximas. Arrisquei olhar com mais atenção para o visitante.

General Narciso tinha a pele branca como cera de vela, a careca brilhando, e Rosalinda não mentira ao falar que o homem andava espichado feito uma vassoura. De meia-idade, tinha o rosto quadrado marcado por algumas rugas, sobretudo na testa e no canto dos olhos azuis. O uniforme estava impecável, com o caimento perfeito nas mangas. Ele não era um homem de grandes atrativos, pelo menos não de imediato. Seu rosto era comum. Mas havia certa aura, certa tranquilidade em seu semblante que me obrigava a prestar atenção e continuar olhando. Um rosto de comando.

O menino ao seu lado já era quase um rapazinho. Devia ter por volta dos doze, treze anos. Tinha a pele mais escura que o pai, apenas um tom abaixo da minha, e parecia um bom garoto, calmo e obediente, de olhar atento. Também estava muito bem-vestido, além de estranhamente interessado para um garoto arrastado pelo pai para visitar uma fábrica de roupas.

— Infelizmente, a rotina de servir à República deixa pouco espaço para a vaidade — disse a voz rouca do general enquanto ele se inclinava, com as mãos para trás, na direção de Pimpinella. O homem deixou transparecer um sorriso culpado. — Embora digam as más línguas que ostentar um uniforme condecorado já seja a maior delas.

— Ora, então talvez eu institua medalhas em minhas próximas coleções de vestidos! — Pimpinella riu, brincando distraída com o colar de pérolas em seu pescoço. — Por favor, general, fique à vontade para percorrer nossas instalações.

— Se não for pedir muito, gostaria que suas funcionárias retomassem o trabalho. Adoraria mostrar a meu filho a confecção acontecendo, e não quero atrapalhar o serviço de ninguém. Já basta o trabalho que estou dando à madame.

— De modo algum! — Pimpinella se virou para nos encarar. — Meninas, ao trabalho!

Troquei um olhar com Rosalinda antes de puxar a cadeira para mais perto da máquina de costura. Ela, por sua vez, batucou duas vezes minha mesa com a ponta dos dedos — se para me desejar boa sorte ou acalmar os próprios nervos, eu não sei — e tratou de sumir de vista.

O som de dezenas de agulhas perfurando tecido era reconfortante. Puxei um novo corte de pano verde e o posicionei na altura certa. Girei a manivela para ajustar a tensão e acionei o pedal. A linha começou a correr. Não havia nenhuma cantoria por parte das outras funcionárias, nenhuma conversa sendo trocada de mesa em mesa, apenas o trabalho.

Eu os ouvia se aproximando cada vez mais da minha fileira, as perguntas e os comentários do general se fazendo ouvir por cima do zumbido suave do galpão. Senti minhas mãos ficando suadas, o coração batendo depressa, no ritmo da máquina à minha frente. Um medo irracional se apossava de mim conforme a distância até o oficial da República diminuía.

Eu sei o que gente como ele faz com gente como eu.

Aquilo era impossível, é claro. Ele jamais seria capaz de perceber o que eu era apenas olhando, sem que eu fosse pega em flagrante. Era assim que a magia continuava viva em nosso mundo, geração após geração. Se eu prestasse bastante atenção na linha e nos pontos que apareciam sob meus dedos, se eu ignorasse o chamado e a voz de minha mãe, se eu trancasse bem as coisas, então tudo ficaria bem.

Eu não sou ninguém. Ninguém.

A voz do general estava próxima, talvez apenas a duas mesas de distância. Passei a sentir náuseas, o ar faltando nos pulmões. Seria mesmo um feito vomitar por cima das costuras e sujar os sapatos do homem. Pimpinella com certeza me demitiria. Não ali, na frente do general e seu garoto, mas assim que fossem embora. Eu receberia apenas um envelope e nada mais. E, se eu vomitasse, se eu perdesse o controle, talvez a magia também arrebentasse seus grilhões e corresse selvagem, e então o general...

— A senhorita está bem? — perguntou uma voz diminuta pouco acima da minha cabeça, a silhueta lançando uma sombra por cima da máquina de costura.

Ergui a cabeça devagar, a boca entreaberta. O garoto, filho do general, estava parado na minha frente, observando-me com o olhar preocupado de um perfeito cavalheiro. A luminosidade que vinha das janelas lançava reflexos cor de mel nas pontas de seus cachos engomados. De perto, dava para ver os traços de criança ainda se agarrando ao rosto. Havia algo de familiar em seus olhos.

— Estou, é claro — respondi depressa, forçando um sorriso. Meu estômago deu uma volta completa, e soltei o pedal a fim de fazer o motor parar, segurando a manivela. A outra mão agarrou a borda da escrivaninha, esbarrando em uma almofada de alfinetes. Senti a dor da picada no polegar. — É apenas o calor. Fico um pouco tonta.

Uma segunda silhueta surgiu. General Narciso estava parado ao lado do filho, passando o braço pelos ombros do menino. As medalhas tilintaram. Ele apoiou a outra mão em minha mesa, numa das poucas partes do tampo que não estavam ocupadas por tecidos e carretéis. Baixei a cabeça depressa.

— Deixe a moça trabalhar, filho. É feio ficar encarando uma dama desse jeito.

Isso, deixe que eu fique em paz.

Mas foi quando olhei para a mão do oficial sobre a mesa que tudo mudou, e a realidade se estilhaçou entre meus dedos.

Talvez o menino tenha ido embora. Talvez tenha respondido alguma coisa, ou Pimpinella tenha me feito uma reprimenda. Mas não reparei. Mantive meu sorriso simpático, tornei-me uma estátua feita em carne, um manequim. Respondi sem registrar o que estava respondendo. Eu estava alheia, suspensa em um mar de recordações que ameaçavam me afogar a qualquer instante. Eu não me lembrava de sentir tanto medo em tempos recentes, não desde o dia em que encontrara minha mãe na sala de nossa pequena casa. Um medo escuro e antigo, um medo de olhos injetados e punhos cerrados que era próximo demais do ódio.

Muito depois de general Narciso ter deixado minha mesa e seguido caminho com o filho, indo embora de nosso setor, continuei encarando o vazio, a máquina de costura imóvel à minha frente, o dedo furado pelo alfinete manchando o tecido com um minúsculo e crescente círculo vermelho-escuro.

O rosto do oficial não me era familiar. Não tinha como ser, pois eu nunca o tinha visto. Mas sua mão direita... Acima das unhas limpas e bem cortadas, subindo pelos dedos grosseiros de soldado, havia uma cicatriz bem no centro, atravessando as costas da mão. Os furos arredondados da antiga sutura ainda eram visíveis. Fora um trabalho malfeito. E, talvez para tornar a cicatriz mais discreta, ele havia marcado a ferro um símbolo por cima, um desenho que havia muito povoava meus pesadelos — as chaves cruzadas da República.

Não combinavam com ele. As bordas da figura formavam um relevo de carne preta, uma mácula naquele homem tão civilizado. O tipo de coisa que você esperaria encontrar nos estivadores do porto, nos rapazes de olhos cansados que trocavam socos por dinheiro nas vielas de Fragária. Uma mão que eu não esqueceria jamais, que assombrara todos os dias da minha vida ao longo dos últimos catorze anos.

Não sei por quanto tempo continuei sentada em minha mesa, congelada na mesma posição, atônita demais para qualquer coisa. Apenas um pensamento se repetia:

É ele. É ele.

5

CATORZE ANOS ANTES DA INVOCAÇÃO

Amarílis não brinca mais com a boneca de pano. Ela não é muito alta para a idade, mas está mais comprida aos dez anos, cotovelos e joelhos sobrando por toda parte em seu corpo magro. Às vezes, a mãe se refere a ela como "mocinha".

E a garota sente mesmo o gosto do fim da infância na ponta da língua, pois precisa ajudar em casa, em tarefas que antes não lhe competiam. Na hora de dormir, não há ninguém para trazer até sua cama um pouco de chá de camomila adoçado com mel, nem para passar os dedos por seus cachinhos até que a menina pegue no sono. Na verdade, ela pensa, depositando a caneca de leite quente em uma bandeja improvisada, agora é o contrário. Com um suspiro, a menina observa a cozinha encardida, as pilhas de louça suja acumuladas em bacias cobrindo a mesa. Precisa levar a comida para a mãe, e espera que tudo corra bem.

Equilibrando a bandeja com o leite quente e um prato de fatias de bolo de laranja, o único que sabe fazer, Amarílis segue pelo corredor escuro. Ainda é meio da tarde, mas sempre parece noite nas últimas semanas. A mãe não permite mais que as janelas sejam abertas, pois não quer que os vizinhos a vejam, não quer que os Inquisidores venham. Os passarinhos lá fora parecem pertencer a outro mundo. Quando Amarílis precisa sair para comprar alguma coisa ou colher ervas no quintal, proibida de conversar com qualquer outro ser humano, a claridade machuca seus olhos.

Com o pé, Amarílis empurra a porta do quarto da mãe, ouvindo o ranger das dobradiças. No interior do cômodo, o ar é abafado e bolorento, quase azedo. É como uma toca de rato, a menina pensa, logo depois que nasce uma ninhada e tudo é vida, mas é também sangue e sujeira.

A mãe está no mesmo lugar de sempre, deitada de lado na cama com as cobertas até o queixo, de costas para a porta. Quando escuta a filha entrar, vira o corpo com esforço para ficar sentada. O lençol escorrega, exibindo a barriga que cresce mais a cada dia. Amarílis pousa a bandeja na mesinha de cabeceira, pega a caneca e oferece a bebida para a mulher grávida. Os olhos da mãe estão fundos e vermelhos, e Amarílis entende que ela andou chorando e que não conseguiu dormir. Gostaria de saber o que dizer para confortá-la, mas tem medo de falar a coisa errada e despertar a ira da mãe. Da última vez, o leite quente foi parar a seus pés, fazendo arder seus dedos descalços de menina, espatifando a caneca favorita. Na semana anterior, levou um tapa no rosto por deixar farelos caírem na cama, e a mãe cortou um chumaço de seu cabelo à força, usando a tesoura de costura em forma de passarinho. Amarílis ainda consegue sentir o buraco na cabeça quando passa as mãos pela nuca. Os cachos curtos ganham mais volume ali. *Um feitiço*, a mãe tinha dito naquele dia. *Ela queria usar meu cabelo para um feitiço.*

— Ele não vai voltar... — A mãe balbucia enquanto leva a caneca à boca, encarando o vazio da parede oposta. — Ele nunca mais quer me ver... Tudo de novo. Tudo de novo... — ela repete, encolhendo as pernas e balançando o tronco para frente e para trás.

Não é sempre assim. Há dias em que a mãe se levanta, dias em que a cozinha volta a cheirar a tempero, manhãs felizes nas quais Amarílis pode se sentar para treinar seus bordados enquanto a mãe lhe conta sobre o irmãozinho que está chegando. Para Amarílis, ver um bebê crescendo e se movendo dentro do corpo de sua mãe parece um absurdo, mas ela gosta de sonhar com um menino gorducho de olhos parecidos com os seus. Às vezes, a mãe deixa que Amarílis mexa no baú embaixo da cama, onde foram parar os objetos de poder e os escritos complicados de cada magia. Mas os dias assim, dias bons, são

38

cada vez mais raros. Sem aviso, o rosto da mãe se transforma, e suas palavras ficam duras, com gestos perdidos. Ela se recolhe para o quarto e não sai de lá por muitas horas. Não se levanta nem mesmo quando alguém bate à porta em busca dos remédios e curas da mulher mágica. Na verdade, Amarílis aprende a ressentir os dias bons, porque eles são apenas lembranças de como as coisas eram. Presentes prontos para serem arrancados de seus dedos. Os dias bons são feitos para que a dor não passe.

— Perdida, perdida... — a mãe geme, e então dá risada. — Vou parir um demônio e queimar toda a casa. Ele não vai voltar, e vou arrancar pela cauda o pequeno demônio que colocou dentro de mim. Um, dois, três diabinhos queimando.

Em silêncio, Amarílis recolhe a caneca vazia e a troca pelo prato com as fatias de bolo. Tenta não prestar atenção nas palavras. Não é nenhuma novidade, afinal — a mãe segue repetindo as mesmas frases sem sentido desde o dia da briga. O dia em que o homem sem rosto deixou sua mãe *quebrada*, e a vida dentro daquela casa nunca mais foi a mesma.

Ela não sabe como a discussão começou. Presenciou apenas fragmentos de tudo.

Naquele dia, estava trancada no armário, tão encolhida agora que ficara grande que os joelhos batiam em seu queixo. Estava distraída, cantarolando no escuro e mascando o tecido da manga do vestido, quando a porta do quarto da mãe foi aberta num rompante, a maçaneta batendo com força na parede oposta. Os passos do homem vinham apressados, cheios de raiva. A menina ouviu as súplicas da mãe seguindo logo atrás. Pedia para que ele ficasse, para que pensasse melhor.

— Não podia ter feito isso comigo! — ele gritava. — Sabe quem eu sou. Nós dois... E agora depois de tantos anos... Você disse que era impossível!

— Eu também achava que era! — A mãe tentava se defender. — Estou tão surpresa quanto você!

— Quer acabar com minha reputação? Por que não se cuidou?

— Mas eu me cuidei!

O homem arquejava pesado, fazendo barulho. Os dois entraram na cozinha, e Amarílis pôs a mão na boca para conter a própria respiração aflita.

— Protejo você faz todos esses anos... Não precisava me aplicar um golpe para garantir sua segurança.

— Você está me ofendendo.

— Ah, agora vai se fazer de boa moça? Minha esposa nunca engravidou. Como posso ter certeza de que esse filho é meu?

A briga ganhou contornos violentos. Os gritos ficaram mais altos. O homem caminhou na direção do armário onde a menina estava, e o coração de Amarílis saltou. Ela piscou rápido para afastar as lágrimas de medo que surgiam, os olhos arregalados no cubículo escuro. Tudo o que tinha era aquela pequena fresta, a silhueta escura do homem cobrindo todo o resto.

— Eu não acredito que você estragou tudo! — ele gritou, baixando os punhos em um golpe contra a porta do armário. A estrutura tremeu.

Amarílis arquejou. Quase deixou escapar um grito. Conseguia ver a mão direita do homem, branca com as unhas rosadas. Viu também a cicatriz e a queimadura em forma de chaves cruzadas, uma obra tão recente que a pele ainda parecia úmida, purgante. Ela estava apavorada.

— Você precisa se acalmar — dizia sua mãe.

— E você precisa de mais juízo. Tem alguma bebida aqui? — Aquela mão horrenda encostou na maçaneta do compartimento trancado.

A mente de Amarílis tremeu, afundou, desgrudou do corpo e tentou fugir por aquele novelo de fios que ela às vezes enxergava por toda parte, atravessando as paredes do armário.

— Aí não! — sua mãe gritou, e Amarílis pensou sentir a mão da mulher segurando-lhe pelos cabelos, ancorando-a quieta na realidade e no silêncio. Ela tentou se debater, mas a mãe era mais forte. — Vou buscar uma bebida para você. No quarto. Vamos conversar.

A partir dali, Amarílis lembra apenas de fragmentos, imagens e sensações borradas. Não sabe dizer quando tempo depois a porta foi destrancada e a mãe a libertou do armário. Mas se lembra do choro, de como as duas tinham se abraçado no chão da cozinha escura. Lembra-se do medo.

Por várias noites, sonha com a mão do homem. Os dedos dele sobem por sua pele e se enrodilham pelo pescoço, apertando. Sonha com os gritos, e também acorda gritando. Melhora por volta da época em que a barriga da mãe começa a inchar, mas aí já era a mãe quem precisava de cuidados. No início, os vizinhos apareciam. Deixavam comida, levavam os vestidos de Amarílis para serem lavados no açude ali perto. Depois, resta apenas a menina.

A menina que, às escondidas, entalha um par de chaves cruzadas na madeira do estrado da própria cama. A tesoura em forma de passarinho desliza fácil entre os dedos enquanto ela cantarola uma melodia qualquer.

6

SEIS HORAS ANTES DA INVOCAÇÃO

A sirgaria vibrava como as entranhas de uma besta vivente, composta de centenas de caixotes quadrados de madeira. Em cada um dos estrados dispostos nas prateleiras, lagartas famintas mastigavam incessantemente suas folhas de amoreira. O som, diminuto para ouvidos humanos em condições normais, era amplificado pelo galpão fechado, apenas os ventiladores industriais girando no teto, o espaço cheirando a matéria orgânica e umidade, um fedor quase pungente. Em alguns dias, as lagartas ficariam inchadas e morosas, recolhendo-se para a hibernação que as transformaria em mariposas. Teceriam seus casulos com esmero, um único fio branco e delicado, enrolado de novo e de novo em um trabalho incansável. Poucas delas, no entanto, veriam a luz do dia como mariposas. Eis a tragédia do bicho-da-seda: as lagartas trabalhariam dia e noite somente para depois serem fervidas vivas ainda dentro do casulo, visando preservar a seda, esse sim o inestimável produto de toda aquela dedicação. O orgulho da Pimpinella. Eu não tinha permissão para estar ali, mas vinha sempre que encontrava a oportunidade. De um jeito estranho, era prazeroso olhar as lagartas e pensar que eu era apenas mais uma tecelã sem importância à espera da morte.

O ruído das lagartas era reconfortante, grave e contínuo, apenas o suficiente para ancorar meus pensamentos e abafar o chamado da magia que cismava em pulsar por minhas veias. Na primeira vez em que pisei ali, em uma excursão pelas instalações da fábrica no dia em que fui contratada, experimentei uma paz que eu até então não conhecia. Recorri a ela novamente. Sentada no chão, abraçando os joelhos e encolhida em um dos muitos recantos entre as estantes, tentei recuperar o controle enquanto escutava os insetos mastigando. As lembranças passaram zunindo, e minha respiração pareceu acelerada, inconstante. Meus cabelos grudavam no suor da testa.

Fugi para a sirgaria assim que o segundo turno terminou, pouco depois do soar da sirene da fábrica. Inventei uma desculpa qualquer e pedi para que minhas colegas de setor avisassem Rosalinda e Antúrio de que eu precisara sair mais cedo. O dia havia transcorrido como um borrão, a agulha da máquina perfurando o tecido sem rumo, a linha passando diante de meus olhos como se tivesse vida própria. Meus pensamentos embaralhados demais para qualquer trabalho além de puxar as rédeas de meus próprios instintos.

É ele.

Repassei a cena em minha cabeça, desde o início. A conversa com Rosalinda, a chegada de Pimpinella, a farda engomada do general. O *maldito* general que deixara minha mãe em pedaços, pouco mais do que um espectro de si mesma.

Em seguida, minha mente divagou em direção ao menino, sua pele mais escura que a do pai, seus olhos tão familiares. Os olhos de minha mãe, também os meus. Uma nova torrente de lágrimas desceu por meu rosto, acompanhada por uma risada de frustração. Eu devia ter percebido antes, mas a realidade teimava em me atingir aos bocados, com requintes de crueldade. Não via Jacinto desde que ele era um bebê com poucos dias de nascido. Às vezes eu pensava nele, em meu irmão perdido para o mundo, roubado de nossos braços. Imaginava se estava morto, se fora parar em alguma família adotiva ou se, por acaso, sentia os mesmos comichões que eu e escutava a voz de nossa finada mãe. Acho que nunca cheguei a amá-lo, pois mesmo o tempo necessário para isso me fora roubado. Jacinto era somente um vazio, uma falta, e eu gostava de fantasiar sobre seu destino. Mas jamais imaginei vê-lo com *ele*, tão bem-vestido e educado. Meu único parente vivo. Um príncipe.

A risada da magia rugiu em meu peito. Fora para isso que ele nos destruíra? Para levar o herdeiro no colo e apagar qualquer rastro indesejado de sua origem? Ele a descartara como se ela fosse um casulo danificado, a única coisa que importava de verdade já expelida de seu corpo. Minha mãe também era crisálida, era mariposa definhada e não nascida, fervida nas próprias entranhas.

Parei de escutar as lagartas mastigando. Dei ouvidos aos fios, tentando entender o que eles me sussurravam, ouvindo suas zombarias, deixando-me perder em meio à loucura. Não era minha culpa: havia acabado de reencontrar meu carrasco. Estava cansada de manter a calma.

Usei as prateleiras como apoio para içar o corpo. Meus joelhos protestaram, rígidos após tantas horas encolhida em meu casulo. Tentei pentear o cabelo e recolocar as roupas amassadas no lugar. Com um último olhar para as lagartas que se arrastavam lentas por cima das folhas, abri a porta da sirgaria e saí para o corredor escuro e deserto.

Obriguei o rosto a assumir uma expressão comum, deixando que a raiva me alimentasse em fogo baixo, sem queimar na superfície. Fui até o vestiário buscar minhas coisas. Quando bati na grade que separava os galpões do pátio, o vigia se sobressaltou, mas acreditou depressa na minha história.

— Trabalhando até tarde, dona? — ele perguntou, o chapéu grudado contra o peito. Ele conhecia Antúrio e, por conseguinte, sabia que eu andava sob sua proteção.

— Precisei consertar algumas das costuras de hoje — menti. — Não posso me arriscar a perder esse emprego.

— Entendo, mas a senhorita não devia era se arriscar a sair sozinha daqui uma hora dessa. Todos os trabalhadores já pegaram a balsa. Quer que eu chame um dos outros seguranças para acompanhar a dona?

— Não precisa. Não é tão tarde — sorri. Avancei para o portão da rua antes que ele retrucasse qualquer outra coisa.

Encontrar a residência de general Narciso não foi difícil. Os figurões da República moravam todos no mesmo bairro, um conjunto de ruas simétricas e limpas com enormes casarões dos dois lados. Rosalinda costumava dizer que, para chegar lá, bastava seguir o cheiro do dinheiro e da diversão. Uma prostituta que saía de um dos casarões me apontou a casa certa.

44

— Você é empregada? — ela perguntou, observando minhas roupas de cima a baixo na rua escura. Quando confirmei com um aceno mudo de cabeça, acrescentou: — Bom. Se você fosse da minha classe, estaria dando viagem perdida. Esse tal general não abre a porta para ninguém. — Ela deu de ombros, franzindo o nariz. — Deve ser do tipo que não se deita com pobre.

A ironia quase me fez rir. Segui com uma determinação fria até o portão da casa, ornamentado com ponteiras de ferro. Bati com a palma da mão na superfície metálica. O ruído ecoou pela noite, sendo logo acompanhado pelo latir de um cachorro.

Dois oficiais de baixa patente vieram até o portão e puxaram os ferrolhos. Usavam os mesmos uniformes cujas ombreiras eu passara os últimos dias costurando. Olharam feio para mim. Por trás deles, eu podia ver um jardim bem cuidado e um caminho de lajotas de cimento. As janelas do casarão brilhavam em luz amarela e convidativa.

— O que você quer? — perguntou o mais baixo, um homem de rosto amassado e bigode. — Já está muito tarde para pedir dinheiro.

— Falar com general Narciso — informei, a voz séria. — É uma emergência.

Eu não havia realmente *planejado* o que diria para o antigo amante de minha mãe assim que estivéssemos sozinhos, cara a cara. Eu nem mesmo sabia se ele tinha outros filhos, se sua esposa estaria em casa. A bem da verdade, eu não sabia o que estava fazendo ali. Movida pelo ódio, não me preocupei com os detalhes. Talvez algo no fundo de mim soubesse que aquele era um esforço descabido, porque o segundo homem, o magro com feições acavaladas, caiu na risada ao ouvir minha requisição.

— Ah, claro, vamos chamá-lo agora mesmo — ele respondeu, fazendo troça. — Com certeza o general vai querer interromper o jantar para conversar com uma gentinha feito você.

Engoli em seco.

— Estou dizendo, é uma emergência. Ele vai querer me ver.

— É mesmo? — O cara de cavalo cruzou os braços. — E quem é você, moça?

Ninguém, pensei. Mesmo se eu falasse meu nome ou o nome de minha mãe, aquilo não significaria nada para eles.

45

— Foi o que pensei. — O oficial cuspiu na direção de meus pés e se afastou para voltar a fechar o portão. Seu companheiro já havia dado as costas.

A magia cantou outra nota cruel em meu ouvido. Puxou-me pelas costuras.

— Espere.

Sem pensar, coloquei o pé no caminho do portão e escorei o metal com o antebraço.

— Está louca? — ouvi o oficial baixinho esbravejar enquanto seu companheiro me empurrava pelo ombro, a outra mão forçando o ferrolho do portão. — Largue!

— Preciso falar com o general! — gritei de volta.

— Solte!

O oficial com cara de cavalo desistiu de empurrar o portão na direção contrária. Em vez disso, parou de fazer força e deixou que tudo deslizasse em um tranco. Cambaleei para frente, esbarrando contra o peito do homem. Ele depositou duas mãos de ferro em meus braços. Um medo antigo aflorou sob minha pele, lembranças do Regime. Tentei me debater, mas eu era uma mulher pequena.

— Deixe-me entrar! Estou mandando! — ordenei em uma tentativa desesperada.

Meu sapato de bico redondo e fivela encontrou a canela do homem. O oficial uivou de dor.

— Ora, sua vagabunda!

O soco me pegou despreparada, acertando-me por baixo do queixo. Voei para trás e caí espatifada na calçada de paralelepípedos. Minhas mãos arderam, esfoladas pelo impacto da queda, mas aquilo não era nada perto da dor que pulsava em meu rosto.

Imóvel pelo pânico, esperei de olhos arregalados enquanto o homem avançava, preparando o golpe seguinte. Seu rosto era uma máscara de violência. A magia ficou em silêncio, e eu estaria indefesa caso ele decidisse avançar. Mas o outro homem o segurou pelo braço.

— Chega, vai arrumar confusão com o general. Vamos acabar os dois sendo punidos.

O cara de cavalo respirou fundo uma, duas vezes, encarando-me antes de dar as costas e sumir pelo portão. O outro agarrou os ferrolhos. Lançou para mim um olhar aflito de censura, quase sentindo pena. Mas não o suficiente para que viesse me ajudar a levantar. Não, nunca o suficiente para valer o esforço. *Ele olha para mim e vê apenas uma pobre coitada.*

— Vá para casa, moça, ou vou soltar o cachorro — ele avisou, a voz vacilante. — Aqui não é lugar para você.

O portão foi fechado. Na via escura, nenhuma alma testemunhara a cena, as janelas iluminadas dos casarões completamente alheias ao que se passava na rua. Somente o cachorro continuava latindo. Levantei-me com dificuldade, limpando as mãos esfoladas na saia. Podia sentir meu queixo inchado. Quando passava a língua pelos dentes, percebia o gosto do sangue.

Não era novidade receber aquele tratamento da polícia de Fragária, já que os militares da República continuavam a ser treinados nos antigos moldes dos Inquisidores. A humilhação era o que doía mais. Voltei andando pelas ruas de paralelepípedos como uma morta-viva. Por sorte, cheguei a tempo de pegar a última balsa para casa. A viagem transcorreu como um borrão — era como se eu mesma fosse apenas expectadora de meus passos, fria e distante, amaciada pela dor e pela vergonha. *O que eu estava pensando? Por que me deixei levar desse jeito? O que esperava conseguir?* Alguns homens riam nos bancos ao meu lado, improvisando uma música desafinada, completamente bêbados. Não perguntaram sobre meu rosto, ninguém perguntou. Mas aproveitei a sombra deles quando o grupo desceu no mesmo ancoradouro que eu, usando-os como escudo para não andar desacompanhada pela rua.

Na esquina de casa, a única testemunha era o gato vira-lata que lambia o pelo das próprias costas, deitado no meio-fio junto à vitrine da loja de bebidas, tão indigesto quanto o dono. Rosalinda devia ter esquecido o portão aberto outra vez e o gato fugira. Ele me encarou quando passei perto, a nuca arrepiada, os dentes à mostra. O gato sabia o que eu era e não gostava. Concentrei-me nas pupilas dilatadas do animal, com intenção, permitindo que um filamento ínfimo da minha loucura se desenrolasse. Ele miou alto e saiu correndo.

Ergui os olhos para as janelas do sobrado. O quarto de Rosalinda continuava escuro. Era estranho que já estivesse dormindo, mas podia ter saído com Antúrio. Eu só esperava ser capaz de chegar no apartamento sem esbarrar com ela.

Busquei a chave na bolsa e abri a porta estreita pintada de amarelo, espremida na lateral da fachada do edifício. Atravessei na penumbra o corredor forrado em carpete e tateei até encontrar o fecho do segundo gradeado. A única fonte de iluminação vinha de uma lâmpada amarela e fraca no saguão do primeiro andar, subindo as escadas. A sorte riu de mim: não encontrei Rosalinda, mas topei com coisa pior. Floriano, senhorio do sobrado e dono da loja de bebidas, vinha descendo os degraus na direção contrária. Ao me ver, ele apressou o passo e acionou o interruptor que acendia as luzes do térreo.

Era um homem nojento, cheirando a tabaco e álcool, com as feições maltratadas pelo tempo e pelo vício. Seu robe xadrez estava frouxo no peito, e a protuberância dos ossos aparecia por baixo da pele frouxa e pálida, coberta de pelos brancos. Os cabelos grisalhos grudavam na testa oleosa conforme o homem percorria meu corpo com os olhinhos miúdos. Eu não duvidava nada de que ele estivesse me esperando chegar.

— Boa noite — pisquei os olhos na claridade repentina e arrisquei o cumprimento, mas sabia que Floriano não me deixaria escapar tão fácil até as escadas.

— Acha que isso aqui é um cortiço onde as moças podem chegar a hora que quiserem? — Ele deu um passo para o lado, barrando a passagem. Na iluminação do corredor, seu sorriso maldoso cheio de dentes ficava ainda mais amarelo. — Você e a sua amiguinha são uma desgraça para a minha propriedade. Já chegaram tarde ontem, fedendo a devassidão. Vai ser assim todo dia? Estou de olho em vocês.

Floriano era o que costumávamos chamar de "viúvo do Regime", o tipo de gente que tinha prosperado sob o jugo dos Inquisidores. Havia denunciado dezenas de pessoas, qualquer um que não se encaixasse no rígido código moral que ele pensava ter e que custava a cumprir. Existiam muitos como ele, homens genéricos vivendo vidas genéricas, mas sempre esperando, nostálgicos e covardes, até o próximo expurgo, quando então mostrariam os dentes.

— Nosso aluguel está em dia, senhor, e estou voltando da fábrica. — Abracei a bolsa na frente do corpo e encarei o piso acarpetado. Não

48

queria lhe dar motivos para notar minha aparência. — Por favor, dê licença, trabalhei até tarde hoje.

Floriano riu quando tentei me desviar, bloqueando outra vez a passagem. Com uma das mãos, apertou meu queixo, obrigando-me a olhar para ele. A dor do machucado se espalhou pelo meu crânio. Vi estrelas. Eu me perguntava se o Regime cometera uma estupidez ao oferecer recompensas pelas denúncias de Floriano. Talvez o faiscar nos olhos dele sempre que causava o mal já fosse recompensa suficiente.

O homem se aproximou um pouco mais. A outra mão roçou em minha saia, e precisei conter um calafrio.

— Ah, Amarílis, eu podia transformá-la em uma mulher digna... Olhe só para você. Está um caco. Um nada. Quando vai me querer, Amarílis? Não está feliz com tudo que faço por você?

O hálito dele cheirava a licor. Rosalinda e eu tínhamos nossos truques para lidar com Floriano. Nos dias fáceis, o senhorio era uma inconveniência, um velho repugnante a espiar a vida dos inquilinos em busca de conspirações. Nos dias difíceis, bêbado, ele era uma ameaça a ser evitada e contornada com muito, muito cuidado. Ao que parecia, aquele era um dos dias difíceis. Teria sido mais simples se eu tivesse chegado mais cedo como todo mundo, se eu tivesse trancado bem a minha porta. Também seria mais fácil não precisar morar ali, mas o aluguel era barato e a localização facilitava o deslocamento até a fábrica. Poderia ser pior, nós pensávamos. Então apenas suportávamos tudo em silêncio e tentávamos dar a volta no velho. Senti lágrimas se formando, mas trinquei os dentes e aceitei a ardência. O mero pensamento de dividir uma cama com Floriano me fazia querer vomitar. Arrisquei com algo que eu sabia ser importante para ele:

— Você está embriagado, Floriano, e seu gato está lá fora pegando sereno. Me solte e vá atrás do seu gato para dormir.

— Isso é porque a sua amiga vadia não sabe fechar uma porta. Na minha época...

— Floriano...

— Tão linda... Tão maltratada... Sonhei com você.

A ponta dos dedos pressionou minha coxa.

Chega, a magia gritou.

Quando ele se aproximou um pouco mais, enfiei o joelho entre suas pernas. O homem soltou um gemido, cambaleando para trás e indo se apoiar com um braço na parede. Aproveitei para subir as escadas correndo enquanto ele xingava, gritando meu nome. Eu odiava aquele saguão, odiava aqueles degraus bolorentos. Tudo cheirava a cigarro, e por isso tudo cheirava a Floriano. Com sorte, ele não se lembraria de nada daquilo no dia seguinte, ou até lembraria, mas estaria com o orgulho ferido demais para retaliar abertamente. Ele era um homem ruim, mas era frouxo, um rato. Era o tipo de cão que esperava pelas sobras. Eu com certeza pagaria pela insolência, mas ele me deixaria continuar morando ali.

Abri a fechadura do apartamento com as mãos tremendo, tranquei a porta e caí de joelhos no chão, exausta. Eu me sentia presa em um pesadelo. Meu corpo inteiro doía, como se ofendido por tudo o que havia presenciado nas últimas horas. Olhei ao redor. A sala me recebeu com braços frios e mortos. A mobília barata, o papel de parede descascando, os estalos do encanamento, a mesa cheia de caixas de bicho-da-seda. Pensei em meu irmão recém-descoberto, dormindo em seu palácio enquanto a irmã apanhava na rua e era desrespeitada em casa. A antiga máquina de costura pareceu me encarar com um sorriso de reprovação.

Mãe, me perdoe. É que eu não sou ninguém.

O que eu podia fazer? Se não conseguia nem mesmo passar por um portão, que chance teria de confrontar aquele homem? Devia contratar alguém que desse cabo do general por mim? Eu não tinha dinheiro, não tinha os contatos necessários para isso. Antúrio era o único fora da lei que eu conhecia o suficiente para pedir tal coisa, e mesmo ele não desejaria mexer naquele vespeiro, nem eu queria arrastá-lo para a minha perdição. Antúrio merecia uma vida tranquila ao lado de Rosalinda. Eu não ia levá-lo para o buraco comigo.

O choro do dia inteiro veio de uma vez, renovado, finalmente livre e sem testemunhas. Atirei os sapatos para longe e escondi o rosto nos joelhos. Chorei pela dor, pela morte de minha mãe, por meu irmão perdido, pelo general que estragou tudo. Chorei por mim, por minha vida. Por ter de me esconder o tempo todo, minha magia sempre confinada em um casulo.

Demorei um bom tempo até que a última lágrima trouxesse com ela uma calmaria inesperada. É engraçado como, após um longo desespero, costumamos voltar à sobriedade, como se não restasse mais nada para sentir. Senti-me oca, feita de rocha. Tive uma ideia. Ela não me pareceu nem boa nem ruim: era apenas uma ideia. Uma semente nutrida pelo ódio. E como o ódio floresce farto no terreno da calmaria. Eu queria vê-los queimar, desde o princípio, desde a primeira peça de roupa. E eu não precisaria desviar os olhos.

Limpei o rosto, levantei-me do chão. Já devia ser perto da meia-noite. Bebi um pouco de água. Alimentei as lagartas famintas com as folhas de amoreira que colhera mais cedo. Caminhei até o quarto, acendi a luz.

Precisei me abaixar ao lado da cama para puxar a caixa de madeira sob o estrado. Meus dedos correram as bordas do pequeno baú com reverência. As últimas lembranças de minha mãe. Nunca tive coragem de usá-las e sequer gostava de olhar muito para elas, pois deixavam os fios da magia mais tensos, mais retesados. Abri a tampa.

Os objetos de poder olharam para mim. A agulha, o pilão, a pena e o galho seco. Por baixo deles, os papéis amarelados dos feitiços e das receitas de minha mãe. Eu poderia ser presa pelo Tribunal Extraordinário apenas por manter os pertences dela em minha casa, mas, apesar de tudo, eu fora incapaz de me livrar daquelas tralhas. Assim como ela fazia quando eu era criança, comecei a retirar os papéis um por um, espalhando-os pelo chão de tacos em um semicírculo ao meu redor. A letra de minha mãe era firme e cheia de ângulos, as anotações bastante organizadas. Cada papel trazia novas memórias.

Procurava algo útil. Encontrei uma folha em especial e sorri.

Houve um tempo em que seres mágicos andavam ao lado dos homens para conceder desejos, ouvi a voz dela falando em meu ouvido, dirigindo-se a uma Amarílis de outros tempos, de outro coração. *Eu mesma nunca usei esse feitiço. Ele é mais do que uma porta, filha. É um convite. É preciso certo desespero para convidar os próprios demônios a partilhar uma refeição.*

Quase que em transe, abracei o papel contra o peito, ainda rindo. Ela havia tentado. Ela havia se sentido desesperada o bastante. Depois falhara. Estava consumida pela dor, pelo luto, pelo desamparo, e achara que tal tipo de loucura a deixaria mais forte. Mas minha mãe estava errada: nada disso ajudava em uma boa costura. Não, as melhores bordadeiras conheciam o segredo. A boa costura exigia mãos seguras, pontos pacientes. A mistura certa entre ódio e calmaria. Fogo frio, chama que lambe sem fazer ruído.

Uma vida de privação invisível me ensinara muito bem, e eu trazia aquelas duas coisas bem embaladas no peito.

Peguei a agulha, senti seu peso, respirei fundo. Voltei a estudar o papel. A magia zumbia em meus ouvidos. Meus pensamentos corriam depressa, as dúvidas lutando inutilmente por espaço e bom senso. Não ousei questionar muito. De que adiantaria? Eu estava prestes a invocar um demônio.

ATO II
CRISÁLIDA

7

— Você pretende matar um general da República. — O demônio riu outra vez para exibir os dentes afiados. — Longe de mim insinuar que não existem *motivos* para querer a morte de um desgraçado de farda, mas como foi que esse homem cruzou o seu caminho desse jeito? Vocês eram amantes?

— Isso não é da sua conta — respondi, um tanto ríspida, sentindo o rosto queimar. Estava desconfortável com as risadas dele e dolorida demais para ficar de pé naquela varanda em plena madrugada. Havia acabado de selar um pacto mágico com uma criatura demoníaca a fim de tirar a vida de um homem. A mera sugestão de que pudesse ser *eu* a amante do general... Não havia motivo para graça.

Tolú parecia pensar diferente. Seus olhos brilhantes deixaram a noite estrelada e vieram pousar nos meus, divertidos. Ele correu a língua pelas gengivas.

— É da minha conta se isso significa que ele vai olhar para você, reconhecer essa sua carinha bonita e sair correndo. É da minha conta se isso for interferir no meu trabalho. — Ele piscou. — Você há de convir que não está me dando a mais fácil das tarefas. Generais são sempre muito bem protegidos.

Preferi ignorar o pequeno elogio e aquele tom debochado que ele usava, como se estivesse me convidando a participar de uma brincadeira. Tolú me fazia pensar nas histórias de estivador que Antúrio contava, sobre os gatos que seguiam os barqueiros no porto e atiravam os peixes que conseguiam roubar de um lado para o outro, em uma espécie de jogo do qual sempre sairiam vencedores.

— Ele não vai me reconhecer — informei com o rosto sério, porque aquilo era tudo o que ele precisava saber quanto à minha associação com general Narciso. — E nós podemos entrar? Ou pretende ficar aqui até o amanhecer? — perguntei, um pouco mais rabugenta do que deveria. Vê-lo ali parado na sacada do apartamento, à vista de qualquer vizinho que resolvesse olhar pela janela, estava me deixando nervosa.

Tolú inclinou a cabeça para o lado, e o pescoço alcançou um ângulo estranho.

— Peço desculpas, eu estava com saudades de olhar as estrelas. — Ele sorriu. — E ainda não estou habituado a ver tantas luzes elétricas.

Pigarreei, afastando outra vez a vontade de fazer perguntas. Teríamos tempo para aquilo mais tarde. Primeiro, eu precisava tirá-lo da janela.

Tolú me seguiu com passos trôpegos, passando pela porta de correr envidraçada. De volta ao espaço confinado entre quatro paredes, ficava difícil olhar para o demônio sem perceber sua altura, o comprimento dos braços, a pele escamosa. Ele simplesmente *não combinava* com o cenário comum e tedioso ao redor. A cena inteira era desconfortável: eu estava suja e desgrenhada, e percebi, com certo constrangimento — como se um demônio fosse se importar com aquilo —, que ainda estava sem os sapatos e as meias. Tolú me observava de um jeito franco e despudorado, imóvel, esperando calmamente que eu fizesse ou que falasse alguma coisa. Eu não conseguia me livrar da sensação de que ele apreciava ser desafiado. Mas o que eu devia fazer, servir um café?

— Você... quer se sentar na cozinha? — Apontei para o arco que dava acesso ao cômodo de ladrilhos à direita. — Eu ainda não jantei.

Ele caminhou, arrastando a perna, e foi se sentar à mesa. A cadeira rangeu ao ser arrastada para trás, e o demônio soltou o peso do corpo com um gemido, apoiando as mãos cinzentas e cheias de garras na toalha branca que cobria o tampo. Ele ficou encarando as molduras de madeira empilhadas na mesa, as lagartas ruminando lá dentro.

Fui até a pia a fim de lavar as mãos, tentando imaginar que ele fosse apenas uma espécie de visita indesejada com a qual eu teria de lidar.

— A sua perna está machucada?

— Levei uma mordida, não é nada. — Tolú abaixou a cabeça, cutucando a tampa de uma das caixas. — O que são todas essas coisas?

— Uma *mordida*? — Arregalei depressa os olhos para ele, o pano de prato pendendo entre meus dedos.

Mas Tolú não deu atenção à pergunta. Havia puxado uma das caixas de madeira para perto e retirado a tampa de papelão perfurado, e observava com fascínio as futuras mariposas de bichos-da-seda passeando em sua lentidão constante pelas quinas da moldura, consumindo os talos de amoreira que ainda resistiam. A cozinha foi tomada pelo fedor pungente de vegetal processado e abafado em um recipiente sem ventilação. Toda manhã, antes de ir à fábrica, eu precisava limpar os dejetos de cada caixa e renovar o estoque de folhas. Era desgastante, e por vezes nojento, mas eu gostava da ideia de poder brincar com minha própria sirgaria.

— Por que você coleciona lagartas dentro de casa? — o demônio perguntou. Um dos animais grudou na garra afiada de seu indicador e veio subindo pela pele, completamente alheio. Tolú ergueu os olhos para mim. — É para algum feitiço?

— São bichos-da-seda — expliquei. — Tem mais caixas no meu quarto, com aquelas que já estão virando pupas. Depois que ficarem prontas, vou poder desfiar os casulos. E essas lagartas *não são para comer* — acrescentei depressa, vendo que Tolú fazia menção de levar o inseto à boca.

Ele baixou a lagarta de volta para a caixa e franziu a testa, fazendo a pontinha dos chifres se eriçarem.

— Não são? Já ouvi falar em seda antes, e tenho certeza de que...

— *Algumas pessoas* comem as crisálidas cozidas na água fervente — expliquei, chegando mais perto e tampando a caixa, levando a pilha de molduras para a bancada da pia, longe do alcance dele. — Mas *eu* não faço isso. Se está com fome, posso dividir meu jantar com você. Tem pão preto, geleia e queijo.

Tolú fez uma careta que entendi como recusa, então virei de costas e separei apenas um prato e um par de talheres. Cortei o pão em fatias, passei a geleia, coloquei o queijo por cima. Meus dedos tremiam de leve, os músculos travados, e eu não conseguia decidir se estava apenas muito cansada ou se ainda sentia medo. Provavelmente os dois. Minha mãe costumava dizer que o choque era diferente para cada pessoa que a procurava. Algumas gritavam, puxavam os cabelos e saíam correndo com o rosto pálido. Outras — e aquele parecia ser o meu caso — seguiam a vida de um jeito mecânico, os movimentos aéreos e sem firmeza, silenciosas como se estivessem sonhando.

Coloquei o prato na outra ponta da mesa e me sentei. A comida parecia sem gosto na boca, e, ainda que tivesse passado quase o dia inteiro em jejum, eu não estava com fome. Não ajudava nada que o demônio continuasse me observando com aqueles olhos pretos. Pelo menos sentada à mesa eu conseguia esconder meus pés descalços.

— Mas e então, por onde você quer começar? — Tolú falou de repente. O susto fez com que os talheres tilintassem em minhas mãos. Ele riu. — Desculpe, é difícil conversar se você continua achando que vou devorá-la a cada instante.

Pus a mão no peito e limpei a garganta, evitando tossir.

— Como assim por onde começar? — perguntei, seca. — Não é responsabilidade sua criar um plano?

— Sim, mas você precisa ao menos me fornecer algum detalhe. Onde posso encontrar esse seu general? O que ele anda fazendo da vida? Quais as fraquezas dele?

Fiz um resumo rápido do pouco que sabia sobre general Narciso, mencionando brevemente a visita à fábrica e o antigo envolvimento com minha mãe. Tolú ouvia tudo em silêncio, atento.

— Então ele roubou o seu irmão e deixou vocês duas à míngua... A sua mãe não mantém nenhum contato com ele ou com o filho caçula?

Pressionei os lábios para manter o rosto neutro.

— Ela morreu. Cortou os pulsos. Acho que estava tentando invocar um demônio para recuperar meu irmão.

Um silêncio constrangedor se seguiu. Incapaz de sustentar o olhar surpreso de Tolú, transferi a atenção para a toalha de mesa, juntando as migalhas de pão que haviam caído e colocando-as no prato.

— Sinto muito — ele disse, a voz grave. — E você... pretende recuperar seu irmão depois que tivermos terminado?

Aquela era uma possibilidade que eu não tinha interesse em debater tão cedo, temendo que ela me fizesse parecer uma pessoa desalmada aos meus próprios olhos. Minha mãe morrera pelo filho. Mas o que eu teria para oferecer ao menino? O que nós dois tínhamos em comum, além do sangue, que justificasse tirá-lo de sua vida de luxo? Ele não me amava. Eu não o amava. Ele fora educado ao modo dos oficiais. E, se tudo corresse conforme o planejado, eu seria a algoz do único pai que Jacinto conheceu. Não me parecia um bom começo para uma história de amor fraternal. Talvez deixar Jacinto em paz fosse o melhor que eu pudesse fazer por ele. O menino não merecia o nosso passado.

— Não, não pretendo — respondi.

Tolú ficou em silêncio, claramente esperando por mais detalhes. Mas então mudou de assunto:

— Conte-me mais sobre essa tal Pimpinella, ela parece um ponto de partida promissor.

— O que minha chefe tem a ver com isso?

O demônio se inclinou no tampo da mesa, as mãos entrelaçadas e o sorriso felino no rosto.

— Amarílis, a magia é uma força antiga, poderosa. Existem muitas coisas que sou capaz de fazer, mas tenho meus limites. A magia é sempre uma aposta, e é preciso pagar o preço do caos. Não posso simplesmente estalar os dedos e fazer você se materializar no quarto do general com uma faca. Devo agir com moderação, e, às vezes, o caminho mais rápido para cumprir um pacto é jogando o jogo dos homens.

— O jogo dos homens...?

— Alpinismo social — ele explicou, triunfante, os olhos brilhando. — Mentiras, esquemas, manipulação, influência. Dinheiro, sexo e poder. Com a combinação certa de atributos, você pode fazer o que quiser. — Tolú deu um tapinha na mesa. — Para sua sorte, eu sou muito bom em tudo isso. Agora, ande, conte-me sobre a dona da fábrica.

Preferi não discutir com ele. Afinal, não podia obrigar um demônio a fazer nada que não quisesse. Tecnicamente, ele continuaria preso a mim através do pacto, mas eu não sabia nem por onde começar a cobrar uma dívida mágica. Teria de me dobrar aos seus métodos.

Então contei para Tolú sobre Pimpinella, sobre a fábrica que prosperava, os contratos com a República e a grife de sucesso que atraía todas as damas endinheiradas da cidade. Falei sobre seus vestidos coloridos e cheios de panos esvoaçantes, sobre os constantes jantares e festas oferecidos em seu casarão. Falei sobre como ela continuava solteira, e sobre os mexericos que corriam por Fragária de que ela costumava levar belos rapazes para a cama. Quando terminei, horas depois, minha garganta estava seca.

— Bem, é melhor eu ir andando. — Tolú espreguiçou os braços compridos antes de se levantar.

— Andando? — Também fiquei de pé, subitamente preocupada. — Você vai sair?

— Preciso sentir a cidade — ele respondeu. — Quero ouvir como as pessoas falam, o modo como se vestem. Quero saber do que elas gostam. Estou um pouco enferrujado — o demônio admitiu, coçando a nuca. — E quero ver todas essas luzes elétricas de perto!

— Mas você não pode! — Eu o segui até a sala do apartamento. Tolú já estava a um passo da porta.

Ele se virou para me encarar com a mão na maçaneta, parecendo divertido.

— Não posso? E por ordem de quem?

Gaguejei qualquer coisa sem sentido. Não era possível que ele não estivesse entendendo algo tão óbvio. Um demônio encouraçado com chifres e dentes pontudos andando por Fragária em plena luz do dia. Quanta comoção ele esperava causar? Quanto tempo seria necessário para que a República conectasse todo o incidente à minha porta?

— Você é... — Gesticulei vagamente para abarcá-lo dos pés à cabeça. — Um demônio. Não pode ser visto no meio da rua.

— Se você quer mesmo matar esse homem, então é melhor não perdermos tempo.

— Acha que as pessoas *não vão notar* nada esquisito quando cruzarem com você na calçada? Você vai criar um pandemônio!

Tolú gargalhou daquele jeito que eu já estava aprendendo a reconhecer como um traço seu, os dentes à mostra e o queixo empinado para cima.

— Ora, me dê algum crédito, mulher! Tenho meus truques. Estou dizendo que vou dar um jeito de conseguir o que você deseja, então acredite.

Cruzei os braços, nervosa. Abri e fechei a boca, querendo convencê-lo, desejando ter algum argumento que colocasse um pouco de juízo naquela cabeça de lagarto, mas quais seriam as minhas chances contra ele? Será que demônios podiam simplesmente aparecer e desaparecer entre dois pontos? Ficar invisíveis?

Tolú pareceu ler a derrota em meu semblante. Rindo pelo nariz, ele abriu a porta do sobrado, revelando o corredor de carpete cheirando a cigarro do outro lado.

— Vá dormir, Amarílis — ele disse. — Está precisando.

Fiquei em silêncio, acompanhando-o até a saída, e sua figura trôpega avançou devagar pela soleira. Quando já estava quase sendo engolido pelas escadas, porém, ele retrocedeu e enfiou a cabeça pelo vão da porta.

— Uma última pergunta.

— O quê?

— Qual cor você prefere, azul, verde ou marrom?

Franzi a testa, confusa.

— Como assim?

— É só uma pergunta. — Ele deu de ombros. — Azul, verde ou marrom?

Tentei captar algum sentido oculto entre aquelas opções, algum tipo de armadilha na qual ele pudesse estar me prendendo, mas eu estava exausta, perdida demais para raciocinar.

Soltei um suspiro mal-humorado.

— Não sei, verde? Tanto faz, de que importa?

Ele deu risada.

— Então será verde. — O demônio desceu as escadas, assobiando uma antiga música que eu costumava ouvir quando criança. Mas, antes de sumir de vez, enviou uma piscadela descarada para mim. — Gosto de você, Amarílis.

8

A chuva tamborilava nas janelas e no telhado da fábrica, fazendo com que a voz de Antúrio parecesse abafada.

— Você não vai me convencer com essa história de que tropeçou e caiu de queixo na mesa — ele dizia, apontando discretamente para o hematoma em meu rosto. A mancha enfim começara a clarear. — Esqueceu do que faço para viver, Amarílis? Você pode até enganar Rosalinda, mas eu sei reconhecer um soco quando vejo um.

Suspirei e puxei a caneca de café para mais perto, os cotovelos apoiados na mesa comprida do refeitório da fábrica. Além do almoço, tínhamos direito a uma pausa de quinze minutos por dia, e às vezes nossos horários acabavam batendo. Na verdade, eu suspeitava de que Antúrio escolhera o momento de propósito para me encurralar longe das vistas de Rosalinda, tentando arrancar de mim o que realmente acontecera. Era um bom amigo, mas, para azar dele, eu continuaria agarrada àquela mentira como se dependesse dela para não me afogar.

Cinco dias tinham se passado desde a fatídica noite da invocação. Não havia o menor sinal de Tolú desde então.

Depois que o demônio fora embora, eu havia me arrastado até a cama, desabando no colchão fino com as roupas do corpo, exausta, a mente tentando encaixar as peças de tudo o que tinha acontecido em um fluxo coerente. Com a adrenalina e o ódio baixando, eu começara a questionar minhas decisões. Pior, eu começara a ficar com medo do que havia feito.

Mas devo ter pego no sono em algum momento entre meus delírios cansados, porque, quando voltei a abrir os olhos, o céu já estava claro

62

lá fora. Eu não tinha a menor condição de me levantar e seguir para o trabalho. Inventei uma desculpa. Avisei para Rosalinda que ficara doente, que fora por isso que eu saíra mais cedo no dia anterior. Falei que precisava descansar e que dificilmente conseguiria aparecer na fábrica pelos próximos dois dias. Rosalinda havia olhado para mim com desconfiança por um momento — ela no corredor, cheirando a perfume, e eu uma completa bagunça, enrolada no cobertor e encostada na porta do apartamento, o curativo no rosto. Eu nunca faltava ao trabalho, e ela sabia disso. Minha saúde era impecável. Esperei por alguma piada ou alguma insinuação de que eu pudesse estar escondendo um homem em meu quarto, mas Rosalinda havia apenas balançado a cabeça em concordância, dizendo que, assim que saísse da fábrica, voltaria para me ver e preparar um caldo quente. Imagino que eu devesse estar mesmo um trapo para fazê-la acreditar assim tão fácil.

Passei aquele primeiro dia cuidando dos bichos-da-seda, tentando me distrair e pulando de susto a cada mínimo barulho do vento nas janelas ou de passos no corredor, esperando que Tolú pudesse entrar no apartamento a qualquer instante.

Mas ele não veio. E também não apareceu no dia seguinte.

Eu devia ter imaginado. Devia ter sido menos ingênua. Demônios não estavam ali para atender aos desejos delirantes de mocinhas perdidas no mundo, ansiosas por vingança. Minha mãe tentara buscar a ajuda deles, e nenhum viera socorrê-la. Eu era apenas a idiota que o atravessara para o mundo humano, a garota tola disposta a arriscar o pescoço em uma magia proibida. Ele provavelmente estaria rindo de mim àquela altura, percorrendo a cidade por conta própria ou em busca de alguém mais importante com quem fazer um trato, alguém com planos mais ambiciosos e recompensas mais sedutoras para um demônio. Tolú devia me achar patética. Devia ter percebido o quão despreparada eu era na condução da magia, o quão pouco eu podia fazer para obrigá-lo a qualquer coisa. Em dois minutos, ele inventara uma desculpa para sair do apartamento e se livrar de mim.

Quanto mais eu pensava naquilo, mais inocente me sentia: Tolú sequer me dera um prazo, nunca dissera *quando* me colocaria frente a frente com Narciso. Até onde constavam os termos de nosso acordo, ele podia muito bem esperar durante décadas e então me levar ao túmulo do homem. Pior: podíamos nem ter acordo nenhum, com o aperto de mão que trocamos servindo apenas como piada.

No terceiro dia, retornei à fábrica e à rotina. Embora ainda estivesse deprimida, havia uma pequena parte dentro de mim aliviada pelo demônio ter simplesmente desaparecido. *Assim você pode continuar sendo invisível*, eu pensava, *assim não precisa sacrificar a sua vida. Toda essa situação resultaria apenas em uma corda no seu pescoço. É melhor assim, você não estava pensando direito naquela noite. Não vai acontecer de novo. Esqueça o general.*

Voltar à normalidade, porém, era mais difícil do que eu previa. Agora que experimentara meu poder e vira um demônio em carne e osso, era doloroso *esquecer*. Era difícil ser ninguém quando se estava a par de um grande segredo, de um universo de possibilidades. Eu *era* capaz de atravessar criaturas para a realidade. Conseguira segurar o fio daquela meada com firmeza e usar um propósito para fazer a magia costurar minhas próprias regras. O calor fluindo em minhas veias, a mente clara, tão decidida... a certeza de estar no comando. Como esquecer algo assim? Acima de tudo, era como se eu estivesse perdendo minha mãe outra vez. Era como se, de novo, eu estivesse permitindo que o mundo tirasse coisas importantes de mim, porque eu era apenas uma criança ingênua demais para sobreviver a ele. *Ah, Amarílis, menina... Você acreditou nas palavras de um demônio*, diria minha mãe, com pesar, a mesma mulher que acreditara nas palavras de um general do Regime. No fim das contas, talvez não fôssemos tão diferentes.

Mas o que estava feito estava feito. Restava para mim convencer Antúrio a aceitar minha mentira. Eu daria um jeito de voltar aos trilhos e esquecer.

— Já disse, a doença me deixou com tonturas, fui me levantar depressa e caí — falei, observando a fumaça do café espiralar sobre a xícara. Sorri para Antúrio. — Desculpe, mas, diferente de você, não ando por aí levando socos. Sou praticamente uma idosa, lembra?

Antúrio estava prestes a rebater o argumento, mas seus olhos abandonaram meu rosto, atraídos por algo atrás de mim. Não demorou para que eu escutasse os saltos batendo, o som se destacando mais alto que a chuva ou o burburinho das conversas no refeitório.

Virei-me para ver Rosalinda caminhando depressa por entre as mesas e os bancos compridos, as bochechas coradas e os olhos brilhando de animação. Carregava uma bandeja contendo um bule ornamentado, com alça de prata. Estava bastante arrumada naquele dia, com os cachos loiros enrolados a ferro e a saia plissada cor-de-rosa berrante até os tornozelos destacando-se entre o mar de tecidos pastéis das outras funcionárias.

— Amarílis, você precisa vir comigo *agora* — ela disse, sem fôlego, entre um acesso de risinhos de coquete. — Precisa ver o homem que Pimpinella está recebendo no escritório hoje. Deve ser o rosto mais lindo que eu já vi na vida!

— Pensei que *eu* fosse o rosto mais lindo que você já viu na vida — Antúrio comentou.

Rosalinda apoiou a bandeja no tampo de madeira e se inclinou para apertar o queixo do segurança do outro lado da mesa.

— Você tem *outras partes* que considero até bem bonitinhas, mas isso não vem ao caso — ela respondeu em voz baixa, depois se virou para mim enquanto Antúrio ria. — Anda, Pimpinella me pediu para buscar mais café aqui no refeitório porque o dela estava frio, amargo demais, doce demais, sei lá. — Ela fez um gesto impaciente com a mão. — Se levar a bandeja para mim, consigo colocar você lá dentro para espiar também.

Ergui as sobrancelhas.

— Ele é tão bonito assim? — Não era do feitio de Rosalinda fazer qualquer transgressão que pudesse deixá-la mal aos olhos de Pimpinella, muito menos dar um jeito de colocar uma colega no escritório da chefe só por causa de algum sujeito bonito.

— Você vai ver — ela respondeu, puxando-me pela manga da camisa. — Depressa, não posso demorar.

Fiquei de pé com relutância, lançando um último e silencioso pedido de socorro para Antúrio, que apenas se inclinou para frente, divertido, antes de roubar meu próprio café intocado.

Em tempo recorde, Rosalinda fez com que a cozinheira do refeitório passasse um café novo em folha, na temperatura perfeita, e organizou tudo na bandeja bonita, com guardanapos de pano dobrados ao lado do bule. Fez questão de arrumar tudo sozinha.

— Agora segure com cuidado — ela disse, pondo a bandeja em meus braços. — Lembre: é só entrar calada, colocar o café em cima do aparador na parede esquerda do escritório, dar uma boa olhada no moço e ir embora.

Suspirei, testando o peso da bandeja, movendo o conjunto para cima e para baixo.

— Por que eu aceito fazer essas coisas?

— Porque você vai me agradecer depois — Rosalinda respondeu, ajustando o alinhamento dos guardanapos uma última vez. — E, por favor, tente não derrubar nada.

Seguimos pelos corredores da fábrica, passando pela sirgaria e subindo as escadas até os setores de alta costura, pequenos recintos onde as funcionárias e os tecidos eram mais coloridos do que a morosidade uniformizada que reinava no térreo.

O escritório de Pimpinella ficava no fim do corredor, encarapitado no âmago da fábrica, de modo que qualquer visitante era obrigado a percorrer seu império e testemunhar suas criações antes de falar com ela. A porta pesada de madeira estava fechada, e Rosalinda bateu duas vezes antes de colocar a cabeça lá dentro.

— Com licença, madame Pimpinella, trouxemos o café.

Rosalinda deve ter recebido alguma confirmação, porque deu espaço para que eu atravessasse com a bandeja.

Eu nunca havia entrado ali.

A decoração era mais austera do que eu teria imaginado, com móveis escuros, pesados e retos, o papel de parede geométrico e alguns livros com lombadas de couro em uma estante. No meio daquilo tudo, Pimpinella brilhava em roupas e acessórios chamativos, sentada atrás da escrivaninha, pernas cruzadas e braços relaxados, o visitante misterioso sentado de costas para a porta, tratando de seus negócios.

Tive dois pensamentos ao entrar na sala.

O primeiro, de que Pimpinella era realmente muito esperta por manter o lugar daquele jeito. Ela devia tratar com homens importantes o tempo todo, homens acostumados apenas a lidar com dinheiro e outros homens, e que esperariam encontrar, no escritório de uma estilista, toda a graça, leveza e irreverência artística de sua criadora. Mas ela os recebia com praticidade e diligência — talvez um recado de que não havia espaço para gracejos ali. Pimpinella podia dar festas inesquecíveis, distribuir sorrisos ou colecionar namorados, mas seus negócios eram conduzidos com frieza. Ao mesmo tempo, a austeridade do escritório a destacava, fazia dela uma silhueta incongruente e mágica, toda cores e ângulos, um ponto de destaque.

Quanto ao segundo pensamento, ocorreu-me que eu nem precisava ver o rosto do visitante para saber que era bonito. Havia algo na voz dele, algo no modo como a presença enchia a sala, cheio de carisma. Mesmo sentado, dava para notar que era um homem alto, a postura impecável sob as roupas caras. O cabelo era quase tão escuro quanto o paletó, brilhando contra a luz da janela, cortado à navalha na parte de trás e mais comprido na frente, penteado com goma. Na mão direita, segurava um guarda-chuva com ponteira de metal, que usava para tamborilar o carpete em um ritmo descontraído, os dedos longos e pálidos brincando com o objeto. Minha impressão dizia que ele era o tipo de homem acostumado a ser bem recebido.

Mantendo os olhos baixos, segui em silêncio até o aparador no canto da sala.

— E o senhor já fixou residência em Fragária? — Pimpinella estava perguntando.

Depositei a bandeja com o café no tampo da mobília. Rosalinda trouxe um par de xícaras de porcelana.

O visitante suspirou.

— Por enquanto, temo que minha residência ainda seja o hotel. Mas, se firmarmos mesmo uma parceria, eu teria prazer em permanecer na cidade. A madame deve imaginar... — Ele baixou a voz para um tom conspiratório, embora ainda mantendo o humor. — Estou bastante ansioso para colocar alguma distância entre mim e meu pai. O homem é um gênio dos negócios, mas, por isso mesmo, jamais me daria qualquer liberdade criativa.

— Ora, sei bem — Pimpinella respondeu com uma risadinha. — É como sempre digo, há momentos em que precisamos de espaço para cometer nossos erros. Admiro sua coragem, senhor, largando uma rotina confortável sob a supervisão de seu pai para alçar voo e expandir os negócios da família. Não temos muitos exemplos assim entre os herdeiros desta cidade...

— Então imagino que a madame seja uma exceção, correto?

Terminei de servir o café, tomando cuidado para que nada tilintasse ou respingasse. Conseguia sentir a tensão de Rosalinda ao meu lado, fria e impessoal como se não me conhecesse. Ela adicionou o açúcar na primeira xícara, mexeu a colherzinha e pegou o recipiente com as duas mãos, colocando um guardanapo por baixo e se aproximando a passos mansos da escrivaninha da patroa.

— Seu café, madame Pimpinella.

— Obrigada, Rosana.

Quase derrubei o torrão de açúcar da segunda xícara. Arrisquei um rápido olhar por cima do ombro, a tempo de ver Rosalinda parada por trás da dona da fábrica, o rosto franzido como se ela tivesse congelado no meio da ação. Um tom rosado já subia por suas bochechas. Ela fez menção de falar alguma coisa, esticando a mão como se fosse tocar o ombro da patroa para corrigir aquele engano, mas então pensou melhor e fechou a boca.

Desviei os olhos depressa e voltei a mexer o café. Não queria dar nenhuma indicação de ter ouvido aquilo, mesmo que fosse impossível que qualquer pessoa presente naquele escritório *não tivesse* escutado. Eu sabia que era humilhante para Rosalinda ter seu nome trocado daquele jeito, após tantos anos de trabalho, mas seria ainda pior fazê--la admitir aquilo para mim. Aquele posto, a alcunha de abelhinha operária da fábrica Pimpinella, era tudo o que Rosalinda tinha, a única distinção que lhe conferia mais valor diante das outras. Se eu destruísse aquela fantasia, então Rosalinda seria apenas uma funcionária como outra qualquer, só que usando roupas melhores. E eu sabia que, se a olhasse com pena, ela nunca me perdoaria. Rosalinda precisava daquela vaidade.

Então, sem pensar muito, peguei a segunda xícara, agarrei um guardanapo de qualquer jeito e fui eu mesma entregar o café ao visitante.

— Com licença, senhor.

Depositei a xícara no tampo lustroso diante dele. Depois, lembrando do motivo pelo qual Rosalinda havia me arrastado para aquela situação toda, aproveitei para dar uma boa olhada no homem.

Agradeci por já não estar mais com o café em mãos, ou o teria derrubado. Se tivesse mais sorte, gostaria também de estar sentada.

O escritório girou na periferia de minhas vistas, a gravidade parecendo não mais existir.

Ah, sim, o desgraçado era bonito. Rosalinda não exagerara em nada. Bonito da mandíbula talhada às sobrancelhas escuras, passando pela boca, pelo nariz perfilado. Tudo. Tudo nele era bonito.

Mas era nos olhos que eu estava prestando atenção. Nunca tinha visto olhos tão *verdes*. Era como olhar os brotos recém-nascidos na primavera, a casca de um limão maduro, a couraça iridescente de um besouro ou os reflexos do oceano na virada da maré. Eram verdes como qualquer outra coisa que se possa imaginar.

Verdes como eu mesma havia escolhido, em meu apartamento, cinco dias antes.

Desgraçado.

— Obrigado, Amarílis. — Tolú sorriu com maldade, a boca torta, e eu podia jurar estar vendo as sombras das presas pontiagudas que não estavam mais ali.

Meu demônio encarnado feito gente. À luz do dia. Conversando com outros humanos e me chamando pelo nome no pior lugar possível, na pior ocasião possível. E eu havia feito tudo aquilo.

A semelhança seria óbvia para qualquer pessoa ciente de que tal coisa era possível. Sem a pele cinzenta, os chifres ou as garras, seus traços eram os mesmos, apenas reformulados para proporções mais humanas, sobretudo nos braços e nas pernas.

— Vocês se conhecem? — Ouvi a voz de Pimpinella às minhas costas. Ela parecia curiosa, mas também desconfiada.

— Ah, não é nada demais — o demônio explicou, fazendo um gesto de desdém. — Um mero acaso do destino. Nós nos encontramos na fila da balsa, no dia em que cheguei à Fragária, e a jovem Amarílis aqui foi muito prestativa em me indicar a direção do hotel. Quando descobri que era funcionária da Pimpinella, não resisti em fazer mais perguntas. A madame vai precisar me desculpar, mas o melhor jeito de conhecer o patrão é através de seus empregados...

— É mesmo? — Pimpinella mudou para aquele seu tom acetinado, a voz envolta em mel. Duas aranhas estendendo suas teias delicadas, e eu apenas uma mosca naquele escritório. — E o que ela respondeu?

Tolú tirou os olhos dos meus por um momento, abrindo um sorriso radiante para a dona da fábrica.

— Só coisas boas, infelizmente. — Ele suspirou. — Ao que tudo indica, madame Pimpinella é muito admirada nesta cidade, o que, devo admitir, só complica as coisas para o meu lado. Precisarei fazer uma bela de uma proposta. Se a madame for esperta, vai arrancar o que quiser de mim. — Tolú voltou a me observar. Depois, percebendo meu estado de apatia absoluta, ele mordeu o lábio em uma expressão mortificada, como se estivesse me provocando ou fazendo graça da minha ingenuidade. — Ora, pobrezinha, não precisa ficar tão assustada! Eu jamais a prejudicaria no trabalho, e tenho certeza de que madame Pimpinella ficará grata pela sua lealdade. Peço desculpas por não ter deixado minhas intenções claras desde o início.

Desgraçado. Eu queria arrancar os olhos de Tolú com minhas próprias unhas.

Precisei de muita, muita força e concentração para cruzar as mãos com candura na frente da saia e me virar para Pimpinella.

— Preciso voltar ao meu turno, madame, se puder me dar licença.

A dona da fábrica me olhou dos pés à cabeça, analítica, contraindo a boca pintada em carmim. Aquela deveria ser a primeira vez que ela realmente me notava, e rezei para que não se lembrasse do incidente envolvendo a visita do general à fábrica. Eu tinha plena consciência da atenção de Rosalinda beliscando minha nuca e do olhar de Tolú em outras partes do meu corpo. Mais uma vez, eu estava rezando para ser invisível.

— Pode ir, querida — Pimpinella respondeu, por fim, voltando a se reclinar na cadeira. Mas, antes que eu desse sequer um passo, ela riu e deu uma piscadela sedutora na direção do demônio, os cílios compridos e curvos em destaque. — E da próxima vez, garota, não seja tão ingênua a ponto de acreditar no primeiro par de olhos bonitos que lhe aparecer...

Trincando os dentes, foquei apenas em chegar até a porta.

9

É claro que ele estaria me esperando do lado de fora após o expediente.

Ao ouvir o toque da sirene da fábrica, eu havia me levantado e seguido para o vestiário, determinada a pegar minha bolsa e sumir dali o quanto antes. Rosalinda devia ter ficado presa com alguma tarefa de última hora, como era comum às abelhinhas, porque não aparecera junto ao meu armário. Tanto melhor para mim — eu precisaria de tempo para fabricar os detalhes da mentira que contaria para encobrir toda aquela história com Tolú.

No portão, passei por Antúrio e seus colegas como um relâmpago, tentando me camuflar entre o mar de funcionárias que conversavam. A multidão estava compactada na saída da fábrica, pois a chuva aumentara, e muitas das costureiras esperavam uma brecha entre as nuvens antes de se arriscarem a céu aberto. Espremi o corpo por elas, a cabeça baixa. Ainda havia um pouco de claridade no fim do dia, mas as nuvens escureciam quase tudo. Quando meus sapatos chapinharam nas poças da rua e as gotas de chuva começaram a grudar em meus cabelos, pensei por um momento que tinha conseguido, que já podia continuar caminhando em paz para casa.

Mas é claro que o demônio estaria me esperando do lado de fora. Meus olhos o encontraram no instante em que levantei o rosto e observei o caminho à frente. Tolú estava encostado em um poste na calçada, protegido pelo guarda-chuva contra a tempestade torrencial que castigava Fragária. Tinha os ombros encolhidos e um sorriso cretino no novo rosto humano. O que ele queria? Por acaso desejava que eu lhe desse os parabéns por ter me feito de idiota?

Fechando a cara, mudei de direção em um movimento deliberado. Eu precisaria fazer o trajeto mais longo e ficar bem mais ensopada, mas qualquer coisa parecia preferível a encarar aqueles olhos verdes e todos os meus erros. Infelizmente, o dono dos olhos verdes em questão parecia estar vindo atrás de mim. Ouvi seus passos pelas poças da calçada. Não parecia mais estar mancando tanto. Agarrei a bolsa contra o corpo.

— Ei, espere! — Sua figura surgiu ao meu lado, assim como a sombra do guarda-chuva que agora também pairava sobre a minha cabeça. — Se ficar andando depressa desse jeito, não vou conseguir acompanhar e você vai terminar toda molhada!

— Ah, é mesmo? — Eu ainda me recusava a olhar para ele, mantendo a vista fixa no caminho à frente, mal registrando os outros pedestres. — Você voltou para me proteger da chuva então?

— Não é isso que os cavalheiros fazem aqui? — Ele deu mais uma de suas risadinhas. Mesmo em forma de homem, era desconcertante como sua risada ainda soava a mesma de quando era monstro.

Não respondi nada, apenas apressei o passo. Talvez, se eu não lhe desse atenção, Tolú perdesse o interesse na brincadeira e simplesmente fosse embora. Mas o demônio continuava me olhando atento, virando o rosto por alguns segundos apenas para observar o caminho e não tropeçar ou esbarrar em ninguém, a mão ainda erguida com o guarda-chuva.

— Aconteceu alguma coisa? — ele acabou perguntando, quando já virávamos a terceira esquina.

Foi minha vez de dar uma risada. Balancei a cabeça, incrédula.

— Me diga você. — E finalmente olhei em seus olhos. *Desgraçado*.

As sobrancelhas de Tolú se ergueram. Ele pareceu confuso com o tom de acusação, ainda que sustentasse meu olhar, piscando. Eu quase podia ver as engrenagens do cérebro dele soltando fumaça em meio à chuva, o que conseguia ser um pouco pior: como Tolú podia *achar* que estava tudo bem?

Mas então o rosto dele desanuviou de repente, assumindo os traços de empolgação de quem finalmente percebe algo muito óbvio. Eu não estava esperando por um pedido de desculpas ou coisa parecida vindo de um demônio, mas também não estava esperando que ele *fosse começar a rir*.

72

— Você achou... — Ele riu outra vez. — Você achou que eu tinha ido embora, não foi?

Expirei com força e voltei a encarar a rua, determinada a andar depressa e deixá-lo para trás. Mas a mão livre de Tolú segurou meu ombro, obrigando-me a parar e virar para ele em frente a um poste na calçada.

— Você ficou chateada porque achou que eu tinha ido embora. — O demônio me olhava com uma expressão que eu não sabia muito bem identificar. Algo entre estar comovido e ao mesmo tempo achando graça, se é que aquilo fazia sentido. A mão que estava em meu ombro correu para meu queixo, levantando meu rosto. — Precisa trabalhar essa sua confiança, Amarílis.

Dei um tapa na mão dele, recebendo olhares esquisitos de um casal de idosos que passava.

— Ah, claro, porque você é muito confiável.

O demônio refletiu por um instante.

— Não sou. — Ele deu de ombros, a língua percorrendo os dentes. — Mas a magia é. Só posso ficar no seu mundo enquanto estiver a serviço do contrato.

— Cinco dias — falei, como se aquilo explicasse tudo. — Você sumiu por cinco dias. O que esperava que eu achasse?

— Que eu estava trabalhando, como disse que estaria. Avisei a você que precisava sentir a cidade, entender do que essas pessoas gostam...

Cruzei os braços, impaciente. Mas estava me sentindo frustrada também. Tolú respondera com tanta naturalidade que me fizera parecer boba. O que seriam cinco dias para um demônio? Que tipo de atenção eu esperava dele? Esperava que voltasse para o jantar todas as noites ou que enviasse telegramas? O quão infantil eu deveria estar parecendo aos olhos dele...

— E quando é que você pretendia me pôr a par da sua nova forma humana? — perguntei, empinando o queixo, porque ainda não estava disposta a ceder naquela discussão.

Ele franziu a testa.

— Eu estou aqui, não estou? Apareci para você na sua fábrica.

— *Rosalinda* me chamou até o escritório de Pimpinella, para levar café — corrigi. Optei por deixar de fora a parte em que Rosalinda me

73

chamara para ver "o rosto mais lindo que ela já vira na vida". Eu não precisava de mais um daqueles seus sorrisos sem-vergonha.

Mas recebi uma amostra mesmo assim.

— E *quem* você acha que sugestionou a mente da pobrezinha para que fosse chamá-la? — O demônio estufou o peito, orgulhoso.

Pisquei, ficando um pouco tonta.

— Você pode controlar mentes? — E depois, mortificada: — Você está controlando a minha mente?!

— O quê? Não, não. — Ele fez um gesto impaciente no ar. — Eu falei *sugestionar*, não controlar. Apenas consigo dar um empurrão de vez em quando, aflorar alguma emoção que já existia. Não é nada assim tão mágico. E, de todo modo, não posso fazer essas coisas com você. O contrato a protege.

Respirei fundo, ainda sem saber se aquela explicação havia me acalmado ou me deixado ainda pior. Tolú baixou o rosto para me olhar mais de perto, curioso.

— Você não sabia de nada disso, não é? — ele perguntou. Quando fiz que não com a cabeça, ele inclinou o rosto daquele seu jeito réptil. — Você já havia feito magia antes, Amarílis?

Não respondi, mas o silêncio deve ter sido suficiente, porque Tolú voltou a se empertigar, os olhos brilhando, a expressão indecifrável.

— Magnífico... — ele disse baixinho, como se falasse consigo mesmo.

— O quê? — perguntei, preocupada, esperando alguma outra revelação sobre todos os inúmeros detalhes que eu ignorava em um pacto com demônios.

Ele apenas balançou a cabeça, voltando a sorrir.

— Nada. E já falamos muito sobre você. Vamos falar *de mim*. — Tolú ergueu o guarda-chuva mais alto e abriu o outro braço, permitindo que eu tivesse uma visão completa de sua figura. — O que achou das roupas? E do cabelo?

Dei uma boa olhada nele. O paletó escuro tinha um caimento perfeito, com um colete cinza-chumbo por baixo e suspensórios na mesma cor. A corrente dourada de um relógio se insinuava pelo bolso interno. A calça era bem cortada, vincada nos pontos certos. A bainha caía sobre sapatos lustrosos e de aparência cara. Tudo nele gritava dinheiro e bom gosto, e eu ainda não havia nem chegado aos atributos físicos.

Tolú era mesmo um dos homens mais bonitos que eu já tinha visto. O rosto era equilibrado, com aquele tipo de tranquilidade de quem sabia o que estava fazendo e era acostumado a andar com a sorte a tiracolo. Era alto o bastante para chamar atenção, mas não o suficiente para parecer comprido ou desajeitado. Mesmo sob o paletó, dava para perceber que adotara uma forma harmoniosa. Os cabelos brilhavam de tão pretos na penumbra do anoitecer, o corte milimetricamente ajustado para fingir displicência. Sua pele era pálida, mas com um toque de cor nas bochechas. E, como se ele precisasse de *mais* alguma coisa, aqueles olhos... De fato, algumas das pessoas que passavam por nós viravam o rosto para olhá-lo, e talvez se perguntassem o que alguém como ele fazia ao lado de uma pobretona chão de fábrica como eu.

— Se o seu intuito é parecer um desses mocinhos ricos da República, então está fazendo um ótimo trabalho — respondi, fingindo que, por dentro, eu não estava totalmente desconcertada.

Tolú sorriu, adorando cada segundo daquela inspeção. Inclinou-se para frente, os olhos faiscando sob a luz borrada do poste.

— Eu sei que você me achou bonito — ele disse, e empurrou meu nariz com o indicador da mão livre. — Suas sardas ficam mais evidentes quando você está constrangida.

Um misto de raiva e vergonha ameaçou subir por minha garganta e se transformar em alguma resposta atravessada. Porém, o demônio virou o rosto e voltou a observar os arredores, distraído.

— Mas isso é bom, era o que eu queria — ele disse. — Vamos torcer para que o efeito seja o mesmo em Pimpinella... — Ele coçou a nuca. Depois, estalou a língua. — Escute, podemos ir andando? Gostaria de discutir o plano com você, só que preferia não fazer isso no meio da rua. E está chovendo. — Tolú fez uma careta.

— Eu *estava* indo para casa antes de você me atrapalhar — ralhei.

Era um tanto desconcertante andar com um demônio pela rua. Tolú fazia perguntas e apontava para as pessoas e para os prédios, para as pontes, as balsas, os automóveis chiques que passavam carregando alguém importante rumo a seus compromissos noturnos. Tentei falar o mínimo possível, mas com certeza não fomos discretos. Ele não se importava com nada e mudava de ideia a cada dois minutos. Mesmo sob a chuva, parecia tão animado quanto uma criança, trocando sorrisos com as mulheres que passavam e aproveitando cada segundo do trajeto, de modo que, quando chegamos em casa — após tê-lo convencido de que não era uma boa ideia pegar uma segunda balsa só para ver até onde ela ia —, eu me sentia mais aliviada do que com medo. Que eu estivesse tão calma em recebê-lo de novo em meu lar era outro detalhe desconcertante, um detalhe sobre o qual eu não queria refletir naquele momento.

Felizmente, o corredor do sobrado estava deserto, e não cruzamos nem com Rosalinda nem com Floriano.

— Você pode deixar o guarda-chuva secando aqui embaixo — falei para ele, aliviada por sair da rua, trancando a grade metálica do corredor que cheirava a cigarro. Mostrei ao demônio o pequeno nicho sem carpete que separava o saguão da saída dos fundos da loja de bebidas.

Tolú apoiou o guarda-chuva no piso e depois encostou o rosto na vitrine traseira da loja, protegendo os olhos com as mãos para enxergar melhor o lado de dentro. A vidraça nada mais era do que os fundos do enorme mostruário que ficava atrás do balcão, repleto de prateleiras de vidro com garrafas de diferentes tamanhos e cores enfileiradas, os rótulos virados para o outro lado. A abertura permitia que um pouco de luz atravessasse a vitrine, fazendo tudo brilhar. Tolú soltou um assovio.

— Esse seu senhorio guarda alguns tesouros aí dentro. Reconheço um bom número dessas garrafas, já existiam da última vez em que estive aqui.

Comecei a subir as escadas.

— Você fala como se isso tivesse acontecido séculos atrás.

Ele afastou o rosto da vitrine com um meio-sorriso.

— Nem tanto, mas sei que as coisas mudam depressa nas grandes cidades. Da última vez que pisei aqui, a República ainda estava sonhando em nascer.

Meu pé falseou em um dos degraus. A República havia se formado pouco antes de eu vir ao mundo. Minha mãe só precisara esconder seu ofício meia década depois, quando os Inquisidores baniram a magia. Quantos *anos* aquele demônio tinha?

— Você vai subir? — perguntei, tentando fingir que a resposta dele era absolutamente corriqueira.

Tolú me acompanhou pelos lances de escada. Notei que utilizava sempre a mesma perna para pegar impulso, subindo devagar, mantendo-se dois ou três degraus atrás de mim. Talvez não estivesse tão recuperado assim do ferimento. *Da tal mordida*, acrescentei mentalmente, balançando a cabeça em silêncio. A minha vida havia se transformado em uma sucessão de informações desconcertantes.

Dentro do apartamento, o demônio avançou pela sala e começou a esfregar os cabelos úmidos. O guarda-chuva era pequeno demais para nós dois, de modo que parte do paletó dele estava molhada, o colete todo marcado com gotinhas de chuva.

— Você se importa? — Ele segurou as bordas do paletó em um gesto sugestivo.

Neguei com a cabeça, engolindo em seco. Tolú retirou o paletó e o colete, deixando as peças penduradas no encosto do sofá. De camisa e suspensórios, ele conseguia ficar ainda mais deslumbrante. Mais perigoso até, porque ficava fácil esquecer o que ele era de verdade. E devo ter parecido realmente desamparada e sem fôlego, ali parada com a bolsa a meio caminho de ser colocada na mesinha da máquina de costura, porque Tolú pôs as mãos nos bolsos da calça e disse, a cabeça tombando para o lado:

— Pare de me olhar assim, Amarílis. Não vou devorá-la, não sou um bicho.

— Não estou acostumada a receber demônios em casa — respondi. — Nem homens — acrescentei depressa, e praguejei em silêncio ao sentir as bochechas ficando quentes.

Ele sorriu.

— Você está com medo de mim?

A resposta correta seria "sim". A resposta *verdadeira*, eu não sabia direito. Mas escolhi aquela que me permitiria não parecer tão idiota.

— Eu deveria ter medo?

Tolú deu de ombros.

— Bem, até onde me consta, é você quem deseja virar uma assassina. Tudo o que fiz foi beijar a sua mão.

Fechei a cara e passei marchando por ele rumo à cozinha.

— Preciso fazer o jantar. Você pode aproveitar o tempo livre e explicar esse seu suposto plano.

O demônio me acompanhou até o cômodo seguinte, indo se sentar na mesma cadeira que ocupara naquela primeira noite. Amarrei o avental na cintura e separei batatas, cenouras e algumas aparas de carne do dia anterior. A refeição não seria grande coisa, mas o caldo ficaria bom. A cena chegava a ser engraçada. Evitei por pouco uma risada nervosa. Lá estava eu com um homem bonito e bem-vestido à mesa, pensando em culinária como uma boa esposa que recebe o marido após um dia de trabalho.

Lancei um olhar de esguelha para Tolú, e talvez ele tenha percebido algo similar enquanto me observava cozinhando, porque engoliu em seco, fazendo a garganta subir e descer, antes de estalar a língua.

— Quanto ao plano — ele disse de repente, ignorando qualquer constrangimento, esticando os dedos para limpar alguma migalha invisível da toalha da mesa —, você já ouviu falar no baile de carnaval de Pimpinella?

— Qualquer pessoa em Fragária já ouviu falar sobre o baile de carnaval de Pimpinella — respondi, descascando as batatas.

A festa era uma das maiores extravagâncias da cidade, muitíssimo bem frequentada pela elite pagante. Era impossível conseguir um convite sem possuir boas conexões, e a dona da festa não poupava gastos para tornar a ocasião sempre bastante memorável. Pôr os pés no baile de carnaval era um dos sonhos mais antigos de Rosalinda, que esperava, ano após ano, ser chamada para trabalhar nos preparativos da festa.

— Ótimo — disse Tolú —, porque é nesse baile que você vai matar o seu querido general.

Interrompi o movimento da faca.

— Como é?

— Veja, não é tão simples encontrar um oficial da República de alta patente dando sopa desprotegido por aí. Se fosse, eu já teria resolvido — Tolú explicou, um sorriso maldoso brotando no rosto. — O próximo baile de carnaval acontecerá daqui a quatro semanas. Pimpinella convidou general Narciso para a festa, na certa pensando em aclimatá-lo à sociedade de Fragária. Acredito que o idiota seja educado demais para recusar, ainda mais depois de ter sido tão bem recebido na fábrica, mas também acredito que seja antiquado o bastante para deixar a família em casa e poupar o filho de presenciar tamanha *luxúria*. — Ele pronunciou a última palavra com um deleite zombeteiro. — Pense comigo. Boa música, bebidas alcoólicas, um baile de máscaras cheio de gente rica. As pessoas começam a relaxar. De repente, um casal some para o meio do jardim, e os guardas, temendo atrapalhar qualquer coisa, preferem fingir que não viram nada... É perfeito! E também uma solução muito elegante, se quer saber a minha opinião. Dar cabo de um desafeto durante uma festa é um desfecho bastante dramático... — O demônio inclinou o corpo pelo tampo da mesa em um sorriso lânguido, como se esperasse receber um elogio.

Mas apenas joguei as tiras de carne na panela sobre o fogão e me virei para ele, os braços cruzados.

— E em que momento desse seu devaneio alguém como eu recebe autorização para entrar na mansão de Pimpinella?

— Ah, você será a minha acompanhante.

Refleti por dois segundos.

— E em que momento desse seu devaneio alguém como *você* recebe autorização para entrar na mansão de Pimpinella?

O demônio deixou escapar uma gargalhada.

— Ora, minha cara, olhe bem para mim. — Ele voltou a abrir os braços a fim de exibir a própria imagem. — Hoje, apresentei-me para Pimpinella como um possível investidor, o jovem herdeiro deslumbrado e um tanto decadente de um comerciante de exportações. Cheio de sonhos e energia, mas com a dose certa de ingenuidade. Talvez eu até acrescente um coração partido na história. Presa fácil para uma mulher do porte de Pimpinella, não acha? Ela adoraria me depenar inteiro — ele comentou, piscando para mim —, e não só no sentido comercial da palavra...

Ignorei o gracejo.

79

— Então você espera que Pimpinella o convide para a festa. — A panela começou a chiar, borbulhando, e me virei outra vez para acrescentar as cenouras.

— Bem, tenho um mês para conseguir.

Eu não precisava ver o rosto de Tolú para saber que ele estava confiante e que tinha plena certeza do próprio sucesso. Suspirei, encarando a panela. Não é que eu não tivesse fé naquele arremedo de plano, porque com uma aparência daquelas ele podia mesmo conseguir qualquer coisa. E era fácil imaginar como o corpo jovem e o dinheiro de Tolú seriam atraentes para a dona da fábrica. Mas alguns detalhes ainda me pareciam nebulosos demais para fazer sentido.

— Não acha que Pimpinella vai estranhar caso você leve uma acompanhante enquanto brinca de ser o cachorrinho dela?

A risada de Tolú veio baixinha, como se ele estivesse ansioso para responder àquela pergunta.

— Você vai ser a minha irmãzinha. De *criação* — ele acrescentou depressa, notando que eu já me virava com a boca aberta, pronta para rebater o óbvio. — E então eu a apresento ao general. O resto é com você.

— Comigo? — Ergui as sobrancelhas. — Você vai me apresentar a um dos homens mais importantes da festa e, depois que eu der boa noite e comentar como o salão está bonito e a roupa dele é elegante, devo arrumar um jeito de assassinar um general sem levantar suspeitas? Essa é a sua ideia de plano?

— Ah, por favor, Amarílis — Tolú reclamou, o rosto assumindo um ar de impaciência. — Você consegue jogar esse jogo. Sei que consegue. Só precisa... se soltar mais.

— Me soltar mais? — Apoiei as mãos nos quadris. As memórias voltavam: o desespero de minha mãe, a caixa embaixo da cama, os feitiços reunidos às pressas, o dia em que fui embora e esqueci a criança que costumava ser. Eu sabia para onde aquele caminho poderia me levar. — Você nunca foi mulher ou pobre nessa vida, não é?

— Talvez não, mas sempre fui mágico. Assim como você. — O demônio se levantou e caminhou na minha direção, apoiando os dedos na borda da pia, mantendo-me presa entre a bancada e o corpo dele. Senti seu cheiro de floresta e escuridão e forcei-me a olhar em seus

80

olhos. Verdes como folhas de amoreira, grudados aos meus. Quando voltou a falar, Tolú usava um tom mais brando e rouco, cheio de provocações. — Consigo farejar o poder por baixo da sua pele. O perigo. Você é bonita e venenosa, só não sabe disso, e, pelo que me explicou, é muito parecida com a sua mãe. Tem os dons dela. O seu general não terá a menor chance quando puser os olhos em você. Mas, para isso, você precisa se permitir jogar com as minhas regras. — Ele baixou ainda mais a cabeça, fazendo com que eu me inclinasse para trás. Seu dedo tocou meu queixo, correndo pelo hematoma que desvanecia. — Não vai ser caçada, Amarílis, eu prometo. Dessa vez, nós estaremos caçando. E você vai poder fazer o que quiser, porque é uma vergonha ver uma mulher como você se escondendo na lama.

Não era aquilo que eu esperava ouvir. Dentro de mim, dois pensamentos competiam para chegar à superfície. O primeiro estava assustado, pedindo para que eu tivesse cautela, para que me afastasse daquele demônio e de qualquer sede de vingança. A vida, a vida real das pessoas em carne e osso, tinha regras, e ninguém podia fazer o que bem entendesse sem enfrentar as consequências de seus atos. Não sem dinheiro, poder ou influência.

Já o outro pensamento sussurrava coisas diferentes em meu ouvido, usando a voz de minha mãe. Ele era como uma fome, como uma ânsia, implorando para ser libertada. Ele olhava para o rosto bonito à frente e me desafiava a roçar o nariz contra o dele. A libertar toda aquela magia. O que de pior poderia acontecer? De que valia uma vida anônima e sem graça como a que eu levava? Eu poderia experimentar... Eu poderia colocar para fora... Eu poderia matar um homem.

Sem raciocinar direito, baixei os olhos para a boca do demônio. Os lábios se repuxaram em um sorriso.

— O que você quer fazer, Amarílis? — ele perguntou. Talvez pudesse ouvir meus pensamentos.

Mas foi o jeito como ele falou, morno, doce, que me trouxe à realidade outra vez. O entendimento do quão perto eu estava de cometer uma bobagem atingiu meu cérebro como um jato de água fria. *Controle-se.*

— Meu jantar vai queimar se você não sair da minha frente — respondi, orgulhosa ao perceber que minha voz soava desinteressada.

Tolú se afastou em um movimento elegante, as mãos indo parar nos bolsos da calça.

— Isso significa que você está de acordo com o plano? — ele perguntou. Também soava absolutamente controlado. Se alguém entrasse na cozinha naquele momento, jamais suspeitaria de qualquer ideia absurda sobre *roçar narizes* ou coisa do tipo.

— Pelo que entendi, só preciso me incomodar em agir caso você consiga os convites para a festa. — Enrolei um pano de prato na mão para retirar a panela do fogo. — Por que não trabalha nisso e aí tenta me convencer depois? Quem sabe você tenha uma ideia melhor do que "contar com a sorte e seduzir o general". — Eu não queria dizer para Tolú que estava tendo dúvidas quanto à minha capacidade de cometer um crime. Não que eu me importasse com o general. Até onde me constava, ele podia muito bem ir para o quinto dos infernos. Mas ter aquele sangue em minhas mãos... Ter de levar o resto da vida sob o estigma de assassina... Bem, a ideia não era tão simples quanto parecera no dia da invocação, com a cabeça quente, os joelhos esfolados e o queixo doendo. Com sorte, se eu pudesse manter Tolú ocupado, teria mais alguns dias para pensar no assunto antes de qualquer passo definitivo.

Mas o demônio ergueu os ombros, as mãos ainda nos bolsos, e deixou transparecer uma expressão quase envergonhada.

— Na verdade, eu preciso que você me ajude com uma coisinha ou duas.

— Estou ouvindo.

— Bem, para que Pimpinella não desconfie de nada, eu preciso *realmente* parecer um jovem herdeiro desamparado. E ela não vai se deixar enganar tão fácil, então a coisa toda precisa soar verdadeira. — Ele ergueu a mão para enumerar os itens nos dedos. — Preciso de dinheiro, documentos, roupas, conexões... Uma vida falsa, em resumo. No melhor dos mundos, eu arranjaria tudo isso antes de me apresentar a ela, mas, como o baile vai acontecer em quatro semanas, precisei me adiantar.

Dinheiro? Documentos? Onde ele achava que eu arrumaria tudo aquilo? Se tivesse condições de fornecer alguma daquelas coisas, eu certamente não estaria recorrendo a um demônio.

— Você não pode dar um jeito nisso? — perguntei. — Usar a sua... sua *mágica*?

— A minha magia tem limites, Amarílis — ele respondeu, ofendido. Devia ser mais um daqueles princípios básicos que eu ignorava. — A magia é uma deformação temporária da realidade. Só funciona por um tempo, como o portal que você abriu e que me permitiu atravessar até aqui. Para coisas mais duráveis, é melhor se ater aos métodos tradicionais.

Métodos tradicionais. Certamente não existia nenhum desses ao nosso alcance que estivesse dentro da lei. Seria perigoso. Antúrio ia querer me matar.

— Talvez eu conheça uma pessoa — respondi. — Posso apresentar vocês dois. Mas ele não pode saber que você é um demônio. E você não pode, sob hipótese alguma, colocá-lo em perigo.

— É algum namorado?

— Estou falando sério aqui, Tolú.

— Sem problemas — ele respondeu. Depois veio espiar por cima do meu ombro, observando a comida. — Tem certeza de que isso era para estar cheirando assim?

— Você não come nunca? — perguntei, servindo a carne com legumes no meu prato.

— Se precisar... — Ele deu de ombros. — Mas não gosto do que vocês humanos costumam fazer.

— E não fica com fome?

— Eu me viro. — Tolú ergueu os olhos para mim, esperançoso de repente. — Na verdade, eu trouxe minha própria comida. Você se importa? Está no bolso do meu paletó.

— Desde que você não coma criancinhas...

Com uma gargalhada, ele foi até a sala enquanto eu me sentava para comer, voltando com um pequeno embrulho em papel pardo, manchado nas bordas. Abri a boca para questionar que tipo de coisa nojenta ele pretendia trazer para a minha cozinha, mas o demônio não esperou por mais nada. Segurando uma das pontas do papel, ele sacudiu o embrulho e despejou a suposta refeição no tampo da mesa. Algo molhado e escuro deslizou lá de dentro e fez barulho ao aterrissar na toalha.

Era um pombo. Tolú havia trazido um pombo de rua morto para jantar.

O pescoço da ave estava torcido, pendendo em um ângulo desconexo. Algumas penas já estavam se soltando. Encarei seus olhos vítreos e alaranjados, o bico entreaberto. Ergui o rosto para Tolú.

— É *isso* o que você come?

Ele deu de ombros outra vez antes de se sentar à mesa, ocupando a cadeira que aparentemente agora considerava seu lugar.

— É comida, estava de graça no meio da rua e tinha um cheiro bom. — Ele apoiou a cabeça por cima dos dedos entrelaçados, os cotovelos sobre a toalha. — Mas com certeza você não está com nojo, está? Sei que os humanos podem ser... *sensíveis* a esse tipo de coisa, mas você quer ser uma assassina, certo?

Baixei de novo os olhos para o pombo. Um teste. Aquilo era um teste. Ele esperava que eu falhasse.

— Dizem que essas coisas passam doenças — respondi, alcançando os talheres. Algo me dizia que Tolú não precisaria de seu próprio conjunto de garfo e faca.

— Está preocupada comigo? — ele sorriu.

Espetei um cubo molenga de batata cozida.

— De modo algum. Vá em frente.

Levei o garfo à boca, os dedos apertando o talher um pouco mais do que o necessário. Eu me recusava a tremer. Estava em minha casa, em minha própria cozinha. Se eu estava tendo dúvidas quanto à minha capacidade de assassinar um homem? Sim. Se eu aceitaria perder aquele desafio? Jamais.

Mal senti o gosto da batata, e meu estômago revirava em antecipação ao que viria. Tentando não prestar mais atenção do que o necessário, observei enquanto Tolú desabotoava a gola da camisa, deixando entrever parte do peito. Ele começou a deslizar os suspensórios dos ombros.

— Os dentes — ele explicou. — Vocês não mastigam muito bem.

Encarei depressa a carne cheia de molho em meu prato, um calor acanhado subindo pelas orelhas, fazendo-me suar sob a roupa. Se eu havia entendido aquilo direito, seria mais confortável não olhar. Obriguei o garfo a se mexer de novo e coloquei mais um punhado de comida na boca, controlando a ânsia de vômito. Sob o perfume da refeição e o odor suave de folhas de amoreira, presença constante na cozinha, eu já conseguia identificar o cheiro de pena e morte que exalava do pombo abatido.

Tolú se aprumou na cadeira e começou a produzir sons estranhos, estalos ocos ou úmidos que me faziam pensar em ossos partidos e juntas desencaixadas. Observei a sombra dele na toalha da mesa, mudando, crescendo, tornando-se mais encurvada. Mais animalesca. Não tive coragem de olhar, mesmo sabendo o que encontraria, mas vi quando sua mão cinzenta de garras compridas agarrou o pombo. A ave pareceu minúscula entre seus dedos.

Fiquei olhando para o ponto onde o animal morto estivera, concentrada em mastigar. Por baixo da mesa, contraí os pés em agonia. *Respire, Amarílis. Mastigue.*

Ao ouvir a primeira mordida, achei mesmo que iria vomitar. Tolú mastigava como um lagarto, aos poucos, movendo a cabeça para ajustar a posição da carne, atravessando músculos, tendões e ossos com as presas. Destruía o pombo aos bocados em uma lentidão inebriante, segurando com as duas mãos, triturando tudo. Penas cinzentas e azuis começaram a cair suavemente sobre a toalha.

Coloquei mais uma garfada na boca.

Às vezes, a depender do ângulo com que ele mastigava, eu via a sombra de seus chifres despontando na mesa, subindo e descendo com a voracidade de tudo aquilo. Eu podia sentir o cheiro do sangue.

Mais uma garfada.

De um jeito estranho, comecei a relaxar. Existia certa cadência nos sons que ele produzia. Pensei na forma com que minha mãe depenava galinhas após torcer o pescoço das aves que comprava na feira. Pensei em cães roendo ossos, caninos e molares escavando o tutano e arrancando cartilagens, prendendo entre as patas. Havia um cachorro na rua onde morávamos antes de tudo acontecer. Às vezes, dávamos nossas sobras de comida para ele.

Em seguida, pensei nos caramujos que habitavam os canais de Fragária, que às vezes subiam para o convés da balsa e eram pisoteados pelos passageiros. Eu lembrava da sensação. A concha espatifando como uma crosta de pão sob meus saltos quadrados. A sensação era terrível, sim, mas era também inebriante à sua maneira. Uma sensação que ficava. Como uma mancha ou um pecado, o som da concha quebrando me acompanhava pelo resto do dia.

Mais uma garfada, dessa vez mais cheia. Pensei no prato que eu enchera de sangue para convocar o demônio, o líquido vermelho cobrindo toda a superfície.

A comida não estava incrível, mas não era ruim. Concentrei-me na textura da carne fibrosa e me deixei perder em pensamentos. Era como se eu estivesse fora do corpo, naquele limiar entre o mundo real e os fios da magia, calma e confortável como não me sentia havia muito. Mal lembrava o que Tolú estava fazendo.

Quando levei a última garfada à boca e inclinei o prato para capturar melhor os restos de molho e legumes, percebi com surpresa que o barulho havia parado.

O demônio me olhava com um sorriso divertido, os olhos verdes brilhando. Impecável. Dos cabelos arrumados aos suspensórios recém--colocados, nada nele sugeria qualquer tipo de atividade bestial nos últimos minutos. Não tinha manchas de sangue no rosto nem nas mãos. Não fosse pelas penas sobre a mesa e o papel amassado jogado na pia, eu poderia muito bem ter imaginado tudo aquilo.

— Satisfeito? — perguntei, usando o guardanapo para limpar a boca. Fiquei pensando se ele já me considerava digna o suficiente para passar no teste.

O demônio não respondeu, apenas continuou sorrindo. Não, *apreciando*. Fosse lá o que ele tivesse encontrado em minha expressão, era algo que lhe agradava e que o deixava orgulhoso o bastante para exibir os dentes. Talvez o teste não fosse para ele, no fim das contas. Talvez fosse para mim mesma. Era como se Tolú tivesse desencapado uma pequena parte de minha loucura, obrigando-me a olhar o que havia lá dentro, bem no núcleo. Obrigando-me a contemplar minha própria insensibilidade frente a uma pequena carnificina.

Eu já vira muitas coisas horríveis antes, mas sempre no calor do momento, sempre precisando lutar por mim mesma. Ali era diferente. Era frio. Nada pessoal. E eu estava... *bem*. Eu não devia estar bem. Mas havia jantado, apreciado a refeição.

Então talvez, *talvez*, eu pudesse matar um homem.

10

Domingo era o único dia de folga na Pimpinella, e por isso eu sabia onde encontrar Antúrio. Sabia também que, àquela hora, ele ainda estaria na cama.

Tolú havia dormido na varanda. Ou ficado lá acordado olhando as estrelas, não sei. Como a ideia era falar com Antúrio na manhã seguinte, fazia sentido que ele esperasse no apartamento, e não havia nada do nosso plano que ele pudesse adiantar durante a madrugada. Ou pelo menos fora assim que ele me convencera, e eu tinha fechado meu quarto e colocado uma cadeira escorada contra a porta ao me deitar. Ele achara graça. Enquanto recolhia as penas do pombo morto, havia feito alguma piada sobre eu não me preocupar em dividir a cama. Dormi pouco, cheia de pesadelos e sobressaltos. No sonho, a mesma cena de sempre a se repetir: os homens de general Narciso invadindo a casa de minha mãe, alterando nossa família para sempre enquanto eu me escondia indefesa por trás do fogão.

Ao levantar, senti-me boba pela precaução: encontrei o demônio agachado na sala junto à máquina de costura velha, correndo o dedo com inocência pelo tensor de linha. Os primeiros raios do alvorecer pintavam seus cabelos escuros com reflexos vermelhos.

— Era da sua mãe? — ele perguntou.

Confirmei com a cabeça.

— Foi ela quem ensinou você a costurar? — Depois de um segundo aceno de minha parte, ele acrescentou: — E você gosta?

— Às vezes — respondi. — Às vezes não. Mas sou boa no que faço, e é o que paga as contas.

Tolú não fez novos questionamentos, mas permaneceu agachado observando a máquina enquanto eu requentava o café no fogão. De certa forma, o silêncio era bem-vindo: eu não queria contar para ele o motivo que me levava a nunca costurar nada ali.

Os bichos-da-seda precisavam de cuidados. Desci e dei a volta no prédio do sobrado, indo até o quintal dos fundos onde eu discretamente passara a cultivar as amoreiras. Era a melhor hora para descer: eu dificilmente corria o risco de encontrar alguém, e o ar úmido da manhã, com seu cheiro de orvalho e verde, ajudava a organizar os pensamentos. Floriano não dava a mínima para o lugar, que era mais um depósito a céu aberto de tralha abandonada e sobras de reformas feitas muitos anos antes, engolidas pelo mato. Coletei a quantidade habitual de folhas, arrancando-as de modo a manter os arbustos equilibrados. Voltei para o apartamento e comecei a empilhar as caixas quadradas e baixas, distribuindo a comida entre as lagartas sob o olhar vigilante de Tolú. Dentro do que se podia chamar de rotina, ele parecia mais introspectivo e observador do que o normal, ainda que não tivesse qualquer vestígio de sono. Mas minha atenção, por um abençoado momento, estava inteiramente focada nas caixas. Era engraçado que, de um dia para o outro, as lagartas pudessem crescer tanto. Sempre me parecera uma espécie de mágica por si mesma: se eu permanecesse ali olhando, sem piscar ou desviar as vistas em nenhum momento, elas ainda cresceriam diante dos meus olhos?

Terminei de empilhar as lagartas em um canto da sala e puxei um novo lote, mantido numa prateleira alta acima dos armários da cozinha. Aquelas eram mais valiosas de certa forma. Abri a tampa da primeira caixa. Lá dentro, em vez das folhas roídas, dos dejetos e dos galhos finos por onde as lagartas perambulavam, pequenos cilindros de papelão estavam dispostos lado a lado, virados para cima de modo a formar uma estampa de pequenos círculos. Dentro de cada cilindro, um casulo alvo e macio, dormente. Passei para a caixa seguinte, onde encontrei uma pequena mariposa branca secando, as asas ainda amassadas, agarrada ao próprio casulo rompido.

Momentaneamente esquecida do mundo, trouxe a caixa comigo para a mesa da sala. Aquilo chamou a atenção de Tolú.

— Essas aqui vão começar a sair — expliquei ao demônio, puxando o cilindro com o casulo abandonado para que ele visse o inseto mais de perto.

Ele enfiou as mãos nos bolsos e se inclinou para frente, estreitando os olhos. Daquela distância, eu sabia exatamente o que ele estava vendo. As mariposas de bicho-da-seda eram como pequenos dragões roliços de antenas felpudas, o corpo recoberto por pelos claros e sedosos. Os olhos eram como os dele em sua verdadeira forma, negros feito a noite. Tolú estendeu o indicador para que o animal subisse e depois trouxe-o ainda para mais perto do rosto. A mariposa passou as patas dianteiras pelas antenas, tentando se secar, alheia ao fato de estar empoleirada em um demônio.

— Como você faz para alimentar todas essas coisas depois que elas saem voando por aí? — ele perguntou. Parecia curioso de verdade, e presumi que nunca vira um bicho-da-seda adulto antes. Aquele ineditismo devia ser uma ocorrência bem rara na vida de um demônio com tantos anos de existência. Senti-me um pouco mais confiante por finalmente saber de algo que ele ignorava.

— Bichos-da-seda não comem na fase adulta — respondi. — Também não voam.

Tolú ergueu as sobrancelhas, baixando a mão que segurava a mariposa.

— Não comem nada?

Balancei a cabeça em negativa.

— A fase adulta é somente para reprodução. As mariposas vão secar, formar um par, acasalar, colocar os ovos e morrer. Os machos vão durar uma semana, e as fêmeas mais ou menos o dobro disso. Essa que você está segurando é uma fêmea.

Ele ponderou a informação por um momento.

— Não parece um jeito tão ruim de morrer, embora eu fosse preferir ter mais tempo para todo esse acasalamento. — Ele voltou a observar a mariposa recém-formada, ignorando meu constrangimento frente ao comentário libidinoso. — E por que as asas, se não voam?

— Já voaram em determinada época — respondi, coçando a nuca. — Mas perderam a habilidade ao longo dos anos, com a domesticação.

89

Presos nas caixas e pareados manualmente, não têm predadores ou qualquer motivo para voar.

Tolú pareceu achar aquela parte menos divertida. Estendeu a mão para que eu capturasse a mariposa e a pusesse de volta em seu cilindro de papelão. O inseto cor de creme se contorceu.

— E você gosta disso? De ver elas morrendo? — perguntou, limpando, no tecido da calça, a gosma úmida que a mariposa deixara em seu dedo.

Pensei por um momento, arrumando a caixa, fingindo analisar os outros casulos.

— Gosto de ver elas vivendo — respondi, hesitante. Mordi o lábio. A resposta não era tão simples assim de explicar. — Quando minha mãe morreu, me puseram em um abrigo até ter idade para trabalhar. Havia um quintal cheio de mato lá, e logo nos primeiros meses tivemos uma infestação de lagartas. Ninguém ligava para o estado do jardim, então criei o hábito de descer e ficar olhando, o que era mais seguro do que conversar com as pessoas que passavam pelo abrigo. E as lagartas... elas não se preocupavam com nada. Aquilo me fascinava, continua me fascinando, o bicho-da-seda acima de todos os outros insetos. — Um sorriso involuntário me escapou. — A comida cai na cabeça deles, todas as necessidades são atendidas... e eles não ligam. Têm apenas esse impulso, essa compulsão de viver e de extrair tudo o que é possível, sem pensar nas consequências. Se a pessoa não tomar cuidado, as mariposas podem se atirar na água ou no fogo em busca de um parceiro, porque não enxergam nada além do desejo. E isso... me atrai. A falta de barreiras, mesmo em um mundo confinado. Gosto de cuidar dos bichos-da-seda e de tentar tecer algo belo a partir da morte e do caos, porque assim eu também me sinto... é como ser...

— Uma deusa.

Ergui o rosto para Tolú, envergonhada por ter me aberto tanto. O demônio me observava com uma expressão impassível, mas os cantos enrugados da boca sugeriam um sorriso. Eu não saberia dizer se de admiração ou zombaria.

— Pelo menos eu não as mato ainda dentro do casulo — retruquei, ansiosa por desviar o rumo da conversa. Se alguém me perguntasse sobre os bichos-da-seda algumas semanas antes, eu provavelmente responderia que estava fazendo aquilo somente pelo dinheiro. Seda era cara, todo mundo sabia. *Ótimo, um assunto mais seguro.* — Estou tentando desenvolver um processo novo de extração da seda — expliquei, tentando soar como se aquilo fosse a coisa mais interessante do mundo. — Sem precisar matar as pupas, mas também sem prejudicar a qualidade do fio. Ainda não tive muito sucesso, mas... talvez seja diferente com essa nova fornada. — Dei de ombros.

Ele assentiu e voltou a enfiar as mãos nos bolsos, sem demonstrar grande interesse por aquela parte do assunto. Passou a caminhar a esmo pelo apartamento, parando para observar os detalhes enquanto eu espalhava as caixas na mesa, retirando as tampas a fim de esperar o rompimento dos casulos.

— Então é de bichos-da-seda que você gosta — ele comentou de repente, de costas para mim, admirando um pequeno prato de porcelana azul pendurado no papel de parede desbotado. — Acho que é a primeira vez que a vejo falando com empolgação sobre alguma coisa. Quase como se estivesse orgulhosa. Cai bem em você. — Então Tolú virou o rosto. Eu já aprendera a esperar o pior quando encontrava aquele sorriso. — Quem diria que a discreta Amarílis é do tipo que admira a vida boêmia, comer, dormir e foder...

O sangue pulsou em minhas orelhas. Meu pescoço ficou quente.

— Será que você consegue ser mais depravado? — reclamei, deixando as caixas de lado e seguindo para o quarto a fim de buscar um lenço para amarrar no cabelo.

Tolú se inclinou para trás, a cabeça aparecendo para me espiar através do corredor.

— É um desafio?

— Não. Você precisa de mais alguma coisa antes de irmos falar com Antúrio?

— Você disse que ele estaria dormindo.

Em frente ao espelho de moldura enferrujada no quarto, passei o lenço verde por baixo do cabelo e prendi os cachos para cima. Sim, Antúrio provavelmente estaria dormindo. Mas eu faria qualquer coisa para fugir daquele sorriso. Daquelas perguntas.

— Pois agora acho que já está bom dele acordar.

***

Rosalinda abriu uma fresta da porta, ainda com a correntinha de segurança pendurada, e arregalou os olhos sonolentos ao perceber Tolú por trás de mim.

A porta voltou a se fechar depressa. Eu podia ouvir — e quase visualizar — Rosalinda ajeitando o penteado e fechando melhor o robe cor-de-rosa que costumava usar aos domingos, sussurrando com rispidez para que Antúrio ficasse apresentável. Continuei encarando a porta fechada, sem olhar para o demônio.

Após um minuto, Rosalinda apareceu novamente, o rosto transformado em uma máscara de sorriso. Havia até passado batom.

— Peço que me desculpem, não estava esperando visitas agora pela manhã. O senhor deseja entrar? — A voz dela tinha o mesmo tom que costumava usar com os visitantes da fábrica, e era óbvio que se dirigia somente a Tolú.

Senti que o demônio se adiantava ao meu lado, pronto para derramar seu charme, então segurei a porta com uma das mãos.

— Não precisa dessa pompa toda. Viemos conversar com Antúrio. Imaginei que ele estivesse por aqui.

Com um ar que era parte mortificado, parte curioso, ela se afastou para nos deixar entrar.

— Muito obrigado — Tolú respondeu, porque não podia evitar.

— Você sumiu ontem — ela sussurrou em meu ouvido depois que o demônio passou.

O apartamento de Rosalinda era gêmeo do meu, apenas com os cômodos rebatidos na direção contrária. A decoração era colorida, alegre, com babados e macramês pendurados pelos móveis, almofadas e vasos de planta. Boa parte do dinheiro de Rosalinda terminava sendo gasto ali. Ela tentava simular o glamour despojado de uma casa de veraneio ou da saleta de alguma senhora rica nos casarões da parte alta de Fragária, mas as paredes descascadas e a atmosfera poeirenta deixavam a natureza do lugar bastante clara. Pelo contrário, a sensação que eu tinha sempre que pisava ali era de que Rosalinda se esforçava *demais* para esconder uma origem humilde.

Antúrio estava sentado na mesa da sala, de calças de pijama e camisa regata, os braços enormes e tatuados esticados por cima do tampo enquanto ele tragava um cigarro. Ergueu uma sobrancelha ao me ver entrando. Pelas bolsas abaixo dos olhos, ele de fato ainda estava terminando de acordar.

— Precisamos da sua ajuda — falei, puxando uma das cadeiras com estofamento bege para me sentar. Tolú deu a volta e se sentou do outro lado, de modo a deixar Antúrio na cabeceira entre nós.

Antúrio encarou o demônio de cima a baixo, intrigado.

— E o senhor é...?

— Tolú. — O outro esticou a mão, enérgico e sorridente, e Antúrio a apertou em um movimento hesitante.

Rosalinda pigarreou.

— É o possível investidor de que lhe falei. Da Pimpinella. — Ela viera ficar de pé ao lado do namorado, cruzando os braços por cima do robe como se quisesse escutar toda a conversa, mas não desejasse se sentar e tomar parte de nada daquilo. Parecia cautelosa, mas animada por ter alguém tão "importante" em sua sala. Depois que falou, encarou meu rosto em uma pergunta silenciosa. *O que este homem está fazendo aqui?*

Antúrio não foi tão discreto quanto ela.

— E de onde vocês se conhecem? — ele perguntou. E, em seguida, inclinando a cabeça e batendo o cigarro no cinzeiro: — Desculpe, mas não é muito comum ter gente da sua classe andando por essa freguesia. Vocês dois...?

Troquei olhares com Tolú. Havíamos combinado que seria mais seguro para todos se ninguém além de nós dois soubesse de suas origens demoníacas. Se a magia ainda era um crime punido com severidade na República, acobertar praticantes de magia e criaturas sobrenaturais era tão ruim quanto.

O demônio suspirou, sonhador.

— Ah, se ao menos ela me desse uma chance — ele disse. Gargalhou quando me viu fechando a cara. — Estou brincando. Amarílis é minha sócia.

— Sócia? — Pela reação de Antúrio, talvez tivesse sido melhor dizer que éramos amantes.

Eu não gostava de mentir para as únicas duas pessoas no mundo que considerava como família, então preferi oferecer algo mais ou menos verdadeiro.

— Ele... ele não é exatamente o que parece — murmurei, sentindo o corpo afundar um pouco mais na cadeira.

— Estou interessado em investir na Pimpinella — falou Tolú, inabalável. A mentira fluía dele com naturalidade. — Mas não tenho... as *credenciais* corretas. Não para ser aprovado pela dona da fábrica.

Antúrio apagou o cigarro, a testa franzida.

— Estou ouvindo.

— Ganhei meu dinheiro em um "golpe de sorte", por assim dizer — Tolú prosseguiu com seu relato, desenhando aspas no ar. — Mas não tenho berço nem uma história muito bonita. Apenas uma ideia boa para investir e fazer o dinheiro render. Digamos que Pimpinella não ficaria feliz caso fosse investigar meus antecedentes.

Antúrio assentiu devagar em um gesto de compreensão.

— Você precisa de uma história nova.

O demônio estalou a língua.

— Documentos, endereço fixo, uma linha de crédito no banco... dinheiro realmente não é o problema — disse Tolú. Olhei de lado para ele, surpresa, mas o demônio não demonstrou ter percebido. — Mas preciso que seja discreto. Tem que soar *legítimo*, se é que me entende. E Amarílis me garantiu que você saberia o que fazer.

Antúrio ficou quieto por alguns segundos, mastigando a parte interna da bochecha com o rosto sério, o olhar passeando entre meu rosto e o de Tolú. Virou-se para mim.

— E onde você entra nessa história?

De novo, o demônio tomou a dianteira. Não devia ter total confiança na minha capacidade de mentir ou talvez tenha notado meu nervosismo. Por baixo do tampo da mesa, eu entrelaçava os dedos com força.

— Conheci a mãe dela — Tolú respondeu. — Crescemos na mesma rua. Recentemente, voltei à cidade depois de fazer fortuna, e Amarílis era meu único contato. Foi ela quem sugeriu a Pimpinella como um investimento, e então tracei toda a proposta. — Ao ver que Rosalinda abria a boca, ele acrescentou depressa: — Temo que a culpa de vocês não estarem a par de nada disso seja minha, senhorita. Pedi extrema discrição para Amarílis, e vocês devem saber como ela é uma boa amiga.

A mentira era tão fácil para ele que me deixava ainda mais culpada. O rosto franco, as mãos relaxadas. Mencionar minha mãe havia sido um toque de mestre: somente pessoas próximas saberiam dela, já que eu não falava do assunto com quase ninguém. Para a maioria, eu era apenas uma órfã vinda de um abrigo e acolhida em uma pensão para jovens costureiras, muito tempo atrás. Eu era ninguém.

Antúrio ouvia as explicações de Tolú, mas continuava me observando. Por fim, sentindo que precisava fazer alguma coisa, consegui comentar em uma voz mais ou menos neutra:

— Eu e Tolú fizemos um acordo. Ele vai dividir comigo parte dos lucros obtidos na revenda das peças confeccionadas na fábrica. Talvez assim eu consiga sair da Pimpinella e montar meu próprio negócio. — Pigarreei. — Vocês sabem, com os bichos-da-seda.

Antúrio continuou em silêncio, mas vi quando Rosalinda apertou discretamente o ombro do namorado. Por fim, ele descruzou os braços enormes e se inclinou por cima da mesa com um ar conspiratório.

— Tudo bem. Eu talvez saiba com quem você pode falar para conseguir essas coisas. Mas vai ser caro. E perigoso. Quero o meu nome e o de Rosalinda bem longe disso.

— Entendo perfeitamente — o demônio respondeu, inclinando-se também. — Você tem minha palavra.

— Ótimo, então podemos falar de negócios. — Antúrio voltou a se encostar na cadeira e segurou a mão que Rosalinda mantinha em seu ombro, beijando o pulso da namorada. — Talvez essa seja a hora em que você prefira não escutar, querida.

— E não quero escutar mesmo — retrucou Rosalinda, que continuava firme em sua resolução de fazer vista grossa para os "bicos" do segurança. Ela deu um passo atrás. — Fiquem à vontade para resolver o que for preciso, mas *eu* vou passar um café. Amarílis, me acompanha até a cozinha?

Eu preferia ficar e ouvir a conversa, e principalmente não deixar Antúrio sozinho com o demônio, mas parte de mim achou melhor não contrariar Rosalinda — já era bênção suficiente que ela estivesse engolindo toda aquela história. Empurrei depressa a cadeira para trás, fazendo barulho.

Na cozinha, Rosalinda me pediu para separar as xícaras e os pires, os guardanapos, as colheres e o açucareiro — uma versão barata da bandeja do escritório de Pimpinella — enquanto ela cuidava do café.

Ela me empurrou de leve com o ombro assim que ficamos lado a lado na bancada da pia.

— Amigo de infância, hein? — Rosalinda me olhava de lado, um sorriso travesso brincando nos lábios pintados de carmim. — Por que nunca me falou nada sobre o moço bonito? Ele parece ser um bom partido...

— Não é o que você está pensando.

— É difícil não pensar o que estou pensando quando você deixa um rapaz recém-chegado na cidade dormir na sua casa.

Arregalei os olhos para ela.

— E de onde você tirou uma ideia assim?

— Ah, não me faça de idiota, Amarílis. — Rosalinda jogou os cachos loiros para trás em um gesto impaciente. — Batendo aqui uma hora dessa em pleno domingo? Ainda com a cara amassada e o paletó do sujeito todo amarrotado? Se vai mentir, devia pelo menos ser mais atenta aos detalhes. Em respeito a mim. — Ela deu uma risadinha. — Não que eu esteja recriminando você. Estou, na verdade, muito feliz, minha amiga. É a primeira vez que a vejo vivendo uma aventura.

— Para começar, ele dormiu *na sala* — expliquei, terminando de ajeitar as coisas na bandeja e me virando para ela. — E só porque estávamos discutindo os detalhes do plano e acabou ficando tarde. Nós não temos nada.

— Pois deveriam. — Rosalinda virou de costas para a pia, o quadril encostado na bancada. Atrás dela, a água quente começava a borbulhar.

— Não comece a bancar a casamenteira.

— Ele tem dinheiro — ela falou, como se aquele argumento já fosse por si mesmo suficiente. Mas depois continuou, enumerando nos dedos enquanto dizia: — É bonito, você já o conhece faz tempo e ele está disposto a fazer fortuna investindo em algo que a afeta diretamente. Você poderia controlar uma parte da Pimpinella, Amarílis. Poderia nos dar um aumento. Poderia me *promover*!

— Ah, claro, porque é assim que as coisas funcionam. Ele vai investir na fábrica, Rosalinda, não virar o dono dela.

Rosalinda deixou escapar um suspiro contrariado.

— Você não sabe o dia de amanhã. — Ela usou um pano de prato para despejar a água quente sobre os grãos moídos. Depois, apontou para mim com a mão que segurava a chaleira. — Você fez isso a vida inteira, Amarílis. Fechada em si mesma, usando essa sua cara sóbria como escudo para não correr risco. Fingindo que não dói. Que não se importa. Sou sua amiga, então me escute bem. Não deixe que esse homem escape só porque você acredita que não merece nada. Você... Você *deve* isso a si mesma. — De repente, os olhos dela brilharam, marejados. A surpresa de vê-la emocionada daquele jeito fez com que eu me encolhesse. Rosalinda pigarreou. — Precisa parar de viver como se fosse a sua própria sombra. Porque se não fizer isso... se você não parar de se esconder, o mundo nunca vai olhá-la de volta. Não deixe que passem por cima de você, Amarílis. Não dê a eles essa satisfação. Não deixe que eles vençam.

No silêncio que se seguiu, Rosalinda fungou, agarrou a bandeja de prata falsa e saiu da cozinha, deixando-me completamente atônita para trás. Fiquei ali encarando os ladrilhos da parede, observando o vapor subir na chaleira vazia. Segundos depois, escutei a voz dela na sala, a emoção totalmente camuflada por seu costumeiro tom alegre e irreverente. De alguma maneira, ouvi-la composta tão depressa doía em mim como um tapa.

Ali, naquela cozinha, fiquei com a impressão de que nós duas havíamos revelado coisas importantes sobre nós mesmas. Nossas máscaras. Rosalinda podia não saber sobre a verdadeira história de minha mãe ou sobre meus poderes, mas havia me exposto em uma nudez crua e alarmante. Minha apatia provavelmente lhe serviu como resposta: sabia ter tocado em uma ferida sensível. De minha parte, eu descobrira que não era a única de nós a viver fingindo. As lágrimas indicavam que Rosalinda falava também de si própria. E eu sequer desconfiava.

Sempre achei que Rosalinda se iludia, que fugia dos problemas em seu próprio mundo cor-de-rosa, agarrando-se ao otimismo ingênuo de que a vida lhe devolveria todo o esforço que empregasse em seus dias. Nunca imaginei que havia desafio contido em sua postura. Que o sorriso de Rosalinda pudesse ser uma ousadia, como o pugilista que volta para o quinto assalto após ter perdido todos os outros quatro. Talvez seus modos e gostos refinados fossem uma forma de cuspir no rosto do destino, de debochar do cotidiano que levávamos. Talvez nossas estratégias fossem incapazes de concordar, opostas como eram. Mas eu podia admirar sua bravura.

Ainda assim, ela não sabia de tudo... Pensei em meu irmão, levando uma vida de luxo em um casarão na outra ponta da cidade. General Narciso, sentado à mesa, lendo seu jornal de domingo. Pensei no demônio sentado no cômodo ao lado, conversando com a única família que eu tinha.

Engolindo em seco, despejei o que restara dos grãos no lixo, sentindo seu cheiro quente e terroso. Depois vesti minha máscara, peguei o bule e voltei para a sala.

11

— Você está quieta — Tolú comentou, quando finalmente atravessamos o corredor e voltamos para o meu apartamento no sobrado.

Aquele não era um bom momento para revelar o quanto a conversa com Rosalinda me deixara introspectiva, então preferi focar na pergunta que vinha me incomodando já fazia algumas horas.

— Hoje você falou para Antúrio que dinheiro não seria problema. E, desde que voltou, está andando com roupas de alta-costura. Qual é o segredo? — Puxei de leve a ponta de seu paletó. — Você tem um bolso mágico por onde saem moedas?

O demônio deu risada, deixando-se cair preguiçoso no sofá da sala, os braços abertos por cima do encosto.

— Dei um jeito de começar. A primeira moeda é sempre a mais difícil, depois fica fácil. Mas, me diga, quanto você tem nas suas economias? — ele perguntou. — Está tudo aqui no apartamento?

O sorriso que eu estivera ensaiando morreu antes mesmo de nascer. Pisquei para ele, confusa.

— Você não está contando com o *meu* dinheiro, está? Não sei se notou, mas mal consigo pagar as contas e me sustentar sozinha.

— Mas com certeza você guarda alguma coisa — disse Tolú, tombando a cabeça para o lado. — Você parece uma mulher precavida, do tipo que perderia o sono antes de atrasar um centavo para o seu senhorio, por mais asqueroso que seja o homem.

Cruzei os braços. Eu *de fato* tinha economias. Mas seguia preocupada de verdade com aquela parte do plano.

— Nem todo o dinheiro que já juntei na vida seria suficiente para cobrir o que você precisa. — No corredor, pouco antes de entrarmos em casa, Tolú havia me contado a quantia estimada por Antúrio. Os dígitos ainda estavam rodando em minha mente, grandes demais para soarem realistas. — E caso use minhas economias... e depois? Seu grande plano é torrar tudo e me deixar à míngua? Sendo procurada pelos oficiais da República como suspeita de assassinato?

O demônio se inclinou para frente no sofá, apoiando os braços nos joelhos. Mesmo na forma humana, ele era tão comprido que conseguia me encarar sem precisar erguer muito o rosto. Os olhos verdes faiscavam, aquela diversão zombeteira de quem mordera a isca de uma boa discussão.

— Nosso acordo inclui apenas a morte de um homem, de modo que, tecnicamente, não tenho obrigação nenhuma quanto aos desdobramentos dos seus atos. Se quisesse mais de mim, deveria ter barganhado termos melhores. — De novo, a língua percorrendo os dentes. — *Porém...* — Ele ergueu um dedo para me interromper ao notar a raiva brotando em meu rosto. — Para sua sorte, sou um sujeito que abomina a ideia de estar em dívida com alguém. Se preciso do seu dinheiro para executar um plano sob minha responsabilidade, então pretendo devolvê-lo. Melhor, pretendo *multiplicá-lo*.

O silêncio teatral que ele aplicou em seguida não teve tanto efeito sobre mim quanto o demônio gostaria. A conversa com Rosalinda havia me deixado soturna e pouco impressionável.

— Algo me diz que nada disso vai acontecer num passe de mágica — respondi com um suspiro. — Então me dê licença enquanto pego uma cadeira na cozinha para pelo menos estar sentada enquanto você fala as baboseiras que não vou gostar de ouvir.

Arrastei a cadeira da cozinha para a sala, posicionando-a de frente para o sofá carcomido. Sentei-me com a postura perfeita e as pernas cruzadas, ajeitando o tecido da saia e cruzando as mãos na frente de um dos joelhos.

Tolú percorreu meu corpo com os olhos, devagar e sem nenhum pudor. Ergui as sobrancelhas e resisti ao impulso de me encolher. Se ele esperava me deixar desconcertada, aquele não era o momento.

100

— Você fica bem com esse lenço na cabeça — ele disse, mas estava olhando para tudo, menos para o que existia acima do meu pescoço. — Devia usá-lo mais vezes.

— E você faria bem em parar de tentar me constranger para que eu concorde mais fácil com as suas ideias malucas. Podemos ir direto ao ponto? — pedi, franzindo os lábios.

— Também fica ótima quando não se encolhe e deixa um pouco dessas garras aparecerem... — O demônio sorriu, indecente, mas depois balançou a cabeça em um gesto prático. — Pois bem, falemos de negócios. Vou levar o seu dinheiro para uma casa de apostas, manipular o jogo e continuar vencendo até fazer uma fortuna.

— Você quer *apostar* as minhas economias?

— Não vou perder, se esse é o seu medo.

— Imagino que esteja contando com seus poderes de sugestão, certo?

Tolú apontou dois polegares orgulhosos para a própria pessoa.

— E com meu profundo conhecimento e apreço pelos jogos de azar.

Hesitei por um instante. Ele havia acabado de me aconselhar a deixar os termos de um acordo o mais claro possível. Eu provavelmente não tinha muita opção além de aceitar tudo aquilo e *apostar minhas fichas* no demônio — que bela ironia —, mas eu ficaria mais confortável com algumas garantias...

Inclinei-me em sua direção.

— Você me dá a sua palavra de que não tem como isso dar errado? Ele assentiu.

— Satisfação garantida ou seu dinheiro de volta. — Tolú refletiu por um segundo e deu risada. — O que nesse caso dá no mesmo.

— E posso considerar então que você está em dívida comigo até que esse dinheiro volte para as minhas mãos?

— Alguém já mencionou essa sua mania de fazer perguntas? — Ele suspirou, inclinando-se também, apoiando o queixo nas mãos, cotovelos nos joelhos. — Já estou em dívida com você. Essa é a natureza do pacto. Mas, se servir para deixá-la mais tranquila, sim, podemos considerar a coisa toda como um segundo acordo.

Encarei seus olhos verdes por mais um tempo antes de me levantar, em silêncio, e deixar a sala. Em meu quarto, empurrei a cômoda a fim de alcançar um envelope amarrado em barbante, retangular e envelhecido, inchado na parte de baixo devido ao volume das notas. *Todas as minhas economias.* A única garantia que eu tinha de manter um teto sobre a cabeça e uma panela cheia durante possíveis emergências, e, mesmo assim, aquilo era quase nada. A voz de Rosalinda continuava soando em meus ouvidos. Eu já estava enfiada na lama até os cotovelos, não faria muita diferença afundar mais um pouco. Agarrei o envelope e, para sequer ter a chance de pensar melhor, marchei em direção à sala e atirei o pacote no colo do demônio.

Tolú puxou o maço de dinheiro lá de dentro, contou as notas e começou a dividir a quantia em três montes iguais sobre o sofá.

— Vou usar essa parte para comprar mais roupas, charutos... Tudo o que sirva para compor uma imagem atrativa na casa de apostas. Nada refinado o bastante para que acabe parecendo forjado, mas elegante o suficiente para transmitir credibilidade. Queremos mirar no herdeiro rico e inconsequente que torra o dinheiro do pai durante o próprio aniversário, não em um golpista — ele explicou, compenetrado, como se aquilo fosse mesmo um tipo de ciência, cheio de variáveis. Depois apontou para o segundo bolo de notas encardidas. — Essa parte será o caixa efetivo de apostas. Não é grande coisa, tenho de concordar, mas vai servir. — Por fim, Tolú pegou o terceiro montinho de dinheiro e estendeu as notas para mim. — Esse aqui é seu.

— Meu? O que vou fazer com isso?

O estoque de sorrisos cretinos de Tolú parecia não ter fim.

— Você, minha cara, vai usá-lo para comprar o vestido mais sem-vergonha de que se tenha notícia.

— Mas... — O raciocínio chegou um instante depois, com um tranco. — Você quer que eu *vá junto*?

— Perguntas, perguntas... A fantasia de herdeiro irresponsável só funciona se eu tiver companhia. As pessoas precisam acreditar que quero me exibir para alguém e, de quebra, exibir a pessoa ao meu lado para os outros.

— E essa pessoa precisa ser *eu*? — Balancei a cabeça em negativa. Ele que lidasse com as perguntas. — Não. Não sei atuar, nunca pisei em uma casa de apostas e com certeza não sei bancar a coquete. Se eu soubesse alguma dessas coisas, não teria chamado um demônio para fazê-las no meu lugar.

— Amarílis...

— Estou certa de que esse seu nariz bonito consegue outra pessoa para ficar babando aos seus pés.

Tolú riu com o gracejo, mas coçou a nuca, procurando a melhor maneira de expor seu argumento.

— Eu *posso* encontrar outra pessoa, é claro. Mas aí seria mais uma variável para ter na cabeça... Se eu levar alguém, vou ter que lidar *também* com essa moça ou esse rapaz, e vai ser tudo mais complicado de gerenciar. Além disso, posso precisar de ajuda. Seria bom ter um cúmplice.

— Você é mesmo um demônio de pouca sorte, se depende das minhas habilidades no carteado para conseguir dinheiro.

Os olhos de Tolú brilharam com animação, e ele apontou para meu rosto.

— Está vendo? Suas respostas são melhores que suas perguntas. É desse tipo de atitude espirituosa que vou precisar na casa de jogos. Os apostadores vão querer roubar a sua aprovação de mim. Vão arriscar nos momentos errados, vão prestar atenção aos detalhes errados. Há muito mais jogo acontecendo longe do baralho. — Ele correu os dedos pelo cabelo em um gesto aflito. — Você tem talento, Amarílis, falo sério. Poderia fazer qualquer um virar o pescoço. E eu sei como mexer as peças do tabuleiro de modo a deixá-la confortável para brilhar. Deixe-me tentar, confie em mim.

Mordi o lábio. Aquilo devia ser a coisa mais próxima de um "por favor" que eu receberia de um demônio. E talvez ele tivesse mentido sobre não poder manipular minha mente, porque me vi respondendo baixo, um tanto sem ânimo:

— Quando nós vamos?

Tolú sorriu.

— Na próxima sexta-feira à noite. Tenho outra reunião com Pimpinella no sábado, e espero ter mais condições de impressioná-la até lá.

Suspirei e observei o teto, sentada na cadeira.

— Você podia me ensinar algo sobre jogos de azar.

103

— Fechado. Todas as noites da próxima semana, assim que você sair da fábrica.

Acabei achando graça. Em outro contexto, aquilo pareceria quase um namoro. Rosalinda iria surtar.

— E prefiro que você compre o tal vestido — acrescentei, estendendo o maço de dinheiro, o rosto sério para não encorajar nenhuma zombaria. — Eu não saberia o que escolher para a... *ocasião*.

Os olhos de Tolú faiscaram por um momento. Perguntei-me se doía para ele manter as gracinhas dentro da boca.

— Vou conseguir o vestido perfeito — o demônio respondeu, e rugas se formaram na lateral de seu rosto enquanto ele se esforçava para não gargalhar. Depois ficou de pé e guardou as notas no bolso do paletó. — Agora vou deixá-la em paz para descansar. Não podemos adiantar mais muita coisa, e é seu dia de folga.

— Aonde você vai? — perguntei, mais por educação que curiosidade, apoiando as mãos nos joelhos para me levantar também.

Tolú deu de ombros.

— Andar por aí.

O demônio ajeitou o cabelo e o colarinho, rumando para a porta. Por algum senso de educação, resolvi acompanhá-lo até a saída.

Tolú já estava prestes a fazer a curva para as escadas quando uma voz se fez presente, subindo pelos degraus na direção contrária.

— Mas é mesmo muito descaramento da sua parte!

Inclinei a cabeça para fora do apartamento a tempo de ver Floriano surgindo, de roupão encardido e calças de pijama, apontando um rolo de jornal para meu rosto. O olhar severo, as bochechas vermelhas, algo mais do que apenas bêbado. *Transtornado*.

Tolú deu meia-volta, erguendo as sobrancelhas para mim e tentando entender o que acontecia.

Instintivamente, cruzei os braços ao redor do corpo.

— É o meu senhorio — respondi, acanhada.

Tolú voltou a se virar na direção do homem. Abriu um sorriso galante, esticando a mão aberta.

— Creio que ainda não fomos apresentados, senhor.

Floriano o ignorou por completo, deixando o demônio desconcertado. Se Tolú fosse uma mosca-varejeira, teria parecido menos invisível aos olhos do homem. Floriano estava raivoso, e o foco de seu descontentamento parecia cair por completo em minha pessoa.

— A senhorita não sente vergonha? — ele esbravejou. — Depois de tudo que já me causou! Saiba que isto aqui é um edifício de família. Tais comportamentos não serão tolerados!

Tentei manter a calma mesmo sob os gritos.

— Bom dia, senhor Floriano. Deve estar havendo algum mal-entendido. Pode me explicar qual o problema, por favor?

— Fornicação! — Ele mal me deixou completar a pergunta. Brandia o jornal quase no meu nariz, exalando um profundo fedor de álcool. — Em plena manhã de domingo, a senhorita recebendo um... um... — Ele virou a cabeça para examinar Tolú dos pés à cabeça, que por sua vez continuava imóvel em um misto de fascínio e constrangimento por aquela figura bêbada. Floriano pareceu decidir que o demônio estava bem-vestido demais para arriscar uma ofensa. — Recebendo um *cavalheiro* na sua casa, sem o mínimo respeito pela decência! Já não me basta fazer vista grossa para a sua amiga, que é incapaz de trancar o portão e manter a porcaria de um gato aqui dentro. Estou procurando há dias! Além de ser uma completa devassa com aquele brutamontes a quem chama de namorado. E pelo visto a senhorita vai pelo mesmo caminho...

Meu rosto queimava. Os insultos de Floriano eram duas vezes piores com Tolú escutando.

— O senhor está me ofendendo — falei entredentes. Assim como sempre costumava acontecer, a magia rosnou em meus ouvidos, uma raiva que não era só minha, pedindo para que eu revidasse. Apertei os grilhões em volta dela para que ficasse quieta e não piorasse as coisas.

Floriano suspirou. Baixou o rolo de jornal.

— Minha paciência está se esgotando, Amarílis. Se não melhorarem esse comportamento, vocês *duas*, serei obrigado a despejá-las. É o último aviso que dou.

— Não pode me despejar por receber uma visita.

— Visita? É assim que chamam agora? — Floriano deu uma risada de escárnio. Gotas de saliva voaram de sua boca, misturadas ao cheiro de cigarro e bebida. Acabei me encolhendo sem querer. Ele aproveitou aquela exibição de fraqueza para crescer mais ainda,

105

chegando perto, obrigando-me a dar um passo para trás. — Você tem duas opções. Ou aceita minha proposta e vira uma mulher decente ou vai ser despejada tão logo cometa outra irregularidade. E eu tenho certeza de que vai acontecer. Eu devia ter imaginado, você e aquela outra meretriz. Mas não pensei que você fosse assim tão descarada, menina, bancando a prostituta...

Eu estava prestes a dar outro passo para trás. O olhar de Floriano parecia desvairado, descontrolado. Por um segundo, temi que pudesse erguer a mão e me bater. Meus joelhos tremiam. Sabia que ele desejava me vencer pelo cansaço e pelo medo, obrigando-me a deitar em sua cama em troca de alguma segurança. Mas eu não podia permitir que aqueles dedos tocassem minha pele. A magia gritava em meus ouvidos e sobrepunha a voz de Floriano, pedindo retaliação, clamando por justiça. Bastaria que eu afrouxasse um pouco minhas mãos e... Não, eu precisava do apartamento. Precisava me manter sólida e interromper aquilo, precisava fazer *alguma coisa*. Antes que minha magia resolvesse intervir, antes que ele me fizesse perder o controle. Eu só não sabia...

Uma mão surgiu no ombro de Floriano, educada, porém bastante firme. O homem girou no eixo quando Tolú o puxou para trás.

— Creio que o senhor esteja deixando a moça assustada — ele disse. Seu rosto brilhava, excitado, um gato com um rato entre as patas.

Floriano devia ter bebido além da conta naquela manhã, porque resolveu ignorar todos os instintos de perigo que seu cérebro provavelmente estava lhe mandando. Ele afastou a mão de Tolú do ombro com um safanão, os lábios crispados.

— O camarada não precisa se meter. Siga seu rumo e vá para casa. Deixe que eu me resolvo com ela.

O demônio exibiu os dentes daquele jeito que era meio réptil e meio felino, a língua passeando para lá e para cá.

— Não se o senhor continuar agindo feito um imbecil.

Qualquer outra pessoa teria ido embora. Qualquer uma. Mas não bastasse Floriano ser o pior tipo de escória, ele também precisava ser do tipo mais burro.

— Escute aqui — ele disse, e dessa vez o jornal balançou em ameaça junto ao rosto de Tolú. — O senhor está no meu prédio. Sou amigo da polícia. Posso mandar prendê-lo, se quiser, e pouco me importa que seja um almofadinha qualquer cheio de dinheiro no bolso. O senhor já conseguiu o que queria? Já pagou a garota? Já fechou as calças? Agora trate de...

Péssima ideia. Péssima.

As coisas aconteceram depressa, rápidas demais para acompanhar.

Em um segundo, eu estava abrindo a boca para murmurar o nome de Tolú, determinada a não deixar que a situação fugisse ao controle. No segundo seguinte, o demônio havia segurado Floriano pelo colarinho do robe, erguendo o homem como se este não pesasse nada, virando de costas para pressioná-lo contra a parede. A cabeça de Floriano se chocou no papel de parede, produzindo um barulho engraçado, quase oco.

Tolú aproximou o rosto do homem. Com os pés balançando no ar, Floriano tremia, engasgado, pálido como cera de vela, fiapos de cabelo grisalho espalhados em todas as direções.

— Você é mesmo patético, não é? — perguntou o demônio, a voz doce e lânguida. Apesar da explosão de violência, parecia perfeitamente calmo.

— S-solte... — Floriano gaguejou, chutando o ar de um jeito débil.

Tolú não soltou. Pelo contrário, ergueu o homem ainda mais alto. Atônita, assisti com olhos arregalados ao demônio farejar o rosto do senhorio do edifício, as narinas bem abertas.

— Patético — ele repetiu. — Tanto ódio... tanto *desejo*... Acha que não consigo ver o que gostaria de fazer com ela? O que sonha à noite, quando ninguém está vendo... O jeito como toca em si mesmo por baixo dos lençóis... Querendo, querendo tanto... Mas você não pode ter o que quer, não é? — Ele apertou o pescoço do outro com mais força. Floriano engasgou. — Não, você não tem coragem. Porque você não é nada. Você não chega aos meus pés. É só um verme. Um cão esperando sobras de carne à mesa do mesmo dono que o castiga.

Floriano estava chorando. Eu podia ver as lágrimas descendo em silêncio, os olhos ficando vermelhos nos pontos onde as veias saltavam, inchadas. Os engasgos haviam feito um pouco de secreção descer por seu nariz, e a pele dele começava a azular. A situação inteira era incômoda, degradante, o tipo de coisa que ninguém deveria ser obrigado a passar. Eu sabia disso. Mas, ainda assim, parte de mim não conseguia juntar coragem para interromper o ato. Algo continuava a me atrair naquela cena, aquecendo meu corpo, deixando minha cabeça leve, meu cérebro organizado. Havia algo de atrativo em vê-lo sofrer. Uma espécie de justiça.

— Você não vai mais importunar Amarílis — disse o demônio, ainda bastante calmo, com todo o tempo do mundo enquanto Floriano sufocava. — É em mim que você vai pensar agora. Em tudo o que eu posso fazer caso me desobedeça, caso chame os oficiais... É em mim que pensará à noite. Estamos entendidos?

Floriano continuou apenas tentando respirar, em pânico, desfalecendo, mas Tolú o chacoalhou outra vez contra a parede para que recobrasse os sentidos. O homem assentiu com a cabeça, vacilante.

— Ótimo. — Tolú sorriu e o largou. Floriano cambaleou para frente, as mãos apoiadas nos joelhos, tossindo e puxando o ar em grandes bocados de desespero. O demônio deu tapinhas nas costas dele para ajudá-lo, como se os dois fossem bons amigos. Então ergueu o rosto para mim, os olhos faiscando. — Feche a porta, Amarílis. Vou acompanhar o seu senhorio até lá embaixo. O cavalheiro tem muito no que pensar.

Lancei um último olhar mudo para Floriano, que parecia apenas um homem velho e frágil prestes a vomitar ou cair desmaiado. Na periferia da mente, algo me dizia que aquela não fora uma boa ideia, que provavelmente Tolú havia nos colocado em perigo, nos exposto demais. Mas a magia ronronava em meu cérebro, quente, satisfeita. *Venerada*.

Sem dizer nada, fechei a porta e me sentei no chão da sala, as costas apoiadas na madeira. Ouvi enquanto os passos deles se afastavam, e depois o silêncio sepulcral que tomou o corredor.

Horas depois, que mal pareceram minutos, escutei quando Rosalinda voltou para casa, completamente alheia ao que acontecera bem na soleira do próprio apartamento. Ela bateu na minha porta, mas não respondi. Continuei olhando as paredes, vendo o sol da tarde caminhar por entre as quinas das prateleiras sob o lento mastigar das lagartas.

Fui tateando por entre os pensamentos, com cuidado para não os afugentar. Tentando entender o que realmente estava sentindo. Os braços do demônio, os pés do homem balançando. *Lindo, tão lindo.* A adrenalina correu por minha espinha, eriçando os pelos.

Eu não esqueceria aquela cena, a tranquilidade no rosto de Tolú mascarando o ódio que fervilhava por baixo. O demônio não estava apenas com raiva. Não estava apenas me defendendo. Ele estava *gostando* daquilo. Do poder. E, se parasse para pensar mais a fundo, talvez me assustasse ao descobrir que eu também estava.

Um moleque da rua, de não mais do que onze anos, bateu na porta assim que a lua surgiu no céu. As batidas insistentes me tiraram do estupor. Quando abri, ele me estendeu um embrulho.

— Mandaram entregar aqui na senhorita.

— Quem? — perguntei, mas já sabia a resposta.

O menino deu de ombros.

— Um homem de olhos verdes — disse. — Com roupas bonitas.

Um tanto desajeitada, procurei uma moeda para compensá-lo. Mas o menino balançou a cabeça em negativa.

— Ele já pagou, senhorita.

Deu meia-volta e saiu trotando pelas escadas.

Levei o embrulho para cima da mesa da cozinha, tomada de mariposas brancas e caixas de madeira. Dentro do pacote, havia o vestido preto mais pecaminoso no qual eu já pusera os olhos, um verdadeiro atentado ao pudor. Havia também uma garrafa de líquido âmbar com o vidro jateado em um padrão exótico. O rótulo indicava uma origem distante, longe da República.

A garrafa vinha acompanhada por um bilhete.

Peguei isso na loja do nosso novo amigo. Parece caro. Você merece se divertir às custas dele. Use para soltar essa língua deliciosa que você tem.

Movi o olhar do bilhete para o vestido que eu nunca teria coragem de vestir, depois para as mariposas. Indiferentes à minha presença, os bichos-da-seda caminhavam lentamente pelo tampo, formando pares. Grudando a ponta dos abdomens uns nos outros, acasalando em silêncio, preparando-se para zarpar da vida em grande estilo. Reli o bilhete.

Contra todas as minhas expectativas, deixei escapar uma risada. O riso cresceu, virou gargalhada, deslocou algo que estava preso dentro de mim. Limpei as lágrimas com as costas da mão, balançando a cabeça. Notei que estava com fome.

12

Observei meu reflexo no espelho do quarto. A parte de cima do vestido se moldava ao corpo com uma precisão escandalosa, apesar do corte reto. A parte de baixo, uma saia ao estilo melindrosa, caía em camadas pelas pernas, chamando atenção para o quadril. Movi o corpo de um lado para o outro, testando o balanço das franjas, que deixavam entrever a meia-calça de tempos em tempos. Para completar, sandálias lustrosas de salto alto e solado branco.

É claro que eu fizera algumas adaptações. Acrescentei um xale verde-esmeralda aos ombros, que de modo contrário estariam desnudos, com as sardas marrons expostas contra as alças finas que sustentavam o vestido. Costurei um recorte de tule preto por dentro do tecido maleável, atravessando o decote que mergulhava para baixo e para baixo. O tule ainda provia certa transparência, de modo que o objetivo do decote permanecia o mesmo, mas ao menos eu sentia que estava usando *alguma coisa*.

Sorri ao imaginar a cara que Tolú faria ao ver as modificações. O vestido havia sido tema de discussão ao longo dos últimos dias, e o demônio pegara gosto por me chamar de *puritana*. Certamente reviraria os olhos para o xale e o tule. E aquilo me deixava satisfeita.

A última semana estabelecera uma rotina entre nós. Eu acordava, alimentava as lagartas, recolhia os bichos-da-seda mortos e os ovos que haviam posto durante a madrugada e saía para a fábrica. Costurava até os dedos doerem. Quando a sirene tocava, seguia para casa com Antúrio e Rosalinda, que ainda olhavam com um pouco de desconfiança para o cavalheiro bem-arrumado que sempre me aguardava na esquina do sobrado. Tolú subia e me assistia cozinhar, ensinando truques de baralho e trejeitos de apostador até a hora de dormir, quando ia embora ou ficava na varanda, olhando as estrelas. Às vezes, ele trazia pássaros mortos e voltava à forma de demônio, e em outras vezes apenas continuava homem. Floriano não voltou a aparecer. Acima de tudo, conversávamos sobre a cidade, sobre as pessoas que ele via e enganava durante o dia, forjando amizades com gente importante para Pimpinella. Sem perceber, aprendi a rir de suas piadas, a devolver as provocações sem corar. Ficava à vontade tendo um demônio sentado na cozinha. Na verdade, havia momentos em que eu esquecia o que Tolú era, o que estávamos fazendo. Era quando ele se transformava e triturava aqueles pobres pombos entre os dentes que a realidade me atingia. O peso do que estávamos fazendo. Quando varria as penas da cozinha no dia seguinte, recordava que Tolú não era meu amigo. Mas aquela era uma verdade cada vez mais difícil de lembrar.

Com um último ajuste nos cachos, que eu prendera com uma fita preta para emoldurar melhor o rosto, alcancei a garrafa chique em cima da cômoda e servi uma dose em um copo de vidro vagabundo, o que devia ser uma espécie de sacrilégio. O perfume alcoólico e levemente adocicado preencheu o quarto. Girei o copo entre os dedos, observando o líquido para tomar coragem. Lembrei dos conselhos de Tolú. *Entre no personagem, Amarílis.* Virei o copo, de olhos fechados e sentindo a garganta arder, o peito repentinamente aquecido.

Tolú estava me esperando sob a luz do poste em frente ao prédio. O que eu não estava esperando era o automóvel de aluguel contra o qual o demônio estava encostado, todo sorrisos. Arregalei os olhos para a carroceria brilhante, imaginando quanto das minhas economias tinham sido gastas ali. O condutor, sentado no banco da frente com o quepe na cabeça, segurava o volante em uma postura nervosa, provavelmente temeroso de estar parado no meio da rua em uma vizinhança de tão poucas posses. Já Tolú mantinha uma postura relaxada e divertida, protegido pela certeza de ser a criatura mais perigosa a rondar aqueles quarteirões.

Mas o sorriso dele diminuiu ao me ver, substituído por uma expressão mais suave. Ele se afastou do veículo, aprumando as costas. Passou os olhos da fita em meu cabelo aos sapatos nos meus pés.

112

— Você está bonita — ele disse com simplicidade, a voz mansa.

Ele próprio estava bastante elegante, o perfeito filho boêmio de algum comerciante rico. O paletó cinza-chumbo, a camisa branca e os suspensórios não eram uma vestimenta tão distante das que Tolú usava no dia a dia, mas encontrei alguns sinais requintados e de maior capricho: as abotoaduras de ouro, a corrente de um relógio novo no bolso. O cabelo dele brilhava à luz do poste, penteado para trás com uma dose extra de goma. Parecia injusto com os meros mortais que ele pudesse ficar ainda mais charmoso.

— Você também não está ruim. Nenhuma piada sobre o xale? — provoquei, porque já aprendera a não levar os elogios dele a sério.

Tolú negou com a cabeça.

— A cor cai bem em você — disse.

Respondi com um sorriso desconfiado, mas depois voltei a olhar para o automóvel. O exterior em metal havia sido pintado usando tons de bege e marrom, formando curvas elegantes por cima das rodas enormes. A parte da frente era comprida e quadrada a fim de acomodar o motor, com pequenas reentrâncias nas laterais e um gradeado frontal para permitir uma melhor ventilação. A cabine parecia luxuosa, com os bancos revestidos em couro e capota de lona esticada por cima das armações metálicas, os espelhos retrovisores cromados brilhando. Alguns anos antes, seria impossível encontrar um veículo como aquele rodando por Fragária. Mesmo agora, contava-se nos dedos as famílias abastadas o suficiente para ter o próprio automóvel. Boa parte dos comerciantes ainda utilizava a boa e velha carruagem, mais lenta, porém elegante, enquanto os trabalhadores arrastavam os pés entre o bonde e a balsa. Mas aquele automóvel... Ele cheirava a diversão, risadas e champanhe. Uma empolgação inesperada brotou em meu peito.

— Eu nunca entrei num desses! — comentei, voltando a olhar para o demônio, um sorriso infantil brotando nos cantos da boca.

Tolú abriu a porta do veículo e deu um passo para o lado, convidando-me a entrar com uma reverência.

— Eu falei que cometer crimes podia ser divertido.

Baixei a cabeça ao entrar na cabine, acomodando-me no banco de trás enquanto o demônio dava a volta no automóvel. Notei que,

113

naquele veículo em específico, o banco do motorista era isolado por uma camada de couro, com apenas um quadradinho recortado no meio, permitindo a comunicação com o condutor.

— Boa noite — murmurei para o homem, ajustando o xale ao redor dos ombros, mas, se ele me ouviu, não respondeu.

— Paguei um valor extra pela discrição — Tolú explicou, batendo a porta após entrar. Em seguida, ele aproximou o rosto da reentrância recortada na lona. — Para o Vanilla, por favor.

O motor do veículo roncou ao ser acionado, a lataria vibrando. Deixei escapar um minúsculo arquejo em antecipação, as mãos pressionando as bordas do banco. O automóvel começou a deslizar pela rua. Grudei o rosto na janela para observar a paisagem. As ruas estavam desertas naquela parte da cidade, pois não havia muita vida noturna nos distritos residenciais periféricos, e a grande massa trabalhadora estava ocupada preparando a janta e colocando as crianças na cama após o último turno das fábricas. No máximo um bêbado ou dois orbitando ao redor de uma vendinha ou uma babá caminhando apressada, voltando tarde do trabalho. Todos viravam a cabeça para nos ver passando, surpresos. Somente quando alcançássemos as avenidas, as artérias de Fragária por onde corriam os bondes, é que as coisas começariam a ficar mais agitadas.

— Está se divertindo? — Tolú perguntou, abrindo o braço para apoiá-lo no encosto do banco às minhas costas.

Meu sangue cantava de adrenalina com a expectativa do que estávamos prestes a fazer, misturada ao álcool e à sensação de movimento.

— Não é tão divertido quanto ir espremida no bonde ou precisar ficar de pé na balsa porque não há mais lugares vazios — respondi. — Mas dá para o gasto.

Ele deu risada, mas depois virou o rosto para a janela oposta. Prestando atenção, notei quando levou discretamente a outra mão até a perna que costumava estar ferida, massageando a coxa sob a calça cinza-chumbo. Tolú parara gradualmente de mancar nos últimos dias, e nunca comentava ou reclamava de nada. Mas, ali, na privacidade da cabine, percorrendo a cidade sem realmente estar nela, perguntei-me pela primeira vez se ele estava ficando à vontade comigo ao ponto de se permitir demonstrar dor.

114

Percebi que nunca perguntara nada sobre sua vida.

Na minha imaginação, Tolú sempre fora um demônio, e um demônio era um ser de outra dimensão, algo à parte da própria existência. Não tinha passado, história, família. Ele apenas... era. Tal qual o monstro que mora embaixo da cama de cada criança, eterno e imutável.

Mas, enquanto eu o observava, tão relaxado e imerso em pensamentos que quase parecia humano, os olhos de Tolú correram pelo cenário que deslizava do outro lado da janela, a iluminação dos postes pintando seu rosto bonito em tons de amarelo líquido.

Agarrei-me aos resquícios quentes de bebida em meu estômago. Estiquei o braço na altura do rosto do demônio e estalei os dedos. Ele se virou para mim.

— Te dou uma moeda se me contar no que está pensando — falei. — Embora você já esteja me devendo uma montanha de dinheiro.

Tolú sorriu, brilhante e caloroso.

— O que você quer saber?

Vamos começar pelo básico. Perguntas fáceis.

— Quantos anos você tem?

O demônio franziu a testa por um momento. Depois deu de ombros.

— Mais ou menos a mesma quantidade que você, eu acho. Talvez mais.

— Ei, não tente me enganar, essa é das fáceis. — Empurrei o joelho dele para longe. — Não sabe quantos anos tem?

Tolú suspirou. Parecia estar escolhendo a melhor forma de explicar.

— O lugar de onde venho — ele disse — é *diferente*. O que vocês entendem como tempo não existe. — Ele esboçou um sorriso ao notar meus olhos arregalados. — Eu poderia passar o equivalente a milênios vagando por aí e não mudar nada. Depois poderia ser invocado para o seu mundo e envelhecer, assim como você. O lugar de onde venho é... um *não lugar*. Fica difícil fazer as contas.

Tentei absorver aquilo.

— Eu nunca... — Pigarreei. — Nunca parei realmente para pensar de onde você vinha. Acho que tinha imaginado algum tipo de reino maligno, algum castelo assombrado onde os demônios se juntavam para... não sei, cozinhar criancinhas?

115

Tolú riu.

— Eu gostaria de ter um castelo — respondeu. Depois franziu a testa. — E por que essa sua fixação com criancinhas?

Ignorei a pergunta, ainda curiosa em obter mais detalhes sobre a vida pregressa do demônio.

— Pelo jeito como você fala, tenho a impressão de que não é um lugar muito agradável...

Ele negou com veemência.

— Acho mesmo que é o pior lugar do mundo — ele disse, e havia uma honestidade tão brutal contida ali que senti meu peito apertar. Tolú baixou os olhos. — No início, era apenas um lugar de espera. Quando o caos fluía naturalmente e a magia ainda não era proibida, era fácil andar de um lado para o outro. Os mais velhos contam que sempre havia um serviço, uma aposta, uma brincadeira... Ninguém permanecia lá muito tempo. Na verdade, alguns conseguiam sair para sempre, ainda que eu nunca tenha conhecido nenhum desse tipo... Depois foi ficando mais difícil, você sabe, porque a humanidade sempre foi apaixonada pela ordem e pelo controle, e então veio a República e só piorou tudo. Acho que é por isso que é um lugar tão ruim — ele disse, erguendo os olhos. — Nunca foi feito para passar muito tempo. Tempo nenhum, na verdade, já que ele sequer existe por lá.

Por alguns instantes, o silêncio só foi interrompido pelo roncar do motor e pelo som dos paralelepípedos passando sob as rodas, a cabine trepidando aqui e ali ao atravessar os obstáculos da rua. Parte de mim acreditava ser melhor mudar de assunto, desconfortável em absorver a existência de mundos inóspitos onde os ponteiros de um relógio não se moviam. Mas parte de mim... parte de mim *quase* podia entender o que ele estava sentindo. Eu *quase* podia simpatizar com uma vida estagnada.

Enxergar a existência de um novelo inteiro de sentimentos dentro de um demônio era um caminho perigoso para se trilhar. Ainda assim, não consegui me impedir.

— Você sente falta de alguém? — perguntei. — Família? Amigos?

Outro sorriso, dessa vez um pouco mais triste.

— Você realmente não entende nada sobre magia, Amarílis.

Não tive tempo de responder. O automóvel perdeu velocidade, e Tolú desviou a atenção para a janela por trás de mim, os olhos brilhan-

116

do, o rosto voltando a ficar astucioso como sempre. Também me virei no banco para conseguir espiar através do vidro. A cena que encontrei lá fora fez meu coração disparar, batendo quase audível sob a pele.

Qual o nome que Tolú informou ao motorista? Vanilla?

O Vanilla era um prédio arredondado de dois andares, com poucas janelas, pintado de preto. Uma fachada rodeada por luzes trazia o nome do estabelecimento em vermelho e branco, a tipografia dando voltas exageradas entre cada uma das letras, sugerindo curvas. Ao lado do V, havia a silhueta de uma perna de mulher, com meia-calça rendada e sapato de salto, levemente erguida na altura do joelho.

Dois seguranças tão grandes quanto Antúrio vigiavam ambos os lados da porta única. Um valete usando terno e gravata-borboleta se aproximou para saudar o veículo. Por trás dele, algumas mulheres fumavam na calçada, conversando em pares ou trios. Suas roupas eram extravagantes, coloridas e tão econômicas na quantidade de tecido que faziam minha saia melindrosa parecer o vestido de domingo de uma velha matrona.

Virei para Tolú com o rosto quente, as mãos suando.

— Você me trouxe para *um bordel*? — reclamei, indignada, e dessa vez não tive dúvidas de que o condutor havia escutado. — Você tinha dito casa de apostas!

O demônio ergueu a palma das mãos em um gesto apaziguador.

— O Vanilla tem a melhor mesa de carteado da cidade. Não tenho culpa de que essas duas coisas costumam andar juntas. Além disso, é ótimo para manter os adversários distraídos.

O valete havia se aproximado da porta do automóvel, a mão na maçaneta. Tolú arrumou o colarinho do paletó e alisou os cabelos outra vez antes de sair. Os sons da rua entraram na cabine, mais altos do que antes. Sem a proteção do veículo, eu estava exposta. Desprotegida. Onde eu estava com a cabeça para permitir que ele levasse adiante aquela ideia? O plano seria um fiasco... Se alguém das proximidades trabalhasse ali, minha reputação estaria arruinada, e Floriano...

Eu não sou ninguém. Eu não sou ninguém.

O rosto de Tolú voltou a surgir no vão da porta, curvado para me enxergar melhor.

Ele estendeu a mão.

— Está pronta?

E é claro que eu estava pronta para dar meia-volta e sair correndo, para me esconder em casa entre os bichos-da-seda, onde era meu lugar. Queria ter bebido a garrafa inteira que repousava sobre a cômoda. Queria poder controlar os momentos em que a magia de minha mãe resolvia sussurrar em meu ouvido. Queria ter pintado meu rosto, criado uma máscara como a daquelas mulheres, queria esconder tudo o que eu era.

— Ei — a voz de Tolú me alcançou, suave, gentil. Com o peito subindo e descendo em arfadas de desespero, ergui os olhos para ele, a boca aberta, os dedos apertando o estofamento. — É só trabalho. Você não está aqui de verdade, não como Amarílis. E é um passo importante para conseguir o que você precisa. Lembra? Nós treinamos para isso.

Engoli em seco. O que eu precisava. Percorri mais uma vez o calvário das minhas memórias, uma a uma. Narciso, meu irmão, minha mãe, o sangue. Todo aquele sangue...

É só trabalho, sussurrei para mim mesma. Eu não era ninguém. E, assim, a pessoa que colocou os pés fora do automóvel, que segurou na dobra do braço de um demônio, que ajustou o xale e sorriu para os seguranças da porta ao passar... ela também não era eu.

A primeira lição que aprendi com Tolú é que ficava mais fácil com o tempo. Como um punhado de graxa derramado sobre um conjunto de engrenagens, a mentira deslizava mais fácil com o uso constante. As pessoas preferem acreditar no que é mostrado a elas, mesmo que seja apenas uma ilusão.

Quando entramos no prédio, eu ainda estava nervosa. Ainda parecia muito perdida e inocente para o suposto papel que me cabia naquela noite. Mas a primeira coisa que notei é que as pessoas *não ligavam*. Talvez fosse a magia de Tolú, as tais sugestões na mente de cada um. Mas, ao contrário do que eu temia, o disfarce não descolou de nós e saiu rolando pelo carpete vermelho que revestia o piso do bordel.

Passada a porta, o corredor era escuro, estreito, cheirando a fumaça de charuto, bebida e suor. Tolú passou a me conduzir pela mão, o espaço apertado demais para andar lado a lado. Estreitei os olhos, tentando enxergar melhor na penumbra. Podia ouvir o burburinho de risadas e copos tilintando logo à frente.

O corredor ganhou um pouco mais de espaço, e bancos acolchoados em veludo cor de vinho apareceram dos dois lados da parede. Muitos estavam ocupados. Devo ter hesitado ou virado a cabeça como uma boba para os casais que se abraçavam, indecentes, conjuntos de mãos e pernas e bocas que eu não conseguia identificar muito bem na escuridão, porque Tolú apertou meus dedos por um instante, tentando me manter focada.

Quando entramos no salão, as coisas não ficaram muito melhores. Mesinhas circulares com pequenos abajures marfim preenchiam o amplo cômodo retangular na mesma disposição de um restaurante. Mas, no lugar de garçons segurando bandejas com comida, mulheres e rapazes, todos nus da cintura para cima, circulavam por entre as mesas, servindo drinques, indo se sentar nas cadeiras, inclinando-se ao ouvido de homens de paletó e luvas de pelica para sussurrar alguma coisa. Alguns pegavam os clientes pela mão, conduzindo-os pela enorme escada circular ao fundo, rumo ao segundo andar. E era melhor que eu não pensasse no que acontecia lá em cima, ou então poderia tropeçar e esquecer meu próprio nome. Uma espécie de calor já formigava em minha pele, um calor muito parecido com vergonha, mas de uma natureza diferente. Minhas pernas ficaram moles.

Um novo aperto em minha mão. Uma das mulheres se aproximava de nós, sorrindo. Tinha a pele branca como leite, com cabelos compridos e avermelhados descendo por cima dos seios.

Continue olhando para o rosto da moça, não demonstre nenhum embaraço. Vocês só vão perguntar onde fica a mesa de apostas.

Mas aquela acabou se revelando uma tarefa difícil depois que a recém-chegada abriu os braços em uma saudação animada e Tolú a enlaçou pela cintura com a mão livre, colando a boca aos lábios da mulher.

— Sentimos sua falta por aqui, meu bem — ela ronronou, o indicador correndo com malícia pelo maxilar do demônio. — O que vai querer de mim hoje?

Tolú sorriu, o puro retrato da luxúria. Ele combinava com o lugar, com a atmosfera, com aquela conversa doce e cheia de armadilhas. Segurou um dos cachos da mulher entre os dedos.

119

— Eu sempre quero muitas coisas de você, mas hoje a escolha não é minha. — O demônio me puxou pela mão, obrigando-me a chegar perto. — Hoje estou acompanhado.

Engoli em seco. Usei cada fibra de meu ser para continuar com as pálpebras semicerradas, sonolentas, a boca relaxada, o rosto nada impressionado. Meus olhos teimavam em querer descer até o ponto onde a mão de Tolú acariciava a cintura da mulher, formando espirais preguiçosas com os dedos. *O que aconteceria se ele fizesse o mesmo em mim?*

Evitei o pensamento.

A recém-chegada me lançou um olhar cauteloso, procurando pistas em minhas roupas, talvez tentando entender com que tipo de clientela estava lidando. Teria cruzado um limite perigoso? Eu traria dor de cabeça para o estabelecimento? Bancaria a esposa traída? Mas então ela trocou um último olhar travesso com Tolú, em busca de confirmação, antes de morder os lábios e se aproximar para apoiar a mão no meu ombro.

— Seja muito bem-vinda — ela disse, oferecendo para mim um sorriso mais gentil do que o que ofertara para o demônio. — Nós podemos nos divertir muito juntas. Nós três podemos. Basta me chamar.

Um instante de silêncio e expectativa. Certo, a jogada estava em minhas mãos agora. Eu podia sentir a atenção de Tolú ao meu lado, aguardando minha resposta, talvez até testando se eu servia mesmo para a tarefa.

É só trabalho.

— Eu sinto muito — respondi, usando a mão livre para acariciar a bochecha da mulher. — Hoje Tolú me prometeu uma noite de jogos, e quero vê-lo perdendo as calças contra as minhas apostas. Mas, a depender do quão rica ele me deixar, posso me lembrar de você.

A mulher riu, um brilho cúmplice brotando em seus olhos.

— Não perca essa garota — ela avisou, apontando o dedo para Tolú antes de se afastar rumo a outra mesa.

Assim que ela se afastou o suficiente para não nos escutar, o demônio ergueu o braço e me obrigou a girar em meu próprio eixo, como se estivéssemos dançando, até que eu ficasse de frente para ele. Desceu o rosto para cochichar em meu ouvido, o hálito fazendo cócegas em meu pescoço.

— Eu disse que você levava jeito. A bebida realmente soltou a sua língua.

Afastei um pouco a cabeça para olhá-lo nos olhos.

— Você podia ter me avisado que já era cliente assíduo da casa.

De algum modo, a ideia de que Tolú pudesse estar ali enquanto eu me matava de trabalhar na fábrica me deixava mal-humorada. Eu não tinha qualquer direito de sentir aquilo, sabia bem — Tolú não era meu empregado e não me devia satisfações. Mas me irritava pensar no demônio catando as próprias roupas suadas do chão antes de atravessar a cidade e me esperar sob o portão. Todas aquelas noites estudando o baralho, rindo de suas piadas, e ele...

Tolú deu risada, balançou a cabeça.

— Um recém-chegado não pode apostar alto sem levantar suspeitas. Os funcionários me dão credibilidade, me dão *passado*. Também é a melhor forma de entender como funciona a ala rica de uma cidade. Onde acha que consegui todas as informações sobre a festa de Pimpinella?

Revirei os olhos.

— Ah, claro, e seu plano de seduzir Pimpinella até ser convidado para a festa vai funcionar muito bem quando ela descobrir que você frequenta um bordel.

— Vai mesmo — ele disse. — Acha que ela teria tempo para um rapazote apaixonado que não sabe o que está fazendo? Pimpinella não é do tipo que exige *fidelidade*, mas sim *dedicação*.

Fiz uma careta, olhando para o lado, digerindo o argumento. Ele provavelmente estava certo. Se eu insistisse, Tolú me encheria de gracinhas sobre ser ciumenta.

— Podemos seguir para o carteado agora? — perguntei.

O demônio assentiu. Calado, voltou a oferecer o braço e nos conduziu até uma pesada cortina no canto direito do salão, que escondia um segundo corredor estreito que eu até então não tinha visto.

O salão de jogos era uma versão menor do primeiro, melhor iluminado e sem tantas pessoas circulando. Percebi que abrigava em sua maioria homens mais velhos, muitos deles com a indisfarçável postura militar por baixo das roupas comuns. Estar na presença deles era intimidador, e por um momento pensei que ficaria nervosa outra vez, congelada no lugar. Mas a interação com a mulher ruiva parecia ter servido como um bom aquecimento, porque consegui caminhar com certo ar de superioridade até a mesa de feltro verde e esperar enquanto Tolú puxava uma cadeira para mim e me instalava entre os jogadores. Notei quando o funcionário que distribuía as cartas, um rapaz recém-chegado à fase adulta, ainda cultivando um bigode, corou e piscou discretamente para o demônio, que retribuiu o cumprimento.

Aqueles homens ricos, percebi, estavam perdidos na mão de Tolú. A mesa inteira estava sob seu controle mesmo antes de as apostas começarem.

Alguns dos jogadores já o conheciam, e o cumprimentaram com alegria. Outros se apresentaram. Um deles, com um alfinete de ouro preso na lapela, apresentou-se como comandante e fez sinal para que eu lhe estendesse a mão.

— E como posso chamar esta belíssima flor que abrilhanta a nossa mesa hoje?

— Comandante — falei, embevecida, sentindo um triunfo desmedido no peito por ver um lambe-botas como aquele beijando a mão de uma operária. — Pode me chamar de Magnólia.

— Combina com você — ele disse, e seus olhos desceram para o tule em meu decote.

Respirei devagar, deixando que ele olhasse. O álcool provavelmente já o livrara de qualquer senso de decoro, e estávamos mesmo contando com aquilo. No cômodo do carteado, os homens não bebiam os drinques chiques e coloridos que eu havia visto no salão principal. Tomavam apenas uma bebida amarelada, servida em copos pequenos, que eram virados depressa e de uma só vez.

Não tivemos muitos problemas depois disso. Trocamos minhas economias em fichas, e o jogo avançou pela noite exatamente como Tolú ensaiara comigo no sobrado, como uma dança, sendo ele o maestro de todas as melodias.

Em algumas mãos de baralho, ele apostava pouco e depois incitava seus companheiros de mesa para que subissem os valores. Às vezes ganhava, mas às vezes perdia tudo. Havia me explicado o delicado equilíbrio do carteado: em alguns momentos, perder valia a pena, pois mantinha os outros apostando, e as recompensas eram maiores. O poder do demônio agia com discrição, inflamando ânimos de um lado e aplacando dúvidas do outro, aflorando risadas, fazendo elogios. Um toque gentil e discreto, cuidadosamente planejado para permanecer invisível.

Enquanto isso, meu papel era o oposto: capturar a atenção dos homens fazendo perguntas, trocando gracejos, fingindo-me interessada por suas jogadas inteligentes sempre que começavam a desconfiar da sorte do demônio. *Mas o senhor sabia o tempo todo onde estava o par de ases? Qual o nome dessa combinação?* As perguntas eram acompanhadas por drinques. E assim o engodo tornava-se mais fácil a cada carta deslizada sobre a mesa, a máscara de Magnólia grudando-se ao meu rosto como uma segunda pele feita de suor. Em outra situação, eu não reconheceria meus risos, não entenderia como fui capaz de flertar tão abertamente com desconhecidos. Mas era bom fazê-los de tolos. Ter algum poder nas mãos. Eu estava *me divertindo.*

A pilha de fichas começou a crescer no nosso lado da mesa. Faltava pouco para podermos ir embora.

— Não é possível, o senhor está roubando. — O comandante atirou as cartas com violência sobre a mesa, frustrado. Em seguida pegou um charuto e o colocou na boca enquanto riscava um fósforo.

— Estou num dia de sorte. — O demônio deu de ombros, depois cutucou o apostador que se encontrava sentado a seu lado esquerdo. — O que é muito justo, já que meu amigo aqui deve lembrar que na semana passada só tive derrotas.

— É, mas na semana passada o senhor não perdeu nem metade desse dinheiro.

Olhei ao redor. A quantidade de fichas já era mesmo digna de nota, e os outros apostadores começavam a ficar preocupados. Tolú parecia relaxado, pronto para argumentar ou soltar alguma gracinha a fim de retomar o controle da mesa. Mas fui mais rápida, o estômago quente de bebida, a cabeça leve.

Inclinei-me por cima do feltro verde do tampo e tomei o charuto para mim. Traguei, com um misto de euforia e controle para não tossir antes de devolver o objeto.

— O senhor sabe o que dizem, comandante. Azar no jogo...

Percebi quando os olhos do homem perderam o foco, embevecidos, os lábios abrindo discretamente enquanto ele observava meu decote, o charuto entre meus dedos, a fumaça em minha boca. Era provável que Tolú tivesse algo a ver com aquilo, alimentando as fantasias na cabeça do comandante, mas também era bom notar que eu era capaz de confundi-lo, de fazê-lo cair em tentação e querer me jogar em cima da mesa. *Foi isso o que você fez com seu general, mamãe? Bem, posso entender o apelo...*

— Vamos testar a sua teoria, madame. — O comandante sorriu para mim e enviou um olhar ferino para Tolú antes de arrastar uma nova dúzia de fichas para o centro da mesa. Muito além do dinheiro, parecia óbvio que ele estava apostando também o próprio ego.

Levamos mais duas rodadas para terminar de limpar a mesa.

Inebriada como estava por aquela nova sensação, precisei que Tolú afirmasse com todas as letras que estava cansado e pronto para ir embora antes que gastasse toda a sorte. Ele se levantou, oferecendo um braço para mim. E não é que eu não fosse acompanhá-lo. Sabia bem o que estávamos fazendo, a bebida não anuviara nem um pouco meus objetivos. Mas, ao menos em parte, lá no fundo, eu queria mais. Eu queria ficar.

— Devia deixar a moça se divertir — comentou o comandante, percebendo minha hesitação. — Aposte de novo. Eu cubro. Ou deixe Magnólia ficar mais um pouco. Eu cuidaria bem dela...

Tolú sorriu para o outro homem, um gesto predatório que me fez recuperar o bom senso de imediato.

— Ambos sabemos que não são apenas as fichas as coisas de valor apostadas nesta mesa. Lamba suas feridas, comandante, e na próxima noite podemos ir à desforra. Hoje pretendo apreciar tudo o que ganhei às custas dos senhores.

Cadeiras foram empurradas para trás, punhos foram cerrados. Mas o funcionário havia terminado de recolher as fichas em uma bolsa de veludo preto, entregando-a para Tolú, e o demônio passou o braço em torno dos meus ombros.

— Boa noite, senhores.

Segui com ele para fora do salão, as pernas bambas outra vez, aquele calor estranho subindo pelas coxas. Era bobo, eu sei, e não havia dignidade em ser considerada um prêmio para um bando de homens ricos com o orgulho ferido. Mas havia algo de terrivelmente charmoso na cena, na sensação do braço dele por cima do meu xale. Tolú cheirava a bebida amadeirada, perfume, fumaça de cigarro e suor, aquele tipo de combinação decadente que sugeria o fim de festas bem aproveitadas e o início de noites inesquecíveis. Era o tipo de cheiro que Antúrio e Rosalinda exalavam ao dançar juntos, girando entre todos aqueles outros casais, os corpos colados.

— Você foi maravilhosa hoje... *Magnólia* — disse o demônio contra minha orelha, tirando-me do devaneio. — Ainda acha que não tem talento?

— Conseguimos o suficiente? — perguntei, desviando do assunto.

Tolú balançou a sacola de fichas que carregava na outra mão.

— Eu cumpro os meus acordos. Falei que ia multiplicar o seu dinheiro.

No salão principal, a situação se tornara ainda mais *inflamada* com o decorrer da noite. Tolú percorreu as mesas comigo, desviando de pessoas em vários estágios de nudez, de cantorias desafinadas proferidas por amigos abraçados, de garrafas estilhaçadas no chão ao som de gemidos. Eu tinha consciência de que estava com o rosto queimando.

O demônio me levou até os fundos do salão, onde, por baixo da escadaria que conduzia ao segundo andar, ficava o balcão do bar e a comunicação com a cozinha e a administração do Vanilla. Outro rapaz trocou carícias com Tolú antes de levar a sacola de fichas lá para dentro, a fim de contá-las e convertê-las em dinheiro vivo, longe de olhares curiosos.

Tolú virou de costas e se esparramou com os cotovelos no balcão, admirando o caos generalizado do bordel com um sorriso quase inocente no rosto.

— Você é um grande depravado — comentei, olhando fixamente para uma garrafa qualquer nas prateleiras por trás do bar.

— E você gostaria de estar olhando tanto quanto eu, só está com vergonha — ele disse.

125

Crispei os lábios.

— Se quiser ir até lá e se divertir, não se prive por minha causa. Posso muito bem esperar aqui.

Ele deu risada.

— Pare com isso, Amarílis.

— Você quer ir até lá?

— E você não?

Arrisquei olhar depressa por cima do ombro, vislumbrando um cavalheiro que desabotoava a saia de uma moça na mesa mais próxima.

— Não sei o que essas pessoas poderiam fazer por mim — comentei, a voz que devia soar petulante saindo esganiçada.

A voz de Tolú, por outro lado, chegou até mim como um ronronar rouco, cheia de promessas:

— Coisas muito, muito feias.

O calor deve ter transparecido em minhas feições ou no pequeno arquejo que não consegui conter, porque o demônio se afastou do balcão, o rosto repentinamente sério. Antes que eu pudesse reagir, Tolú pôs as mãos em minha cintura e me obrigou a girar, me prendendo contra a estrutura de mármore. A pedra fria pressionou a base de minha coluna enquanto as coxas do demônio encostavam nas minhas.

Ele apertou meus quadris. Meu cérebro derreteu, sendo levado pela bebida, pelas carícias ao nosso redor ou pelo toque em minha cintura. Algum resquício no fundo da mente me alertava que a situação era imprópria e, provavelmente, perigosa. Tolú era um demônio, as formas dele eram apenas uma ilusão. Ele não levava nada a sério e não jogava limpo. Mas, ali, naquele momento, eu só pensava em me perder naqueles olhos verdes, em encarar abertamente as linhas daquele rosto que ele havia preparado para mim. *Para mim*, as palavras ecoaram em minha consciência vazia.

Uma das mãos abandonou minha cintura. Abandonei junto o bom senso, deixando escapar um minúsculo gemido em protesto. Tolú encarou minha boca. Quando ele ficava sério, a pele formava um pequeno vinco entre as sobrancelhas. Seu polegar tracejou meus lábios, separando-os.

— Você está com medo de mim? — ele perguntou. A mesma pergunta que fizera antes, mas com um novo e inesperado significado.

Fiz que não com a cabeça, muda, zonza.

Tolú aproximou o rosto. Restavam poucos centímetros nos separando agora, e eu podia ver suas íris verdes em detalhes, o hálito dele esquentando minha pele. *Tão, tão lindo.*

Como se fosse possível, o demônio se aproximou ainda mais. Meu coração disparou em expectativa. Mas Tolú parou de repente. Voltou a me encarar. Ofereceu seu sorriso mais sórdido, aquele que, eu tinha certeza, já levara muitas moças e rapazes à ruína. Aquele sorriso que ele criava enquanto passava a língua pelos dentes, meio homem e meio bicho, aquele que me fazia querer ser também um monstro.

— O que você quer fazer agora, Amarílis?

Eu também já ouvira aquela pergunta. Algumas horas atrás, eu poderia ter mentido. Poderia ter me privado, pensando nas consequências. Cogitei fazer isso, na verdade, mas não encontrei motivos. Ao meu redor, não havia nada. Por mim, o salão poderia ter pegado fogo e eu pouco me importaria. Eu também havia ajudado a conseguir aquelas fichas, a vitória também era minha. Eu tinha direito a receber um prêmio.

Colei minha boca com a dele sem pensar em mais nada.

Tolú se liquefez em meus braços, ou talvez tenha sido o contrário. Seu beijo era atencioso, exigente. Tinha gosto de bebida e cheiro de floresta, a mais impensável das combinações. Os pensamentos, que já estavam embaralhados, agora fugiam por completo da minha mente. Prestava atenção somente às sensações, à umidade de nossas línguas, à pulsação no pescoço de Tolú sob meus dedos.

Ele deslizou a mão em minha coxa, subindo, os dedos tateando devagar por entre as tiras da saia melindrosa até abrir caminho para encostar na meia-calça. A expectativa era inebriante, e eu antecipava cada milímetro daquele toque, a pele arrepiada, satisfeita por ter a atenção do demônio só para mim. Aquele era um desejo que eu até então não aceitara colocar em palavras, mas que, ao que parecia, meu corpo conhecia muito bem. O tempo todo, Tolú me empurrava mais e mais contra o balcão de mármore, obrigando-me a ceder e me inclinar para trás, nossas pernas virando uma coisa só.

Quando a posição se tornou quase impossível, agarrei a nuca do demônio em busca de apoio, a outra mão sentindo o peito dele subir e descer entre cada respiração entrecortada. A magia agora não mais reclamava, apenas cantava em meus ouvidos, uma melodia de vitória e liberdade, de fogo e perdição. Se eu não parasse, me consumiria de dentro para fora. Talvez Tolú também pudesse escutar, pois interrompeu o beijo, arquejando com um sorriso eufórico antes de descer devagar pelo meu pescoço, percorrendo uma trilha com a língua. O demônio afastou o xale, enfiando o nariz pelas dobras do tecido verde--esmeralda até encontrar meu ombro.

— Gosto das sardas que você tem aqui — ele murmurou, a voz rouca, mordendo com força a pele exposta. — São como as estrelas da sua varanda.

Era uma sorte que eu estivesse tão bem apoiada. Não confiava mais em minhas pernas sob o efeito daqueles dentes. Parecia fisicamente impossível que ficássemos ainda mais próximos, mas mesmo assim eu me agarrava a ele com uma espécie de desespero, e Tolú correspondia com a mesma devoção, alheio ao mundo ao nosso redor.

Alguém pigarreou logo atrás de nossas cabeças, do outro lado do balcão. O funcionário do bordel havia retornado com o dinheiro.

A primeira reação de Tolú foi me agarrar ainda mais forte, fincando os dedos em minha coxa e rosnando baixo. Mas durou apenas um segundo. Conforme o momento era quebrado, a consciência voltava, fluindo em marolas, trazendo para ambos a constatação do que estávamos prestes a fazer bem ali, no meio de toda aquela gente. Tolú se afastou, punhos fechados e expressão neutra, enquanto eu me virava para arrumar a saia que subira até quase a cintura e o cabelo desgrenhado, sentindo meu rosto queimar de vergonha.

— É melhor vocês dois darem o fora. Estão chamando atenção. — O rapaz no balcão fez um gesto discreto. Segui o olhar dele até a parede oposta. O comandante e alguns de seus homens mais chegados nos encaravam com semblantes desconfiados, furiosos até. Aparentemente, nossa exibição espalhafatosa servira para inflamar a descrença sobre a boa sorte de Tolú no carteado. Ou isso ou o demônio esquecera de manipular os ânimos alheios enquanto estava com a língua ocupada demais em outras atividades.

— Vamos. — Tolú agarrou o embrulho gordo de notas de dinheiro que o funcionário trouxera e me segurou pelo cotovelo, guiando-me em direção ao corredor da saída.

128

Atravessamos a passagem estreita e mal iluminada até alcançar a rua lá fora, o céu já começando a se pintar com as cores do amanhecer. Tolú parou na calçada para esperar a chegada do automóvel. E o tempo todo, desde que passamos pelo corredor, pela porta e pelo par de seguranças que guardavam a fachada do bordel, eu só conseguia olhar para o chão e encarar meus sapatos de solado branco. Eu não estava apenas envergonhada, estava *mortificada*.

Como... como eu pudera perder o controle daquele jeito? Ceder aos instintos, deixar a magia correr solta, transformar meu corpo em terra sem lei, apenas vontades e carne e umidade. Eu já sentira desejo antes, já fora mais jovem, solitária, ávida para experimentar qualquer tipo de fuga de uma vida miserável. Eu via Rosalinda e Antúrio beijando outras bocas, eu *conhecia aquela dança e o modo como ela costumava terminar*. E ainda assim... O risco que eu havia corrido... O jeito descontrolado com que a magia estendera seus filamentos... O que eu estava pensando? Que Tolú gostava de mim?

Era difícil admitir aquela verdade, mesmo na privacidade da mente, mas me forcei a articular o pensamento em palavras silenciosas e desconcertantes: *se o rapaz do balcão não tivesse aparecido, eu ainda estaria debaixo do corpo de Tolú, vendo meu vestido subir, servindo de espetáculo para uma dezena de clientes pagantes, e nada disso me preocuparia. Se quisesse, Tolú poderia ter me enganado e se aproveitado de mim como um cordeirinho inocente. E eu nunca me senti mais viva do que naquele momento.*

Era a ideia de que eu pudesse agir daquele jeito que me assustava. Que eu pudesse *perder o controle* com tanta facilidade. Então aquela era eu, por baixo dos panos, quando o pior aflorava? Ingênua, inconsequente? Em quantas enrascadas esse tipo de insensatez poderia me meter? Quanto tempo até a loucura me dominar?

Eu conheci uma mulher que se deixou levar pelo desejo e se apaixonou pelo homem errado. Uma mulher que se entregou. Ela tomou um amante que a considerava apenas diversão e permitiu que ele ocupasse suas entranhas. Eu conheci uma mulher que agora está morta, seu filho roubado, sua filha louca. Encontrei seu corpo numa manhã de domingo. Não vou repetir os erros de minha mãe.

— Amarílis?

A voz de Tolú me despertou do devaneio. Ele me olhava com a testa vincada, as sobrancelhas altas. O automóvel já estava parado em frente ao Vanilla, a porta da cabine aberta, esperando. Sem perceber, eu havia dado alguns passos errantes para o outro lado e me aproximado da esquina. Abraçava meu próprio corpo, enrolada no xale como uma mulher desamparada e perdida.

Sacudi a cabeça.

— Desculpe — respondi, ajeitando a postura e o rosto antes de caminhar com passos firmes rumo ao automóvel. — Estou um pouco cansada.

Tolú me ajudou a ocupar o assento traseiro do veículo, depois veio se sentar ao meu lado.

— Tudo bem — ele disse, um tanto hesitante. — Foi uma noite cheia.

Concordei em um aceno mudo, observando um ponto qualquer através da janela oposta. Eu precisava desesperadamente chegar em casa.

— Ei... — O demônio segurou meu queixo com gentileza, trouxe meus olhos para encarar os dele. — Não há nada de errado em querer se divertir comigo. Você pode, se quiser.

Aqueles olhos verdes ainda seriam a minha perdição. Ele parecia tão encantador ali dentro, com o colarinho amarrotado e os cabelos despenteados caindo pela testa que, por um momento, quis beijá-lo de novo. Mas eu já passara tempo suficiente ouvindo as vozes que sussurravam em meu ouvido. Tolú era um demônio. Ele não amava, não podia construir nada duradouro ou estável. Ele era puro caos. Pura luxúria. Deitava-se com mulheres e homens quando lhe era conveniente, quando aquilo lhe trazia alguma vantagem ou prazer. Seduziria Pimpinella e a mim com o mesmo desapego. Talvez pensasse que assim teria mais domínio sobre o trato, ou talvez só não pudesse resistir à própria natureza. Beijava e provocava quando lhe dava vontade. E, quando Tolú cansasse de mim, quando perdesse o interesse... então me descartaria, e seria apenas eu a ficar para trás a fim de juntar os cacos. Eu não podia permitir. Já era instável o suficiente sem repetir os erros dela.

— O importante é que conseguimos o dinheiro — comentei, no mesmo instante em que o automóvel começou a se mover. Por dentro, fiz força para suprimir qualquer resquício de magia. Queria poder matá-la asfixiada.

Tolú soltou meu queixo, desconfiado.

— Sim, nós conseguimos...

— Eu me deixei levar — expliquei de repente, decidindo que era melhor não complicar ainda mais as coisas entre nós. *Eu não vou cometer o erro de minha mãe. Não vou ser usada.* — A farsa, o ambiente, todas aquelas pessoas e essa história de Magnólia... — Permiti que um riso nervoso balançasse meus ombros, depois ajeitei o xale que escorregava. — Eu me deixei levar pela máscara, entende? Mas não era para ter significado nada, eu não costumo ser assim. Eu não... não quero deixar você com a impressão errada. Entende?

O demônio estudou meu rosto.

— É claro — respondeu, mas sua voz soou um pouco fria. Ele se recostou no banco e descansou as mãos nos joelhos. — É só trabalho, lembra? Você não veio como Amarílis. Já havíamos conversado sobre isso.

— É só trabalho — repeti, aliviada. Tolú estava me dando uma saída fácil. Ainda assim, cocei a nuca, mordendo o lábio antes de tomar coragem e falar: — Quanto ao que aconteceu, eu acharia melhor se nós...

Tolú riu, dispensando meus discursos.

— Não precisa se justificar. Estávamos ambos representando um papel, fizemos o que era necessário. Você não me deve nada, Amarílis, e eu com certeza não espero nada além de um general morto no fim da nossa sociedade.

Engoli em seco. As palavras doíam, mas não tanto quanto a outra opção. Aquela em que, no final, eu terminava louca e solitária. Forcei um sorriso.

— Você jogou bem esta noite.

— Obrigado. Você também não se saiu nada mal. — Ele tamborilou um dedo no queixo. — Devo ser um excelente professor.

E assim, num passe de mágica, era como se nada nunca houvesse acontecido entre nós dois. Pelo restante do trajeto, Tolú fez os comentários e gracejos aos quais eu já estava acostumada, falando sobre as próximas etapas do plano, sobre as coisas da vida humana que não entendia, sobre como os apostadores do Vanilla teriam pesadelos com a bela Magnólia durante as semanas seguintes. Pelo resto do trajeto, ele era praticamente o mesmo, e eu quase podia me convencer de que tanto ele quanto eu acreditávamos ter deixado aquela situação constrangedora para trás.

Quase.

Em minúsculos momentos entre uma fala e outra, ou quando passávamos por algum trecho mais escuro da rua, o alvorecer obstruído pela sombra das árvores e dos edifícios, eu podia vislumbrar uma mudança na expressão do demônio. Súbita, mascarada tão logo aparecia, mas constante. Era quase como se ele estivesse decepcionado. Ou frustrado, para ser mais exata. Eu era a humana chata e sem graça que não sabia se divertir e que havia estragado a noite dele. Tolú provavelmente preferiria estar no bordel com a moça de cabelos vermelhos, alguém que não ligasse tanto para as regras e que fosse mais interessante. Alguém que soubesse brincar do jeito que ele gostava, que não ligasse de se despedir no dia seguinte. E, sempre que eu percebia aquele semblante em seu rosto bonito, também experimentava um pouco de dor em meu peito. Eu não queria ser a causadora de nada daquilo. Eu não queria ser tão *decepcionante*. Se pudesse, desejaria ser como Rosalinda, como as garotas servindo drinques com apenas metade das roupas. Mas eu não podia arriscar. Não com a magia. Eu... eu me odiava.

É isso o que você ganha por se deixar levar.

Quando o automóvel estacionou frente ao sobrado amarelo, Tolú me entregou o pacote com o dinheiro. Tirou apenas um punhado de notas, que guardou no bolso interno do paletó.

— Pegue as suas economias de volta e entregue todo o resto para o seu amigo — ele disse. — Amanhã estarei ocupado. Vou ter uma reunião com Pimpinella e depois vou levá-la para almoçar.

Saí aos tropeços, despedindo-me de qualquer jeito, e não olhei para trás. Subi as escadas correndo. Tranquei a porta com as mãos trêmulas e desabei no sofá, ciente de que não valia a pena tentar ir para a cama. Ainda levaria um tempo para compreender tudo o que acabara de acontecer, tantas sensações competindo por espaço. De qualquer forma, eu precisaria estar de pé para trabalhar em poucas horas. Era melhor tentar organizar as ideias e me recompor, ainda que as imagens da noite ficassem voltando. *Eu nunca me senti tão viva.*

E Tolú jamais, jamais poderia saber que, quando senti os olhos pesando contra a minha vontade, ainda enrolada no xale que agora cheirava a bebida e floresta, foi o rosto dele que encontrei em meus sonhos no lugar do general.

13

Quando acordei, a posição do sol entrando pela varanda indicava que eu já deveria estar na fábrica havia muito. A tal reunião de Tolú com Pimpinella talvez estivesse acontecendo naquele momento. Toda a euforia da noite se transformara em um torpor melancólico e mal--humorado, e a bebida cara, que antes parecera rica e com sabor cheio de nuances, agora deixava um resíduo amargo na língua.

Eu havia dormido no sofá, ainda com a roupa da noite anterior e o embrulho de dinheiro no colo. Apoiei os pés envoltos na meia-calça contra o piso, olhando ao redor, sentindo a cabeça zonza. Fiz os cálculos e gemi de frustração, esfregando a testa. Se tivesse acordado um pouco antes, teria conseguido lavar o rosto depressa na pia, trocar de roupa e correr para a fábrica. Mas, àquela hora, mesmo que eu pudesse pegar o bonde vazio, teria de esperar a balsa do meio-dia ou seguir a pé, pois o canal cessava as atividades nos horários de menor movimento, principalmente no distrito operário. A manhã, de uma forma ou de outra, era um caso perdido. Agora precisava de uma boa desculpa para evitar ser demitida. E havia chances de que "tive uma bebedeira com um demônio num bordel" não fosse uma justificativa muito adequada.

Então me arrastei até o banheiro, tomei um banho e vesti um robe por cima das roupas de baixo. Os bichos-da-seda precisavam de cuidados. A mesa da cozinha estava coalhada de corpos mortos e estáticos, as perninhas felpudas dobradas para dentro, imóveis. Algumas fêmeas ainda lutavam, mais resistentes, arrastando-se com dificuldade para depositar uma última fileira de ovos amarelos contra a madeira. Catei as moribundas, juntando-as sobre a pia, recolhi os ovos em envelopes, escrevendo a data no verso. Na sala, as lagartas haviam perdido o interesse nas folhas de amoreira e começavam a se dependurar contra os círculos de papelão em suas caixas, tecendo fios úmidos e brancos. Ao menos, enquanto a fornada seguinte de ovos não eclodisse, eu não precisaria me preocupar em trazer novas folhas. Estava separando as crisálidas abandonadas em uma pilha quando bateram na porta. Soltei os casulos, sobressaltada.

Engoli em seco antes de girar a maçaneta.

Antúrio estava parado no corredor, braços cruzados, a mesma roupa de sempre. Sem querer, fui atravessada tanto por alívio quanto por decepção, pois não era ele quem eu esperava encontrar do outro lado da porta. Senti o mau humor fincar as unhas em minhas entranhas. Eu estava de má vontade antes mesmo de Antúrio abrir a boca.

— Você não devia estar na fábrica? — disparei, escolhendo aquele dentre vários outros cumprimentos mais amistosos que poderia usar.

Antúrio ergueu as sobrancelhas escuras. Seus olhos vagaram pelo robe que eu vestia e pela aparência amarrotada do meu rosto e cabelo.

— Eu podia perguntar o mesmo. Vai me deixar entrar?

Dei um passo para trás e escancarei a porta, dando passagem. Pelo menos não era Floriano. O senhorio que, por sinal, não voltara a aparecer desde o incidente com o demônio. A loja de bebidas abria e fechava no horário de sempre, mas nada da cara ensebada do proprietário, o que era uma bênção. Ele que continuasse procurando o gato bem longe de mim.

Antúrio inclinou a cabeça para conseguir atravessar a soleira. Sempre passava a impressão de ser ainda maior quando estava confinado entre quatro paredes.

— Tive uma noite difícil — expliquei. — Precisei trabalhar com Tolú até tarde.

— Aham... — Antúrio observou os recantos do apartamento, a mobília e o sofá, inclinando o corpo para espiar os outros cômodos. Havia colocado as mãos atrás das costas na postura que eu costumava apelidar de "cão de guarda".

E eu, que já não estava no melhor dos humores, soltei um suspiro irritado.

— Está procurando alguma coisa? *Alguém?*

Antúrio se fez de desentendido. Foi se sentar no sofá.

— Falando no seu amigo, é por causa dele mesmo que estou aqui. Consegui que outro segurança cobrisse meu turno na fábrica e aproveitei para resolver... aquele assunto. Você já está com o dinheiro?

Apontei para o pacote de notas no assento ao lado dele. Antúrio o pegou, desfazendo o embrulho e assobiando alto ao passar os dedos por entre as notas.

— Isso basta? — perguntei, os braços ao redor do corpo, ajudando a manter o robe fechado.

— Digamos que poucas vezes na vida vi tanto dinheiro junto. — Antúrio ergueu as sobrancelhas. Jogou o pacote para cima e para baixo, hesitante, sentindo o peso. Parecia atrapalhado com o que falar em seguida. — Bom, vou levar isso comigo. Seu amigo Tolú tem um encontro nas docas do porto amanhã, à meia-noite, para pegar tudo de que precisa. Aqui está o endereço. — Antúrio me estendeu um pequeno quadrado de papel que tirara do bolso de trás da calça, dobrado com capricho de modo a formar uma flor de quatro pétalas. Mas, quando fiz menção de pegar a dobradura, ele voltou a recolher o braço, tirando o papel do meu alcance. — Não deixe que ninguém veja esse endereço, está bem? Na verdade, pode ser mais seguro que você nem olhe o que está escrito aí. Apenas entregue o papel para o seu "sócio". Estou falando sério, esse pessoal é perigoso de verdade.

— E eu não sou estúpida. — Peguei o papel e guardei-o entre as dobras do robe, preso à costura das roupas de baixo. Depois, sentindo que estava sendo ranzinza demais com um amigo bem-intencionado, acrescentei baixinho: — Obrigada.

Ele deu de ombros.

— Não tem de quê.

— Você leu o endereço?

— Também não sou tão imbecil assim, Amarílis.

Antúrio se levantou para ir embora, mas então começou a balançar os braços tatuados para frente e para trás, ganhando tempo. Coçou a orelha com a argola dourada, depois a nuca. Eu poderia torturá-lo por horas enquanto esperava ele criar coragem para falar de uma vez, mas aquele não era um bom dia. Cruzei os braços.

— Não foi só para isso que você veio, foi?

Ele expirou longamente. Esfregou a testa.

— Certo, tudo bem — acabou falando, a voz grave. — Eu queria dar uma olhada em como você estava. Está agindo esquisito, Amarílis. Fiquei preocupado quando não apareceu na fábrica hoje cedo. Achei que pudesse estar com... com *ele*.

Deixei uma exclamação indignada escapar pelo nariz.

— Acha que sou alguma criança? Há quantos anos você me conhece?

— Amarílis... Só estou preocupado com a sua segurança.

— É mesmo? Rosalinda sabe que você está aqui?

Antúrio fez uma careta.

— Não. Ela não gosta de se meter nessas coisas...

Ah, sim. A política de Rosalinda de não se envolver com os negócios do namorado, apenas aceitar os presentes que o dinheiro ilícito dele lhe comprava. Muito conveniente.

— Você não precisa cuidar de mim — rebati.

— Mas olhe só o seu estado! — Antúrio gesticulou para o meu rosto. — Está diferente. Nunca conta o que está fazendo. Não aparece para trabalhar e, quando aparece, sai correndo assim que a sirene toca... Mal deve estar se alimentando!

— Isso não é da sua conta!

— Está dormindo com esse tal Tolú?

— Você está passando dos limites — rosnei baixo, o rosto esquentando.

Antúrio riu. Depois passou a mão pelos cabelos aparados, soltando um suspiro.

— Estou. Me desculpe. É só que... — Ele parecia cansado. — Tem alguma coisa nesse Tolú que não está certa. Algo que ele está escondendo. Sei que está.

Você nem imagina.

— Esse sujeito é problema, Amarílis — Antúrio continuou, chegando mais perto. — Você e Rosalinda não estão acostumadas a lidar com esse tipo de homem, mas convivo com eles o tempo todo. Criminosos, golpistas, toda sorte de coisa errada. Eles são charmosos, têm uma conversa boa, mas, assim que você baixa a guarda, são os mais

137

perigosos. Ele me lembra aquele pessoal que denunciava gente por dinheiro na época do Regime, quando as pessoas sumiam do nada. Não consigo confiar nele.

— Sabe que Tolú provavelmente poderia dizer o mesmo de você, não é? Criminoso, golpista, toda sorte de coisa errada...? Vocês são iguais.

Antúrio bufou, revirando os olhos.

— É, só que *eu* sou diferente.

Foi minha vez de rir. Aquilo era ridículo.

— Pois fique sabendo que o conselho de Rosalinda foi que eu agarrasse Tolú de uma vez e partisse para viver uma aventura. Talvez você devesse colocar mais juízo na cabeça dela em vez de na minha. Ou não, caso contrário, ela não estaria namorando você.

Antúrio contraiu a mandíbula, irritado. Senti uma pontada de culpa em meio ao mau humor, bem lá no fundo. Não queria ter dito aquilo. Em consideração aos nossos anos de amizade e a todas as passagens de balsa que o sujeito já me comprara, reuni um pouco de boa vontade para me aproximar dele e apoiar as mãos em seus ombros enormes.

— Ei. — Chacoalhei-o pelos braços, obrigando Antúrio a me olhar nos olhos. — Obrigada por se preocupar. Você é o meu melhor amigo, e eu provavelmente não mereço você e Rosalinda. E sim, admito, Tolú não é um príncipe encantado. Mas sei o que estou fazendo, e você vai precisar confiar em mim agora.

— Posso mandar segui-lo, sabia? — Antúrio sugeriu. — Ter certeza de que essa história de investir na fábrica é mesmo verdade, que ele não está planejando nada de ruim para você. Também posso assustá-lo, se você quiser.

Gargalhei, tentando imaginar a cena. O que no mundo poderia deixar um demônio assustado? Eu bem que gostaria de presenciar tal coisa, mas sequer conseguia visualizar como seria o rosto de Tolú ao sentir medo.

— Não precisa. Eu sei exatamente onde Tolú está agora. — *Almoçando com Pimpinella, talvez até mesmo levando-a para a cama.* — Confie em mim.

Antúrio estudou minhas feições por um momento de expectativa antes de assentir com a cabeça.

— Tudo bem. Não confio nele, mas vou confiar em você. — Ele bateu com a ponta do indicador em minha testa. — Se essa é a sua decisão, eu respeito. Só me prometa que vai tomar cuidado, por favor.

Exibi um sorriso, minha carranca se desfazendo depois de vencida. Abracei Antúrio, mesmo que minha cabeça mal alcançasse a altura do peito dele.

— Agora deixe de ser esse cão de guarda obsessivo. Tem certeza de que nunca teve irmãs?

— Ah, mas não faço isso por você — ele rebateu, passando os braços por minhas costas, meio sem jeito. — Se essa... situação terminar mal, então Rosalinda ficará chateada, e aí sou eu que vou arrumar problemas. No fim das contas, sou bastante egoísta, está vendo? Os homens não prestam. — Ele riu quando me afastei para revirar os olhos. — Mas falo sério: tome cuidado. A Flor de Lótus não é brincadeira.

— Flor de quem?

Trocamos mais uma ou duas frases antes de o segurança resolver que eu sabia o suficiente e que já era hora de ele seguir seu caminho. Antúrio se despediu com uma nova rodada de recomendações, pedindo para que eu tivesse cuidado, principalmente agora que os serviços da Flor de Lótus estavam em jogo. Pelo pouco que me contou e pelo jeito como pronunciara o nome, baixo, olhando para os lados como se temesse estar sendo observado, ainda que estivéssemos sozinhos no apartamento, entendi que se tratava da tal rede de contrabandistas que ele arrumara para nos ajudar com a farsa. Mas eu nunca ouvira aquele nome antes. Se essa tal Lótus contava com alguma reputação em Fragária, então não costumava atuar na região das fábricas ou no distrito onde eu morava. O que era estranho.

— Ah, e mais uma coisa... — Antúrio se inclinou em minha direção com um tom de voz conspirador. — Diz pro seu amigo que, quando chegar lá, é melhor aceitar tudo o que eles oferecerem. A Flor de Lótus não gosta de desfeitas.

— Anotado.

Antúrio se virou em direção à porta. Mas pensou melhor e olhou para mim.

— Me permite um último conselho?

Dei de ombros.

— Não, mas você vai falar mesmo assim.

Antúrio ajeitou a postura, solene, observando-me de cima, as tatuagens brilhando contra a pele escura. Parecia outra pessoa. Por um momento esquisito, consegui visualizar o quanto ele sabia ser intimidador. Eu não queria estar na pele dos seus desafetos.

— Quando entramos nessa vida, à margem da lei — ele disse —, precisamos ter firmeza quanto ao que nós somos. No que acreditamos, a quem somos leais... Há muitas facilidades e atalhos, mas também existem dificuldades, e não estou falando só da segurança. É muito fácil *mudar*. Você faz uma concessão aqui, outra ali, vê algo que não queria presenciar ou que vai assombrar seus sonhos... — Ele fez uma pausa, respirou fundo. Perguntei-me com o que Antúrio sonhava. — Se quiser mesmo entrar nessa vida, Amarílis, saiba que você vai mudar. Mas tome cuidado para que essa nova versão seja do seu agrado. Seja leal a si mesma. E tente dar um jeito de, no futuro, olhar no espelho e conseguir gostar do que está vendo.

Engoli em seco. Não estava esperando algo tão profundo. Achei que Antúrio iria apenas reforçar as ladainhas sobre não confiar em homens bonitos demais para meu próprio bem. Eu nunca o vira falando daquele jeito, e não sabia como responder.

— Você consegue gostar? — perguntei. — Quando se olha no espelho?

Ele me ofereceu um sorriso de lado, cheio de significados, mas não disse mais nada. Girou a maçaneta, se despediu e foi embora.

Fiquei remoendo as palavras dele pelo restante da manhã, cuidando das tarefas da casa enquanto esperava o horário da balsa. Sozinha e em silêncio, com a cabeça e as mãos distraídas nas atividades do dia a dia, ficava mais fácil me perder entre pensamentos, ouvir os sussurros da magia sem julgamentos, os fios tensionados em todas as direções. Eu ainda não tinha muita certeza sobre o que seria minha vida após matar general Narciso, ou mesmo se eu teria coragem de chegar a tanto. Às vezes eu pensava na ideia e sentia um júbilo irracional, o doce prazer da vingança. Às vezes, queria vomitar e sair correndo.

Mas, enquanto me olhava no espelho, ajustando os cachos mais rebeldes, parei para prestar atenção à imagem refletida na superfície oxidada. Observei minhas sardas, cobrindo o nariz, correndo pelas bochechas, voltando a aflorar nos ombros, ainda que eu não pudesse vê-las sob a blusa de mangas compridas.

Gosto das sardas que você tem aqui. São como as estrelas da sua varanda.

Tente dar um jeito de, no futuro, olhar no espelho e conseguir gostar do que está vendo.

A Amarílis que me encarava de volta queria uma resposta? Bem, eu tinha medo de para onde Tolú podia me levar. Ele trazia o pior de mim à tona. Coisas que já estavam lá, adormecidas, trancadas. Monstros que eu me recusara a encarar por muitos, muitos anos. E agora eles ameaçavam me devorar. Ameaçavam se tornar parte de mim, gostasse eu ou não daquilo. E seria tão bom não precisar manter tudo sob controle, se eu apenas pudesse... adiar as consequências, como o apostador que atira para cima uma moeda a fim de decidir o próprio destino. Tolú fazia tudo parecer mais simples. Fazia tudo parecer possível, ao alcance, sempre uma porta entre mim e o que eu queria, nunca uma parede.

Pensei no demônio com Pimpinella. Pensei nas mãos dele em meus quadris, em sua língua quente percorrendo minha boca, o beijo com gosto de coisa antiga e proibida. O modo como eu me sentira viva no pior lugar possível. Encarei o espelho outra vez.

Tolú trazia o pior de mim à tona. E a verdade era que eu gostava. Eu gostava.

14

Tolú havia comprado uma casquinha de sorvete para mim.

— Tome — ele disse —, você gosta dessas coisas, não é? Agora volte para casa.

— Você não vai me subornar com um sorvete — respondi, mas peguei o doce mesmo assim, lambendo a parte de cima da casquinha, suspirando ao receber na boca os primeiros toques de baunilha.

O demônio passou algum tempo admirando aquela ação. Passeávamos em um ritmo lento por uma das avenidas de Fragária, andando em direção ao canal das balsas. A noite quente e de pouco vento do domingo atraíra um bom número de pessoas para as calçadas. Elas caminhavam, os casais de braços dados, as crianças sendo puxadas pela mão, gastando trocados nas lojas e barracas de comida enquanto os idosos se sentavam nos bancos das praças. Aqui e ali, um oficial da República patrulhava uma esquina, atento a qualquer manifestação contra a ordem, a qualquer pedinte que viesse mendigar dinheiro. Passávamos por eles de cabeça baixa.

Para chegar às docas, precisaríamos tomar a última balsa da noite e seguir até o fim do canal, onde o rio ia dar na praia. A cidade se mantinha afastada da orla como se temesse ser carcomida pela maresia, de modo que a foz do rio não passava de um amontoado de armazéns e galpões abandonados. Durante toda a vida, eu só pisara ali uma ou duas vezes, nas ocasiões em que algum navio grande desembarcara seus soldados em Fragária após cruzar o oceano em nome da República, quando toda a população da cidade seguia para a praia a fim de receber as tropas e pôr os olhos nas coisas exóticas que eles traziam. Um desses navios, lembro-me bem, chegara com imensas carcaças de tubarão içadas no mastro, o sangue dos animais, perfurados por inúmeros arpões, escorrendo pelo convés.

— Você não precisa vir comigo — ele falou de repente, mais baixo que seu tom habitual, talvez adivinhando os rumos mórbidos para os quais meus pensamentos corriam. — Pode ser perigoso.

Tolú estava usando roupas normais, apenas um par de calças marrons, camisa e suspensórios. Usava a gola da camisa branca erguida para cima, o primeiro botão aberto. Ainda se destacava pelo porte, pelo sorriso bonito e a forma de caminhar, mas, misturado à multidão que tomava as ruas, poderia passar despercebido. Comigo ao seu lado, só mais uma das inúmeras mulheres usando um conjunto de saia e blusa em tom pastel, ele parecia quase *comum*. O objetivo não era mesmo chamar atenção ali.

Dei de ombros.

— Eu quero ir.

— Mas não precisa.

Lancei para ele um olhar aborrecido por cima do sorvete.

— Ah, quer dizer que tudo bem me arrastar para bordéis e jogos de carteado, mas não posso estar junto quando as coisas realmente interessantes acontecem?

Tolú ergueu as sobrancelhas.

— A sua ideia de *interessante* me parece um tanto equivocada.

— Ora, por favor — retruquei. — E toda aquela história de ter um cúmplice para dar apoio? Não vou deixar que vá sozinho e depois estrague tudo.

— *Eu* estragar tudo? — O demônio me encarou de um jeito que deixava bem clara a opinião dele sobre quem de nós dois poderia pôr tudo a perder. Mas depois ele chacoalhou a cabeça. — Não, Amarílis. A situação no bordel era diferente. Eu conhecia o espaço, as pessoas. Você estava perfeitamente segura, eu tinha um *plano*. O encontro de hoje será puro improviso. Espero ter uma noite tranquila, mas, se as coisas se complicarem de repente, não quero ter de me preocupar em proteger uma humana. Vocês são... *frágeis*.

Dei uma nova lambida no sorvete, ganhando tempo para refletir. De novo, os olhos dele em minha boca. Um pensamento me ocorreu. Eu podia pegá-lo no próprio jogo.

— Nosso acordo — eu disse. — Você mencionou não haver magia o suficiente no pacto para matar uma pessoa. Posso entender, então, que sua influência se limita ao que foi acordado, correto?

— Sim... — ele respondeu, cauteloso. — Mas não entendo onde você quer cheg...

Eu o interrompi com um aceno enérgico de cabeça.

— Ótimo. Então me manter em segurança está totalmente fora da sua alçada. Eu vou junto, ponto-final. Se acontecer alguma coisa comigo, você tem minha permissão para considerar o pacto cumprido. Não me deve mais nada.

A expressão de Tolú virou uma careta, ainda que parecesse animado com a possibilidade de discutir os pormenores de um contrato mágico. Ele sempre ficava animado quando alguém o rebatia, e levava pactos muito a sério. Por um instante, Tolú umedeceu os lábios, como se fosse comentar alguma coisa, mas depois voltou atrás. Ficou calado, o rosto sério. Contive a curiosidade de perguntar. Ele parecia ter cedido, e eu não queria reacender aquela disputa. O demônio também havia convenientemente deixado de mencionar qualquer coisa sobre o que acontecera no bordel, então era minha vez de retornar o favor.

Concentrei-me em terminar o sorvete, observando as pessoas que passavam, evitando olhar para o demônio. Eu estava incrivelmente calma naquela noite, nem um pouco assustada pela perspectiva de adentrar um covil de criminosos. É claro que havia certo nervosismo, o instinto de sobrevivência que guia qualquer criatura prestes a se aproximar de algo perigoso. Mas era uma aflição que borbulhava sob a pele, escondida embaixo de uma camada de adrenalina, o tipo de vontade resoluta que nos faz encarar uma porta escura e atravessá-la apesar do que possa existir do outro lado. A magia estava quieta, satisfeita. Eu *queria* ir, fazia questão, ainda que não entendesse bem os motivos. Uma espécie de pressentimento, de *euforia*. Talvez eu tivesse menos medo de morrer do que de perder o controle. E eu estava curiosa.

Uma carruagem cruzou nosso caminho, obrigando-nos a parar antes de atravessar a rua. Os cascos dos cavalos batiam em um ritmo reconfortante contra os paralelepípedos.

— Você está pegando gosto.

Olhei para Tolú. Ele encarava os próprios pés.

— O quê?

O demônio sorriu, algo entre cansado e resignado. Mas também havia ali uma pontada de orgulho.

— Você está pegando gosto pela coisa, não está? Pela aventura, o caos. A sensação de estar viva e de poder fazer o que bem entende. Está finalmente saindo do próprio casulo — ele disse. — É uma sensação boa, não acha?

Enrubescendo, coloquei o último pedaço da casquinha crocante na boca. Pela milionésima vez nos últimos dias, as imagens da noite no bordel me vieram à memória. Sim, a sensação era ótima. Perigosamente ótima. Assustadoramente ótima. Mas ficava melhor ainda quando eu não pensava muito no que estava fazendo, caso contrário, começaria a ter dúvidas.

— Vamos pegar a balsa? — sugeri, batendo as mãos para me livrar dos farelos. — Não vou deixar que fique com toda a diversão só para você.

Fomos os últimos a descer da balsa. O timoneiro ficara contrariado — parecia ter nutrido esperanças de que ninguém seguisse até a foz naquele horário em pleno domingo, de modo que ele pudesse retornar de uma vez para guardar a embarcação no atracadouro do centro, ganhando alguns minutos. *Tem certeza de que querem ir até lá?*, ele havia perguntado, as sobrancelhas erguidas, encarando-me dos pés à cabeça. *Não há nada na orla para moças de bem.*

De fato, as docas pareciam abandonadas à primeira vista. Eram escuras, apenas as silhuetas de galpões sem iluminação elétrica fundindo-se ao azul-escuro do céu noturno e recortadas pelo brilho da lua cheia. Não havia pedestres pela faixa de brita que acompanhava a orla, separada do mar por uma mureta de concreto, apenas cabanas e estabelecimentos questionáveis, feitos de tábuas de madeira, com a luz bruxuleante de velas saindo pelas frestas. Às vezes, o barulho de risadas chegava até nós, mas o som se perdia depressa na brisa marítima. Lá fora, nas ondas, embarcações maiores descansavam à distância, balançando com a maré. O oceano parecia uma enorme colcha de seda ondulante, espumando aqui e ali ao bater contra a mureta de concreto. Eu nunca vira o mar à noite. Passei algum tempo admirando a vista, respirando a maresia. Em um dos píeres cobertos de cracas, um último grupo de marujos mal-humorados descarregava um conjunto de barris. Eles pararam para olhar enquanto passávamos, a atenção fixa em minhas roupas, meu cabelo, meu corpo. Comecei a andar mais perto de Tolú. Não estivesse lado a lado com um demônio, eu talvez já tivesse me deixado levar pelo medo e dado meia-volta.

Nossos sapatos faziam barulho ao esmagar as pedras da brita. Parecia que estávamos caminhando em outra cidade. O Vanilla era o submundo de Fragária. Aquilo, por outro lado, parecia algo à parte das leis da República. Mas talvez fosse apenas o véu da noite, pintando tudo com ares de mistério naquele litoral salgado.

Assim que nos afastamos o bastante do atracadouro da balsa, ficando de frente para os navios ancorados em mar aberto, Tolú tirou os olhos das estrelas e conferiu as horas no relógio de bolso. Apesar de ter escondido o objeto dourado sob a roupa para não chamar tanta atenção, ele o ergueu sem cerimônia alguma bem na frente do rosto, tentando enxergar no escuro. Tive que fazer força para não dar um tapa na mão dele.

O demônio suspirou e voltou a guardar o relógio. Puxou a gola da camisa ainda mais para cima, protegendo as orelhas contra o vento. Parecia incomodado com toda aquela maresia.

— Ainda falta um tempo para a nossa audiência.

— Não podemos simplesmente chegar um pouco *mais cedo*?

— Ah, Amarílis... — Tolú balançou a cabeça, fingindo indignação. — A pontualidade é uma das virtudes mais subestimadas no mundo do crime.

A contragosto, foi minha vez de dar risada.

— Certo. Mas que tal apenas andarmos bem devagar para gastar os minutos? Aqui não me parece o melhor lugar do mundo para ficar

146

parado. E assim também não arrumamos nenhuma confusão — sugeri. — Se você se esforçar, talvez consiga.

Tolú deu de ombros.

— Se você insiste.

Continuamos caminhando a esmo pela orla até sermos atraídos pelo brilho de uma fogueira distante. A tripulação de um dos navios havia se reunido na calçada, ao lado de uma espécie de poste carcomido de madeira. Alguém entalhara uma coruja na ponta, mas a ação do tempo havia tornado os traços do animal quase irreconhecíveis. Apenas os olhos continuavam firmes. As pessoas reunidas ali bebiam e festejavam, sentadas na brita ou esparramadas em colchas de retalhos estendidas em plena via. Formavam um grupo caricato, homens de todos os tipos e idades, muitos sem camisa e tatuados, as barbas por fazer. Faziam com que eu pensasse em Antúrio, e, talvez por isso, senti mais tranquila na presença deles — embora essa provavelmente fosse a atitude errada.

Rodeamos a fogueira algumas vezes, caminhando devagar de uma esquina para a outra. Paramos ao lado do poste de madeira. As pessoas não fizeram perguntas ou objeções quanto à nossa chegada, e Tolú parecia contente com a possibilidade de se aproximar de qualquer fonte de calor que retirasse a umidade de suas roupas. Assim como tudo o mais ali, nós havíamos começado a cheirar a sal marinho. O que era engraçado, na verdade, pois eu podia jurar estar sentindo algum resquício de aroma floral na fumaça que espiralava logo à frente. O cheiro ia e voltava com o vento, sutil, fraco o bastante para que eu o tomasse por uma impressão. Talvez fosse apenas o perfume de um dos tripulantes que festejavam.

Encarei o fogo por um momento, ouvindo a madeira crepitar e lançar fagulhas para o céu. Olhando de perto, pude perceber que as chamas eram alimentadas pelos restos mortais de um bote. Formavam um contraste bonito, a madeira enegrecida cheia de pontos incandescentes, as labaredas subindo com o mar ondulante e sombrio ao fundo.

— A minha mãe tinha um fogão à lenha nos fundos da nossa casa — comentei, a memória surgindo mais rápido do que minha capacidade de segurar a língua. Levei a mão à boca para mordiscar uma unha. Com os olhos bem abertos, eu enxergava a fogueira, mas também além.

Imagens de outros tempos. — Ela cozinhava as ervas e engrossava seus xaropes ali, mas nunca preparava comida. Eu também era proibida de chegar perto do fogo, principalmente quando ela estava cantando ou costurando ao lado do fogão. — Sorri, levada pelas lembranças. — Ela arrastava a mesinha com a máquina de costura, a mesma que agora está comigo, e não ligava a mínima se a máquina era pesada demais ou se terminaria com as rodinhas cheias de terra e carrapicho. Na época, eu não entendia por completo o que ela estava fazendo. Só fui entender muito depois, já no abrigo em que fui colocada, quando um oficial da República nos deu uma palestra sobre como identificar e denunciar práticas mágicas. Mas, às vezes, quando a noite estava fresca e estrelada o bastante, minha mãe acendia o fogão apenas para que nos sentássemos do lado de fora, que era quando ela cantava para mim as canções normais que todas as filhas da vizinhança escutavam antes de ir dormir. Não havia mágica, mas, de certa forma, era mais mágico do que todo o resto... — O bafo da fogueira fez meus olhos arderem. Esfreguei o rosto na manga da camisa.

— Você parece ainda sentir bastante falta dela — Tolú comentou, a voz baixa. Ao meu lado, evitava olhar meu rosto. Também encarava as chamas, aguardando minha confissão.

Deixei que o riso saísse pelo nariz, sarcástico, amargo.

— Às vezes sinto saudades do que ela foi um dia — respondi, tentando engolir aquele caroço familiar na garganta. — Mas a minha mãe... é complicado. Ela podia ser uma mulher maravilhosa, sabe? Engraçada, forte, o tipo de pessoa que alguém procura em tempos de desespero. Mas isso foi antes *dele*. Depois que conheceu o general, minha mãe se perdeu de si mesma. Escolheu ele antes de nós, eu e o bebê em sua barriga. Perdeu o juízo. Às vezes é difícil perdoar, entender por que ela fez isso ou não temer que eu acabe trilhando a mesma sina.

Ficamos em silêncio por um momento. Os risos da tripulação ao redor pareciam distantes. De repente, Tolú me empurrou ombro a ombro, um movimento mínimo, delicado, apenas para me tirar daquela espiral de memórias.

— Talvez você fique feliz em saber que o plano vai indo bem — ele disse. — Pimpinella está ficando interessada. Ela sempre gostou de flertar, você sabe, é o jeito dela de manter as pessoas submissas e atendendo a seus caprichos, mas acho que agora está envolvida de verdade.

Você já a beijou? Foi tão bom quanto comigo?

As perguntas pairaram nas cercanias da mente, mas consegui me conter. Aquilo não nos levaria a nada de bom. Engoli meu orgulho, ferido sem razão.

— Vai levá-la para almoçar outra vez? — foi o que acabei perguntando.

— Agora será um *jantar* — Tolú corrigiu, inclinando a cabeça em um sorriso vaidoso. — Estou otimista.

Forcei um olhar animado para o demônio, rezando para que minha expressão parecesse sincera.

— Excelente. — Engoli em seco. Depois me inclinei para observar a faixa de brita atrás de nós. — Já podemos ir andando ou você quer contar os segundos também para ser mais pontual?

Tolú voltou a conferir o relógio.

— Tudo bem, está na hora — ele disse, e guardou o relógio outra vez.

Esperei que ele se mexesse, mas o demônio voltou a fitar as chamas, o poste com a coruja e, depois, a posição da lua cheia no céu. Murmurou algo consigo mesmo.

— Hum... Tolú? — eu o chamei, um tanto incerta. — Não vai procurar o endereço?

Ele despertou do devaneio, virando o rosto para mim e erguendo as sobrancelhas, como se não entendesse a pergunta.

— Mas nós já estamos nele — o demônio respondeu. Depois voltou a se virar. — Está sentindo esse cheiro?

— Tolú, nós não estamos em lugar nenhum, estamos no meio da orla.

— Não, não. — Ele fez um gesto impaciente. Tirou do bolso o papelzinho dobrado que Antúrio trouxera. — Veja. *À meia-noite, nas docas, queime isto quando a coruja observar a lua cheia.*

— Mas não pode ser isso o que está escrito aí. Não faz o menor sentido!

Estreitei os olhos para as letras no papel. Depois de tantos avisos por parte de Antúrio, eu não havia sequer cogitado ler o bilhete antes de entregá-lo para o demônio. Agora estava me sentindo idiota, porque, de fato, em uma caligrafia fina e cheia de floreios, a frase proferida por Tolú era a única informação contida naquele minúsculo papel amassado. Vai ver eu nunca escutara sobre a Flor de Lótus simplesmente porque a coisa toda nem existia.

Senti a bile azedar meu estômago.

— O que é isso, uma brincadeira de mau gosto? — Olhei com raiva para Tolú, como se o demônio também tivesse sua parcela de culpa naquilo tudo. — Caímos em um golpe, é isso?

Tolú permanecia irritantemente calmo.

— Não acho que seja o caso — ele disse. Deu um passo para trás de mim e, segurando meus ombros, virou-me para o poste entalhado, despontando sobre a brita. Em seguida, Tolú desceu o rosto até encontrar minha orelha. — Preste atenção.

Ergui a vista para a escultura. A coruja continuava a mesma, rústica e decrépita, mas algo havia mudado. Seus olhos, que antes eu tomara como a única parte bem-conservada do animal, eram, na verdade, um par de espelhos. A lua cheia encontrava-se refletida neles, bem no centro, dando à ave uma estranha aparência agourenta, quase viva. De toda a praia, aquele era provavelmente o único ponto em que, à meia-noite, o fenômeno poderia ser observado. Senti um calafrio percorrer a espinha.

— Impossível — murmurei. Aquele tipo de coisa não existia mais. Nervosa, comecei a olhar ao redor, para as pessoas que ainda dançavam e bebiam, alheias a tudo. A cena, que antes me parecera acolhedora, agora me soava estranhamente fora de lugar. Deslocada, irreal.

A voz de Tolú outra vez em meu ouvido:

— E, ainda assim, aqui estamos.

— Estamos no meio da rua, isso não é um endereço. — Virei o rosto para encarar o demônio. — Como vamos saber onde fica o lugar certo? — perguntei.

— Não vamos — ele respondeu. — Mas imagino que seja uma daquelas situações em que "você não encontra a Flor de Lótus, a Flor de Lótus encontra você". Dizem que os humanos adoram essas coisas.

— Não sei se estou entendendo... Vamos simplesmente ficar parados aqui e esperar até que algo aconteça?

Tolú sorriu daquele jeito que prenunciava problemas.

— Nunca pensei que você fosse do tipo que não pede informação, Amarílis.

Sem perder tempo, ele caminhou depressa até a fogueira e atirou o quadrado de papel nas chamas. As labaredas se agitaram, atiçadas, impossivelmente vermelhas.

— E então... — Tolú fingiu inspecionar a parte de baixo das unhas. — Quem vai fazer as honras e nos levar para conhecer a tal Flor de Lótus?

Ao nosso redor, a tripulação havia sumido.

Alguém encostou uma lâmina em meu pescoço. A faca tinha uma sensação fria contra a pele.

— É melhor a dama ficar bem quietinha — anunciou uma voz às minhas costas.

15

Tolú e eu havíamos sido arrastados por uma dupla de capangas fortes e mal-encarados, que amarraram nossas mãos para trás e nos conduziram até uma das cabanas da orla enquanto eu, aturdida, buscava por uma solução racional para explicar o fato de todas aquelas pessoas ao redor da fogueira terem sumido num piscar de olhos.

Na cabana, entre as tábuas úmidas e carcomidas de maresia do piso do salão principal, um alçapão e uma escada de madeira desembocavam em um corredor subterrâneo. Avancei aos tropeços, o coração batendo forte no peito. Mas a verdadeira surpresa veio ao fim da passagem escura.

O corredor se abria para uma galeria de portas bonitas e envernizadas, tingidas de amarelo pela iluminação elétrica. O piso era de azulejos, e tudo ao redor gritava elegância e bom gosto. Com exceção do brutamontes segurando meus pulsos com tanta força que certamente ficariam roxos, era como se uma das mansões da parte alta tivesse sido transportada num passe de mágica para o subterrâneo das docas, deixando apenas as janelas para trás. Aquele lugar, ainda que tão real, era mais uma das impossibilidades que se apresentavam para mim durante a noite.

Tentei trocar olhares com Tolú enquanto os homens nos empurravam, passando por portas e mais portas e tapeçarias felpudas sob nossos sapatos sujos de areia, mas a galeria não permitia que andássemos lado a lado, de modo que eu observava apenas as costas de sua camisa branca, manchada de suor, aparecendo aqui e ali à frente da silhueta do homem que o conduzia.

152

A dupla de capangas se decidiu por uma porta à esquerda. Era maior e ainda mais decorada do que as primeiras, com entalhes em forma de vinhas e cachos de uva nas pontas. O homem que segurava Tolú bateu na porta com uma fineza que não lhe pertencia.

— À vontade — respondeu uma voz suave, despreocupada.

Ao entrar, a primeira coisa que notei foi o cheiro. Adocicado e enjoativo, como um perfume floral concentrado. O mesmo que eu sentira junto à fogueira, mas agora ampliado um milhão de vezes. Sem janelas para arejar o ambiente, a sala transmitia uma sensação abafada e sufocante. Senti-me engasgar com o aroma, tossindo, incapaz de coçar o nariz e os olhos com as mãos presas para trás.

Senti que o homem atrás de mim me empurrava. Cambaleei para frente, e então fui obrigada a dobrar os joelhos e sentar-me no chão. Esperei o contato com o piso de azulejos, mas, em vez disso, meus joelhos atingiram almofadas macias. Um segundo empurrão, e ouvi Tolú desabar ao meu lado com um suspiro contrariado.

Ergui a cabeça para a escrivaninha que se assomava diante de nós e, principalmente, para a figura de pé logo após a mobília.

O líder da Flor de Lótus era um homem alto e extremamente corpulento, de bochechas rosadas e bigodes fartos, torcidos para cima. Tinha olhos brilhantes e escuros, como dois caroços de carvão. Usava roupas elegantes a despeito do calor insuportável, um tanto antiquadas com o par de ombreiras. Seu rosto trazia um ar intrigado, surpreso, e ele me observava dos pés à cabeça sem nenhum pudor.

Como sempre, foi Tolú a falar primeiro.

— É assim que trata seus clientes? — o demônio perguntou. O tom despreocupado me pegou de surpresa. Virei o rosto para ele: Tolú estava sorrindo, ainda que de uma forma mais divertida do que amigável. Ao menos não parecia estar com medo. Tentei engolir meu próprio nervosismo e fingir que tudo aquilo era bastante corriqueiro. Tolú olhou ao redor, para os móveis bonitos, o papel de parede refinado. Soltou uma exclamação de desprezo. — Que lugarzinho feio.

Franzi a testa. O homem do outro lado da mesa permaneceu imóvel, estudando nossos rostos por algum tempo. Por um instante mínimo, pude jurar que os olhos dele haviam se arregalado, o rosto empalidecendo, mas depois ele voltou a aparentar calmaria.

— Mera formalidade, por questões de segurança — ele disse, fazendo um sinal com a mão. Sua voz era um tanto rouca, envelhecida, ainda que o homem não aparentasse ter mais do que quarenta anos. Os capangas atrás de nós começaram a nos desamarrar. — Reputação é uma coisa importante, e preciso garantir que potenciais clientes são mesmo clientes e não espiões da República. Mas vejo que o senhor é imune aos meus encantos...

Tolú esfregou os pulsos machucados, mas continuou de joelhos nas almofadas. Seu sorriso selvagem ocupava o rosto inteiro.

— Você se esforçaria até seus ouvidos sangrarem antes de conseguir me enganar — disse o demônio. Não soou como uma ameaça. Parecia mais uma simples constatação dos fatos.

O homem refletiu por um segundo. Deve ter chegado à mesma conclusão, porque acabou achando graça. Sua risada era tão rouca quanto a voz. Quando parou de rir, ele limpou uma lágrima do canto do olho e encarou Tolú com uma expressão que, a meu ver, só podia ser descrita como admirada.

— Nunca pensei que chegaria a ver um da sua espécie. — O homem fez uma mesura e enrolou os bigodes. — É uma honra. Como conseguiu atravessar?

Arregalei os olhos. Ele sabia o que Tolú *era*? O que era *de verdade*?

Sem as amarras, o demônio ficou de pé. Virou-se para mim e, vendo que eu continuava imóvel, segurou-me pelo cotovelo para me ajudar a levantar.

— Você vai gostar de conhecê-la — ele disse. Conduziu-me até que eu ficasse cara a cara com o homem, apenas a escrivaninha entre nós.

— *Ela* é sua mestra? — o homem perguntou. De alguma forma, a ênfase na fala do criminoso pareceu esquisita.

O demônio me indicou com o queixo.

— Esta é Amarílis.

Para minha surpresa, o homem assentiu.

— Conheço Amarílis. Com um rosto assim, poderia reconhecê-la em qualquer lugar. — Ele fez surgir um sorriso caloroso de dentes amarelados pelo cigarro. — Você ficou igualzinha à sua mãe.

Contive um arquejo, o mundo girando de repente. Cada vez mais, desde que pisara nas docas, parecia estar vivendo algo descolado da realidade, uma espécie de sonho ou pesadelo.

— Você conheceu minha mãe?

Ele assentiu outra vez.

— Dália foi uma das melhores amigas que o destino me trouxe. Devo a vida a ela.

O nome produziu um calafrio em minha espinha. *Dália*, o nome proibido, o nome que fiz questão de arrancar da existência. Por instinto, cerrei os punhos, respirando pela boca a fim de manter um mínimo de calma. O homem deve ter notado minha mudança de postura, porque continuou depressa:

— É claro, você deve estar esperando uma explicação melhor que essa. — Ele estalou os dedos para os capangas, que surgiram com um par de cadeiras acolchoadas. — Podem me chamar de Lótus. Sentem--se, vocês são meus convidados por esta noite.

Lótus abriu uma gaveta na escrivaninha e tirou de lá três copos e uma garrafa de bebida cujo conteúdo não reconheci, oferecendo o aperitivo com um erguer sugestivo das sobrancelhas. Recusei, impaciente. Tolú tomou duas doses. O demônio estava mesmo se sentindo em casa.

— O que está acontecendo aqui? — perguntei de uma vez, porque o perfume floral, a vertigem e o ambiente abafado estavam me deixando zonza. — Como pode saber quem eu sou?

— Conheci sua mãe pouco antes da República — Lótus explicou, voltando a encher o próprio copo e o de Tolú. — Dália estava se tornando uma curandeira de renome na região, e a procurei para convencê-la a deixar que eu revendesse seus tônicos pelo dobro do preço para o pessoal rico de Fragária. — O homem sorriu, enrolando outra vez o bigode na ponta do dedo. — Digamos que sempre tive talento para esse tipo de coisa.

Estreitei os olhos para ele. Minha mãe nunca mencionara vendedor nenhum. Olhei para Tolú, mas o demônio permanecia calado.

— No início, ela não gostou da ideia, é claro — ele explicou, tentando vencer minha desconfiança. — Sua mãe era muito correta. Só que ela acabou engravidando. O sujeito era um homem que estava só de passagem pela cidade, foi embora no dia seguinte e sua mãe nunca mais soube dele. Quando descobriu que estava grávida, Dália percebeu que as contas ficariam apertadas, então começou a ver mérito no dinheiro das vendas. Ela me procurou, e começamos uma lucrativa sociedade. Eu a vi no dia em que nasceu, Amarílis. Segurei você no colo.

Naquele ponto, o líder da Flor de Lótus parecia quase emocionado. Olhava para mim com uma ternura desconcertante. Uma ternura... *paternal*. Eu não sabia o que fazer com aquilo. Não queria aquele tipo de atenção. Nunca cogitei procurar um pai ou outro parente. Para mim, a vida começava com nós duas em nossa casa, como se ela pudesse ter me gerado por conta própria ou como se fôssemos deusas antigas que sempre estiveram ali. Desde sempre, eu e ela. Ninguém mais. A ideia de que minha mãe possuía um passado, de que possuía *amigos*, era algo que contrariava as leis do meu mundo.

— Onde você estava quando ela morreu? — perguntei, seca, fria, sem lembrar que estava falando com o chefe de uma organização criminosa.

Lótus suspirou e correu o dedo pelas bordas do próprio copo.

— Eu estava longe... — Seus olhos contemplaram sem foco o tampo da mesa, perdido em memórias. — A parceria com sua mãe não era meu único negócio em Fragária. Eu fazia de tudo, veja bem, nem sempre dentro da lei, e comecei a crescer. Dália nunca quis saber de nada disso, dizia que estava satisfeita com o dinheiro do dia a dia e que não queria ser uma má influência para você. Então acabamos perdendo o contato, ainda que eu seguisse vendendo suas poções. Foi aí que veio a República... e o Regime. — O homem limpou a garganta, a voz endurecendo de repente. Eu podia sentir a raiva por trás da lembrança, o tipo de mágoa sempre presente em todos os afetados pelo jugo dos Inquisidores. Era o mesmo desgosto que eu via em Antúrio. Que via em mim mesma. — Foi uma época difícil. Precisei me esconder ainda mais, vigiar cada passo, cada pessoa trabalhando para mim. E eu lutei, ah, eu lutei. — Ele ergueu os olhos para mim em um sorriso cansado, cheio de pesar. — Sempre me orgulhei de não ser apenas um bandido. Eu cuido dos meus.

— Mas a mãe dela está morta.

A frase o atingiu como um golpe, e Tolú sibilou feito lagarto, apreciando a tensão que causara. Imaginei que Lótus pudesse reagir de alguma maneira, mas ele apenas concordou com a cabeça, penitente, as ombreiras pendendo em seus ombros caídos.

— É verdade. Quando as coisas começaram a ficar feias, até tentei fazer com que Dália fosse embora para um lugar mais seguro, mas ela não me ouviu. Sua mãe tinha esse defeito. Ela acreditava no sistema. Acreditava que, se não fizesse uso de sua magia, a República a deixaria em paz. — Lótus deu uma risada amarga. — Quase caí duro quando soube por outras bocas que ela estava tendo um caso com um Inquisidor. Fiquei chateado e, confesso, parei de ajudá-la.

— E em que parte ela salvou sua vida? — Se ele esperava que eu sentisse pena ou que absolvesse seus pecados no lugar de minha mãe, ficaria muito desapontado.

— Um dia, descobri que alguns homens que trabalhavam para mim haviam sido presos. Estavam sendo torturados pelo Regime em um casebre abandonado para que dedurassem o resto do esquema. Coisa feia, feia mesmo. — Lótus balançou a cabeça. — Armei um esquema para libertá-los. A primeira parte do plano deu certo, mas, assim que saímos, os Inquisidores nos descobriram e começaram uma perseguição. Acabei indo parar na porta da sua mãe. E mesmo contra qualquer bom senso, contra as próprias crenças, ela nos acolheu. Deixou que ficássemos algumas horas na cozinha, encostados no fogão. Enquanto ela costurava as feridas dos meus homens, fui ver você dormindo. — O homem sorriu. — Nunca mais voltei a ver sua mãe. Mas sempre pude contar com ela.

Apertei as laterais da cadeira até sentir os dedos doendo. Minha mãe. Que se envolvera com um general, que enlouquecera e cortara os pulsos, que me deixara sozinha no mundo... lutando contra o Regime? Arriscando-se em silêncio, abrigando fugitivos enquanto me dizia para nunca mencionar seus objetos de poder, tornando-se aos poucos um fantasma de si mesma... Parecia impossível que aquelas duas facetas pudessem conviver em uma só mulher. A pessoa que ela fora antes. A pessoa que fora depois. Meu cérebro rodava, como se alguém tivesse atirado uma pedra em sua imagem, fragmentando o reflexo dela em centenas de versões. Dália, a louca. A amante. A curandeira. A salvadora. A suicida. A mãe.

A magia riu com crueldade por trás dos meus olhos úmidos, vingativa, injustiçada. Eu não podia acreditar no que estava ouvindo.

Com a voz baixa, Lótus falou:

— Corri para sua casa assim que soube que Dália havia morrido. Uma pena, uma pena... Sua mãe tinha um talento muito bonito. Depois descobri que você estava de favor na casa de uma vizinha, sem querer comer e sem querer falar com ninguém. — O homem mordeu os lábios. — Não espero nenhum tipo de gratidão, é claro, mas fui eu que cuidei para que você fosse mandada ao abrigo. Apaguei todos os rastros que a conectavam a Dália, apaguei seus registros. Para a República, você não era ninguém. Achei que assim estaria mais segura.

Lágrimas quentes trilharam a pele do meu rosto. Eu não era ninguém. Eu não conhecia meu passado, minha família. O que eu poderia saber sobre qualquer coisa? Eu era uma ratinha perdida, encolhida em um canto, esperando migalhas.

— Nunca pensei que voltaria a vê-la — ele disse, cauteloso, observando-me limpar as lágrimas. — Muito menos como alguém capaz de invocar um Antigo. Como fez isso? É um dom muito raro nos dias de hoje.

Tentei balbuciar uma resposta, mas a magia me castigava com sua língua venenosa, atrapalhando o raciocínio.

— Eu...

Tolú se aprumou na cadeira, cruzando as pernas em uma postura elegante.

— Amarílis ainda está aprendendo. Sem querer estragar essa linda reunião familiar, mas será que podemos falar de neg...

— Ela não sabe controlar os poderes? — Lótus ergueu as sobrancelhas o mais alto que a testa marcada permitia. Debruçou o corpanzil sobre a escrivaninha para puxar minhas mãos entre as dele. De perto, aquele cheiro adocicado ficava ainda mais enjoativo. E mesmo por baixo de toda a gentileza, seu toque era áspero. Dedos que já haviam conhecido muito trabalho na vida. — Minha querida, o que você está enxergando à sua volta?

— Como assim? — perguntei, retirando as mãos, cruzando os braços em uma atitude defensiva. — Enxergando o quê?

O homem trocou um olhar com Tolú, e o demônio deu de ombros. O jeito como pareciam discutir em silêncio a melhor forma de me explicar algo estava me irritando. Isso e aquele cheiro enjoado, cada vez mais forte. Comecei a sentir náuseas além da tontura.

— Olhe de novo. — Lótus passou a mão aberta na frente do meu rosto, fazendo-me piscar, exalando ainda mais perfume. — Olhe de verdade.

Fiz o que ele pedia, mesmo sem entender o objetivo do exercício. Observei o cômodo, as paredes, as roupas finas que o homem usava, a mobília chique, o chão impecável. Não havia nada fora do normal, nada mesmo, exceto...

Voltei a franzir a testa. A magia estava tentando me mostrar alguma coisa. Soprando em meu ouvido que *havia algo errado*. Prestei mais atenção. De perto, as roupas do homem de bigode pareciam... perfeitas demais, limpas demais, sem nenhuma dobra ou amassado. *Reais demais*. Como se estivessem se esforçando para existir. Como uma pintura.

— As suas roupas... elas não...

Mas então fui tomada por uma onda de tontura ainda mais forte, e a percepção do que estava acontecendo finalmente se assentou. Eu não estava atordoada por causa do perfume em si, mas sim porque o odor estava influenciando minha magia. Eu a mantinha sempre tão reclusa que não percebera o quanto ela fora manipulada. O perfume esticava gavinhas invisíveis, pequenas mãos cheias de garras que tomavam e arranhavam, envolviam e sufocavam. Elas estavam me confundindo, movendo meus sentidos como as cordas de um titereiro. Toda aquela tontura devia ser um efeito colateral.

Fiz força, colocando propósito e intenção nos pensamentos. Vinquei a testa com o esforço e lutei para ignorar qualquer traço do perfume. Eu precisava ver com meus olhos, sentir com meus dedos, cheirar com meu nariz.

Isso tudo é uma ilusão, pensei, de novo e de novo. Eu já ouvira falar sobre esse tipo de poder, certa vez, muito tempo atrás, ainda no abrigo. Pessoas especiais com aptidão para modelar os tecidos da realidade, adicionando costuras e arremates com a sutileza de uma costureira experiente. O Regime os havia caçado como moscas, considerando-os uma ameaça de nível superior. Minha mãe, que pertencera aos remédios e às ervas, nunca me ensinara nada sobre ilusões. Talvez os considerasse mesmo como gente de moral questionável, como Lótus sugerira. De minha parte, eu achava que as ilusões seriam pequenas, simples, e não...

Olhei outra vez para o homem diante de mim.

... e não grandiosas como um quarteirão inteiro. Após alguns segundos, a simples noção do que estava acontecendo ajudou a dissipar toda a magia. O cheiro floral sumiu. A escrivaninha rebuscada não passava de uma mesa comum, o tampo cheio de marcas. Os copos trincados, a garrafa barata de aguardente. As paredes do subsolo estavam úmidas, cheias de lodo e sal marinho, e o chão era de terra batida. Nada de papel de parede, nada de quadros ou tapetes. As almofadas em que havíamos nos ajoelhado eram sacos de juta largados de qualquer jeito. Nossas cadeiras eram simples e retas. À exceção dos capangas parados à porta, tudo estava diferente.

O homem à minha frente torceu o bigode. Usava somente um velho roupão puído por cima da camisa branca. Parecia tão comum, tão *normal*, apenas um homem grande com bochechas rosadas e um cabelo esquisito. De certa forma, a versão real parecia uma ilusão ainda mais perigosa. Uma cobra se escondendo à luz do dia entre as folhas secas. Minha mãe dizia que os objetos de poder não eram leis, e sim símbolos para canalizar as aptidões de cada pessoa, como uma espécie de assinatura. Cada pessoa formava o próprio conjunto, e cada tipo de poder possuía seus símbolos consagrados. Olhando para aquele homem, eu só conseguia imaginar seus objetos como taças, cartas, moedas, itens imbuídos de mácula e civilização, cobiça e engano.

— Você sabia disso? — Eu me virei para Tolú, sentindo-me um tanto traída. As sensações ruins haviam sumido por completo. — Estava enxergando a verdade o tempo todo?

O demônio deu de ombros.

— Enxergo as ilusões. Mas elas são apenas sombras, como um véu meio transparente por cima da realidade.

— Fantástico... — Lótus murmurou, interrompendo. — Parece até que consigo sentir sua magia agora, e ela está me empurrando para longe — ele disse. — Arredia como um bichinho selvagem, sem disciplina. É o que acontece desde o Regime. Pessoas escondem seus poderes, associam habilidades mágicas ao medo, ao terror de serem capturadas. — Ele balançou a cabeça. — É uma lástima. Ainda mais por ser filha de quem é. E tanto poder... — Os olhos do homem brilharam.

Tolú pigarreou de repente.

160

— Correndo o risco de parecer indelicado outra vez, mas estamos com pressa.

— Sim... sim, é claro. — Lótus voltou a se aprumar na cadeira. Seu rosto assumiu a expressão de um comerciante que acaba de abrir as portas de sua loja. — E então? Soube que estão precisando de uma ilusão das boas... O dinheiro que me conseguiram não é muito, mas faço um desconto especial para velhos amigos. — Ele piscou.

Tolú se pôs a resumir nossa situação, deixando de fora apenas o fato de que pretendíamos assassinar alguém, o que era mais sensatez do que eu esperaria dele. Ele e Lótus começaram a discutir os pormenores do serviço. Ao que parecia, era possível conseguir de tudo um pouco com a organização. Os poucos itens que não podiam ser obtidos na ilegalidade do mundo real eram improvisados, com toques de ilusão aqui e ali para mascarar a realidade. Lótus entregou um envelope cheio de documentos e cartas de crédito para o demônio. Tolú assentia de tempos em tempos, fazendo pequenos comentários e gracejos aos quais eu pouco prestava atenção.

Ainda estava perturbada demais com todas aquelas revelações. Quanto mais eu pensava naquilo, na fogueira com cheiro de flores, na tripulação que não existia, na história de minha mãe... mais inocente eu me sentia. Aquele homem... sozinho? Era possível uma pessoa ter tanto poder? Se aquilo fosse verdade, então as habilidades de minha mãe representavam apenas uma fração do que ela poderia ter feito. Será que havia se refreado para nos proteger? Será que conseguiria usar mais, fazer mais? Será que *eu* conseguiria?

— Como faz para passar despercebido das outras pessoas? — perguntei de repente, incapaz de conter o fluxo de pensamentos.

Lótus interrompeu a conversa com Tolú para me olhar atentamente. Estava encantado com a presença do demônio, claro, mas era óbvio que se interessava ainda mais por mim. Como se *eu* fosse mais importante. E algo me dizia que aquilo não era só por gratidão à minha mãe.

— Não tem medo de ser pego pelos oficiais? — insisti.

— Sim e não — ele ponderou. — Não nego que meu maior inimigo seja a República, nem que exista um rastro de morte aos meus pés. Mas, minha querida... caso se permita viver eternamente com

161

medo, então a República já venceu. Você vai suprimir uma parte de você, uma parte tão importante, tão *necessária*, que vai enlouquecer um pouco a cada dia.

— Você parece se esconder bastante para alguém que prega esse discurso — retruquei.

— Ora, meu bem, aqui é onde conduzo meus negócios. — Ele abriu os braços e se reclinou na cadeira, abarcando o cômodo ao redor. — O lugar onde desfruto meu dinheiro fica bem longe daqui. Eu não seria um criminoso livre se fosse um criminoso burro, não acha?

— Como... como conseguiu ficar tão poderoso?

Sem que eu esperasse, Lótus riu.

— Isso? — Ele ergueu a mão em um movimento fluido, fazendo surgir uma carta de baralho, que depois virou uma rosa e então deslizou por trás da outra mão até sumir. — São migalhas, querida, fantasias que criamos para confundir os olhos mais comuns. Mas você... — Ele voltou a se inclinar sobre o tampo. — Você atravessou um Antigo. Não faz ideia do quanto é extraordinária!

Eu não me sentia extraordinária. Até pouco tempo atrás, eu era apenas a órfã de uma tragédia que, com sorte, passaria o resto da vida sem arranjar problemas. Se general Narciso não tivesse aparecido na Pimpinella naquela fatídica manhã, eu jamais teria tentado invocar um demônio ou qualquer outra coisa.

— Creio que esteja equivocado — respondi, sentindo a angústia crescer no peito. — Minha magia... as *coisas* que herdei de minha mãe... não é o que pensa.

Lótus voltou a dar risada, enrolando os bigodes. Um riso de comiseração por baixo dos olhinhos astutos.

— Você poderia ser a mais poderosa entre nós. Bastaria um empurrão.

Olhei para Tolú. Alguém precisava avisar para aquele homem o quão errado ele estava. Mas o demônio apenas deu de ombros.

— Bem, não é nenhuma mentira.

Lótus aproveitou o momento para me tentar.

— Gostaria de ver como é? — ele perguntou. — Uma amostra de tudo o que poderia alcançar caso se abrisse para a possibilidade?

Inclinei a cabeça, descrente.

162

— Você está querendo entrar na minha cabeça com uma das suas ilusões?

— Longe de mim. — O homem se levantou satisfeito, segurando o robe contra a barriga, e foi vasculhar um dos caixotes empilhados ao fundo, que faziam as vezes de arquivo. Ele voltou com um pequeno embrulho de veludo roxo, que depositou em cima da mesa e começou a desfazer o nó dos cordões. — Muito antes da República ou de qualquer um de nós dois sequer sonhar em nascer, nossos antepassados produziam misturas capazes de ampliar os sentidos e borrar as fronteiras. Misturas de uso restrito e receitas protegidas, passadas de geração em geração. Mas os oficiais deram um jeito de tomá-las para si. É o que eles fazem. Depois deram às misturas um uso mais... recreativo. — Lótus suspirou. — Não é engraçado como pessoas avessas à magia se agarram tão facilmente a qualquer tipo de experiência fantástica?

Dois glóbulos de pisca repousavam nas dobras do tecido roxo.

— O senhor quer que eu experimente isso? Sua grande ideia de libertação é me oferecer drogas?

O homem abriu os braços em um gesto teatral.

— Cortesia da casa para o Antigo e sua mestra. Com os meus cumprimentos.

É melhor aceitar tudo o que eles oferecerem. A Flor de Lótus não gosta de desfeitas.

Pois Antúrio teria que me desculpar.

— Isso é algum tipo de brincadeira?

— Ela gosta muito de fazer perguntas, já percebeu? — Tolú comentou, apoiado em um dos braços da cadeira, parecendo adorar cada minuto. — É irritante no começo, mas depois você começa a gostar. — O demônio se inclinou para alcançar os glóbulos de pisca. — Pode deixar que fico com a parte dela, muito obrigado.

Antes que eu pudesse impedir, Tolú jogou as duas pequenas esferas na boca. Sorrindo como uma criança que acaba de receber um punhado de caramelos, ele se virou para mim, o rosto cheio de expectativa.

— Em quanto tempo acha que começa a fazer efeito?

Contive um arquejo de frustração. Nunca tinha visto alguém tomar uma dose dupla de pisca. Como se já não tivéssemos problemas o suficiente. Fiz menção de levantar.

— Já terminamos por aqui?

Lótus afastou a cadeira para trás em um gesto cortês, pronto para nos levar pessoalmente até a porta.

— Claro, claro. É livre para ir embora, e cumprirei com as obrigações do serviço. Você terá tudo de que precisa.

Os brutamontes abriram caminho. Tolú se despediu com uma piscadela marota e saiu assoviando pelo túnel escuro. Sem a ilusão, o belíssimo corredor decorado não passava de um buraco de arenito escorado com cimento. Preparei-me para seguir o demônio, mas Lótus me segurou pelo pulso.

De perto, um pouco do cheiro floral ainda se mantinha, exalando do robe como uma espécie de água de colônia de mau gosto ou creme de barbear vagabundo.

— Nunca sentiu vontade? — ele sussurrou. — De saber como é? De se permitir, de ver até onde a magia poderia levá-la? — Lótus me encarou, procurando as respostas que queria em minhas pupilas. Fiz força para manter as gavinhas de sua magia bem longe de mim. — Se precisar de alguém para lhe mostrar o caminho, venha até mim. Vou ajudá-la, Amarílis. Gosto de me considerar uma espécie de "padrinho" seu. Devo isso à sua mãe.

— Agradeço a oferta — respondi, mas meu tom deixava claro que aquela possibilidade tinha chances mínimas de vingar.

Lótus ficou quieto por alguns segundos, depois sorriu e soltou meu braço.

— É claro. Sabe onde me encontrar. — Ele se afastou e fez um gesto no ar. Um cartão em forma de flor surgiu entre seus dedos. — E, se estiver em apuros, se precisar de alguma coisa, use isto como um favor. Queime este cartão e a Flor de Lótus irá lhe socorrer.

Com hesitação, peguei o papel e o guardei no bolso da saia. Agradeci, sem saber direito como encarar aquele homem, aquela peça do passado que parecia me iluminar e me assombrar na mesma medida. Eu sentia que estava saindo dali sabendo ainda menos da vida da minha mãe. Como se ela tivesse me privado de conhecê-la de verdade. Como se tivesse me abandonado e me enganado mais uma vez. Dália parecia uma mulher fascinante, complexa e corajosa. Minha mãe? Minha mãe era outra coisa. Também era estranho pensar em alguém querendo "cuidar" de mim. Desde o abrigo, sempre estive sozinha. E eu ainda não estava disposta a confiar em Lótus. Mas, tirando meu irmão que sequer sabia da minha existência, talvez ele fosse a coisa mais próxima de um parente que eu poderia ter.

Fui embora sentindo o olhar do líder da Flor de Lótus queimando em minha nuca.

A orla estava quase deserta quando emergimos da cabana. Sem as ilusões da Flor de Lótus, não se via uma alma sequer perambulando pelas docas, com exceção dos ratos. Os marujos que descarregavam barris mais à frente já haviam sumido para dentro da vila atrás de bordéis, bares ou seja lá que tipo de estabelecimento frequentavam para passar a noite. Pelos meus cálculos, já devia ser o meio da madrugada. Tudo parecia escuro. E precisaríamos voltar a pé.

— Você está bem? — Tolú quis saber.

— Acho que sim — eu disse, depois mudei de ideia. — Quer dizer, não sei. Você não devia ter engolido duas doses de pisca. Faz ideia de como é perigoso?

— Perguntas, perguntas... — Ele sorriu, olhando para frente. — Achei que estaria mais interessada nas respostas que recebeu. Quem diria que você é uma favorecida do submundo? Herdeira da máfia, afilhada do crime, musa dos...

— Tolú.

— Se quer saber, eu estava protegendo você.

Ele soltou aquilo com tanta naturalidade, como algo de pouca importância, que me vi sem saber como reagir.

— Amigo da sua mãe ou não — o demônio continuou —, ele parecia interessado demais em testar os seus poderes. Até acredito nas boas intenções de Lótus, mas ele nunca vai deixar de ser um homem de negócios. Aquele sujeito sabe aproveitar uma oportunidade quando encontra uma. Lótus acabaria querendo te controlar, fazer com que você agisse em benefício da organização sob a desculpa de estar treinando suas habilidades. — Ele balançou a cabeça em negativa. — Melhor que ele não saiba de toda a sua força. Seria uma pena ver uma mulher como você enjaulada, Amarílis. Gostaria que não fizesse isso a si mesma.

165

Engoli em seco. Tolú era esperto, mais do que eu gostaria de admitir. Nos últimos dias, todas as vezes em que eu contestava seus métodos ou seu bom senso, aquilo se mostrava um erro. Ele ainda era mais impulsivo e misterioso do que o recomendado — eu adoraria que me contasse as coisas *antes* de elas acontecerem —, mas, para um demônio, eu tinha de admitir que sua natureza era mais confiável do que eu imaginara a princípio. Eu só podia esperar que ele não estivesse me tirando das mãos de Lótus somente para que eu caísse em suas próprias garras.

Como se para testar aquelas convicções recém-adquiridas, Tolú enlaçou minha cintura e me empurrou para o lado de repente, grudando nossos corpos no espaço de uma viela escura entre duas cabanas aparentemente vazias e de tábuas soltas.

Perdi o fôlego quando minhas costas bateram contra a madeira carcomida. Abri a boca para reclamar, mas me vi encarando os olhos do demônio. Na penumbra iluminada apenas pela lua, Tolú não passava de uma silhueta escura. Mas seus olhos... encarei de perto as auréolas em azul-elétrico que envolviam suas íris, destacando-se na noite. O pisca começara a fazer sua mágica.

— Você não devia...

O demônio roçou o nariz no meu para interromper o sermão. Fechei os olhos, confusa. Uma mistura de adrenalina e perigo passou a correr de modo sedutor em minhas veias. Tolú interrompeu o contato, afastando o rosto. Estava a centímetros de mim, mas mantinha as mãos atrás das costas. Mesmo no escuro, eu sabia que ele estava sorrindo.

— Acho que você devia experimentar — disse o demônio, a voz macia feito veludo. — Nem que seja uma vez. Para saber do que é capaz.

Respirei fundo para manter a calma, ignorando o calor da pele dele, o cheiro de floresta. Voltei a encarar aquele par de íris brilhantes.

O demônio riu baixinho. Abriu a boca e esticou a língua. Havia um pequeno brilho azulado bem ali.

Estreitei os olhos para conseguir enxergar, ou talvez para acreditar no que estava vendo. A bolinha de pisca parecia menor, um tanto derretida e menos cristalina do que minutos antes, mas seu cintilar era inconfundível. Tolú a segurava na dobra da língua, que não era exatamente humana, mas um misto com sua forma de demônio, mais estreita e bifurcada na ponta. A cavidade de sua boca aparecia em um cintilar fraco de azul, os dentes afiados recortados nas sombras.

Tolú voltou a cerrar a mandíbula. Quando sorriu, pareceu outra vez tão humano quanto possível.

— Guardei para você.

Eu não sabia nem como começar a responder aquele absurdo. Minha mente estava embaralhada com uma dezena de pensamentos diferentes.

— Você...

— Não quis que passasse por isso na frente daquele homem. — Ele deixou uma risada amarga escapar pelo nariz. — Por mais que você seja capaz de esmagá-lo feito uma barata... Mas Lótus tem razão em dizer que você devia experimentar seus poderes livremente.

Deixei que o silêncio se estendesse entre nós, pesado, cheio de promessas. Tolú se afastou um pouco mais. Sua mandíbula fez um movimento mínimo de um lado para o outro, e eu sabia que ele girava o globo de pisca pela língua.

— Essa coisa não vai durar muito tempo, sabe? — ele comentou, como se saboreasse um doce qualquer, o presente de um confeiteiro. — Precisa decidir agora.

— Quer dizer que é má ideia experimentar pisca na frente de um humano capaz de manipular magia, mas é uma ótima ideia fazer isso com um demônio no meio de uma viela escura?

— Você está na melhor das companhias. Sou um Antigo, lembra?

— Um Antigo sob efeito de drogas.

Ele deu de ombros.

— Não estou sentindo nada.

— Você não presta.

— Acho que você nunca me experimentou muito bem para dizer isso. Olha só o quanto está perdendo.

Incrédula, balancei a cabeça, contendo um riso que era metade nervosismo e metade expectativa. Aquele demônio seria a minha perdição.

Não podia fingir que não estava interessada. Sempre me perguntei o que aconteceria caso eu me deixasse levar. E, ora, Tolú tinha um bom argumento. Ou quase. Estávamos sozinhos do outro lado da cidade e ele me guiara pelas coisas mais inimagináveis nos últimos dias. Que mal poderia causar? Eu poderia finalmente saber... poderia investigar ao menos uma pequena verdade dentro de mim, agarrar-me a ela como um guia, uma oração. Fingir ser, por uma só noite destinada a desaparecer no tempo, uma mulher confortável na própria pele. Ouvir o que a magia tanto tentava sussurrar em meu ouvido. Talvez assim eu me odiasse menos. Talvez fizesse as pazes com a minha mãe. Afinal, naquela mesma noite, eu descobrira saber muito pouco do meu próprio passado. *É errado que eu deseje um pouco de diversão? É errado que, após tantos anos lutando contra a correnteza de um rio, eu abra os braços e me deixe levar?*

A magia cantou uma resposta. A resposta que eu queria ouvir.

— A República sempre alertou que demônios eram filhos das tentações — comentei, apenas para nos maltratar mais, apenas para esticar aquele momento, fino como seda, ao máximo, até rasgar.

Tolú voltou a encostar o nariz ao meu, ciente por completo do efeito que aquilo me causava.

— Tentações não precisam ser sempre ruins. E você não devia resistir a elas quando não quiser. — Ele inclinou o rosto para colar a bochecha à minha, a boca em meu ouvido. — Às vezes, ceder a uma tentação é mesmo do que você mais precisa.

— Você vai cuidar de mim? — perguntei, sorrindo para o escuro, os olhos fechados. — Vai me levar em segurança até em casa?

— Você sabe que sim.

Afastei o rosto e ergui a cabeça para olhá-lo nos olhos, dois círculos azuis queimando, elétricos. Eu mal podia me conter no lugar de tanta expectativa. A empolgação se misturava ao medo, ao cheiro de Tolú e à insegurança de estar naquele beco em plena madrugada.

Com o queixo tremendo, assenti em silêncio. Eu queria me perder.

Não foi bem um beijo. Sim, Tolú havia encostado a boca à minha e usado a língua para separar meus lábios, abrindo passagem. Sim, eu havia deixado que um gemido aflito escapasse ao sentir o gosto dele de novo, havia corrido os dedos pelo colarinho de sua camisa, por aquele primeiro botão esquecido fora da casa. Mas, em vez de carícias, a língua do demônio apenas invadiu a minha boca e depositou

168

ali o glóbulo derretido de pisca, com cuidado e reverência, antes de se retirar sem nenhuma cerimônia.

Tolú permaneceu com o rosto próximo, observando, prestando atenção a cada respiração em meu peito. Será que se divertia ao me notar tão desconcertada, ao constatar que me fazia tremer as pernas? Provavelmente sim.

Ainda em silêncio, juntei saliva para engolir a droga. O pisca desceu — senti a trilha que ele arranhou em minha garganta.

Estava feito. Não tinha volta. Senti uma onda de pânico invadir o corpo quando Tolú se afastou. Aquelas provocações eram divertidas, mas agora eu teria de lidar com as consequências. Um resquício de bom senso e autopreservação.

— Quando... quando começa a fazer efeito? — gaguejei.

Tolú enlaçou o braço ao meu e me puxou para fora da viela, dando tapinhas calmantes nas costas da minha mão. Era como se fôssemos um casal de namorados em um passeio romântico, exceto que ele era um demônio, aquele era o canto mais obscuro da cidade e eu estava drogada.

— Logo vai começar — ele disse. — Vamos andando. Você vai relaxar com o movimento.

De certa forma, Tolú estava certo. Ao caminhar, eu era obrigada a prestar atenção aos obstáculos da rua e à movimentação nos arredores. O som de nossos calçados contra a brita também era reconfortante. Quase acreditei que não sentiria nada, que talvez o pisca estivesse derretido demais, que talvez não fosse tão potente.

Aos poucos, porém, as coisas começaram a mudar.

Quando ultrapassamos o terminal da balsa e entramos na zona "respeitável" de Fragária, a canção da magia, que sempre fora um zumbido, a voz de minha mãe perdida nos confins da memória, começou a ganhar força e nuance. Não parecia mais algo à parte, tentando me influenciar a seguir suas vontades, e sim algo intrínseco ao meu próprio ser. Era *eu* cantando, era eu a tecer os fios mágicos que se ligavam a todas as coisas na trama da vida e do tempo. Eu conseguia enxergar os nós, os pontos, os arremates e as costuras soltas. Sabia como ligar tudo aquilo. Não havia quase ninguém na rua, com exceção de um eventual bêbado a dormir sob uma marquise, mas eu me sentia rodeada de vida. A cidade era viva, e eu jamais seria solitária outra vez, jamais precisaria me esconder. Experimentei puxar um dos fios que estavam ao alcance, e senti o mundo ondular e se moldar sob mim feito um tecido. A realidade era têxtil. Camadas e mais camadas de dimensões sobrepostas, costuráveis, separáveis. O universo inteiro ao alcance das minhas mãos. Tempo, espaço. Bastava pedir e conhecer a costura certa. E eu podia aprender. Podia atravessar Tolú para qualquer lugar. Eu podia atravessar uma legião inteira.

Comecei a sorrir sem motivo, maravilhada. Meus pés ficaram mais ligeiros, as passadas, mais largas e decididas. Senti-me mais alta, relaxada, talvez invencível. Lancei para Tolú o olhar cheio de malícia que nunca me permiti ousar, sorrindo abertamente e sem reservas. Meu corpo pendeu para o lado. Achei graça na falta de equilíbrio.

— Olá, Amarílis — ele disse, satisfeito, fazendo força com o braço para me manter nos eixos. — Eu sabia que você estava aí dentro em algum lugar.

— Nós podíamos ir nadar no mar — falei, e a quantidade de música saindo ao mesmo tempo por meus poros fazia minha voz parecer embargada. Eu queria continuar falando, mas era tanta coisa a dizer que minha língua seguia pesada e aos tropeços. Virei de frente para Tolú, andando de costas, tentando fazê-lo dançar comigo em plena rua. — Nós pegamos a balsa e nunca tocamos na água. Não é injusto? Queria colocar os pés no mar... Você gostaria de me ver deitada na areia?

O demônio riu alto. Tentou me girar para o lado certo, mas passei a mão pelo pescoço dele, segurando em sua nuca. Ele apoiou as mãos em minha cintura.

— Infelizmente, você precisa ir deitar na sua cama — disse.

— Ei, essa também não é uma sugestão ruim... — Dei um tapinha no ombro de Tolú com a mão livre. — Você vai deitar comigo para velar meu sono? Ou vai ficar olhando as estrelas na varanda?

Tolú encarou meu rosto, percorrendo cada detalhe. Seu silêncio, assim como a expressão reflexiva, me fez rir de nervoso, completamente boba.

— O que foi? — perguntei.

Ele me olhou por mais alguns segundos.

170

— Você se arrepende? — quis saber. — De tudo isso? De mim, do pisca... de ser você mesma?

Refleti sobre o questionamento, sentindo que a pergunta era importante e que exigia uma análise cuidadosa, mas minha consciência parecia estar espalhada por vários pontos da rua, das esquinas e dos paralelepípedos, evitando que eu pudesse raciocinar direito. Em vez de buscar a razão, preferi me concentrar no que estava sentindo.

Naquela noite deserta, voltando para casa, não encontrei dentro de mim nenhuma insegurança e nenhum problema. Finalmente entendi o apelo, a oferta sedutora que fazia com que ricos e pobres, patrões e trabalhadores, encerrassem o dia nos braços da música, da bebida, dos amantes. O privilégio de esquecer por um instante quem se era de verdade.

Não era aquilo que a magia me sussurrava, afinal? Agora eu conseguia ouvir. Eu era ninguém, sim. Mas, e por isso mesmo, *eu era tudo o que quisesse ser*.

Respirei fundo, relaxei os ombros, deixei a cabeça pender para trás. Sorri para o demônio e para o céu noturno. Minha voz soou embargada aos meus próprios ouvidos:

— Meu querido, esta noite eu sou invencível.

Tolú não respondeu. Passou o braço por meus ombros para me ajudar a seguir caminhando. Em determinada altura, uma patrulha de oficiais soou seus apitos em alerta. Precisamos correr, rindo e achando graça de tudo aquilo, meio abraçados, meio espalhados em todas as direções, mas tão, tão vivos. Mais tarde, com o céu já se pintando no rosa e roxo da alvorada, ele me colocaria deitada na cama, trancaria a porta, retiraria meus sapatos e puxaria o cobertor. Velaria meu repouso, assim como eu o havia provocado, e o véu escuro do esquecimento do sono teria, para mim, o gosto de uma bênção.

16

Acordei com o som de gritos do lado de fora do corredor. Sentei-me assustada, a cabeça zonza e o mundo girando, e segui aos tropeços para a sala, tentando entender o que acontecia. Devia ter dormido apenas um par de horas e sentia uma espécie de mau presságio, como uma serpente enrolada em si mesma dentro do cérebro, sibilando diante do perigo.

Procurei por sinais de Tolú, mas o apartamento parecia vazio. Encostei o ouvido na porta. Alguém batia boca lá embaixo, no saguão que precedia as escadas. Num primeiro momento, pensei em Floriano, tentando reconhecer suas palavras ácidas em meio aos sons abafados que chegavam pela porta. Mas fiquei um pouco mais assustada ao identificar uma voz feminina em meio à confusão.

Ao notar que a voz era de Rosalinda, fiquei em pânico.

— *Não podem entrar assim! Não podem!* — ela gritava em desespero.

Destrancando a porta com dedos trêmulos, desci sem pensar, deixando o apartamento aberto e mal registrando os degraus sob meus pés descalços.

De repente, foi como se o mundo perdesse o som, ainda que eu registrasse as palavras que eram ditas. A cena que encontrei no térreo parecia mais lenta que o normal, meus olhos focando em pequenos detalhes aqui e ali, meus ouvidos zumbindo.

Três homens fardados empurravam o gradil retrátil que separava a área comum do sobrado e que nunca lembrávamos de trancar, as dobradiças metálicas rangendo sob o peso das mãos daqueles homens forçando passagem, os nós dos dedos brancos. As chaves cruzadas da República tilintando em insígnias no peito de cada um deles. O uniforme azul dos Inquisidores, que eu pensava que nunca mais precisaria ver na vida. O suor na testa de Antúrio enquanto ele resistia e tentava manter as grades no lugar. As unhas cor de sangue de Rosalinda, enfiadas pelas brechas da grade, apertando a carne de um dos policiais da República. A mão de um dos homens indo em direção ao cassetete.

— *Vocês não têm esse direito! Essa é a minha casa!*

E eu, ainda sem entender o que estava acontecendo, lancei-me contra as grades para ajudá-los, sem pensar em mais nada.

— O que é isso?! — perguntei.

— A senhora faça o favor de se afastar — bradou um dos oficiais.

— Estão nos acusando de roubo e conspiração mágica — Rosalinda explicou com a voz esganiçada, os olhos brilhando de lágrimas. — Querem entrar e revistar tudo!

Eu sabia o que aquilo significava. *Revistar* queria dizer *destruir*. Se passassem daquela porta, os oficiais trariam nossas casas abaixo. Plantariam as provas que quisessem, dariam a justificativa que preferissem. Não haveria garantias de continuarmos em liberdade. Ou mesmo vivos. Na verdade, as chances estavam contra nós. A República fazia o que queria, e só explicava depois.

— O cidadão precisa soltar a porta, temos ordens para...

Parei de escutar as ameaças daquele que parecia ser o líder dos Inquisidores. Eu sabia que o procedimento pacífico e organizado era só uma cortina de fumaça. Não duraria muito tempo. Mas eu ainda não entendia como aqueles homens haviam chegado ali. A Flor de Lótus não ganharia nada nos denunciando, ninguém na fábrica sabia da minha conexão com Tolú. Seria algum desafeto de Antúrio? Seria...?

— Floriano. — Antúrio virou a cabeça para mim em um rosnado, a fronte contorcida pelo esforço. Encarou meus olhos para ver se eu entendia. Encontrei condenação em seu rosto.

E eu entendi. A garrafa. A bebida cara que Tolú levara embora e depois me dera de presente. O jeito como o demônio erguera o dono do prédio pelo pescoço e o atirara contra a parede. Floriano era um rato, um rato. Não tinha coragem de mover um dedo contra Tolú, então chamara a República sob alguma alegação grave, usando a garrafa de

173

bebida furtada como prerrogativa. De alguma forma, convencera o Tribunal Extraordinário a mover suas forças. Ainda devia ter os antigos contatos da época do Regime. Floriano queria se vingar, queria que alguém fizesse seu trabalho sujo e desse sumiço em todos nós. E agora iríamos morrer. Por minha causa.

A adrenalina percorreu braços e pernas como uma corrente gelada. Arregalei os olhos, pondo mais força nas grades, sabendo que a única chance era manter os oficiais do outro lado da barreira, ainda que fosse apenas uma questão de tempo. Rosalinda gritava por ajuda. Não havia ninguém para nos ajudar, ninguém para chamar. Na rua, do lado de fora, as pessoas certamente ouviam a confusão, mas viam o carro com a insígnia dos Inquisidores e mudavam de calçada, baixando a cabeça. Ninguém gostaria de ser associado a traidores da República. Os Tribunais Extraordinários não exigiam fatos, apenas motivos. A palavra de um oficial contra a de um civil. *Eles* eram a lei. E a lei nos odiava.

Os oficiais começaram a ficar nervosos.

— Estou avisando — falou o líder, afastando-se com a mão no cassetete. — Se não colaborarem, estarei autorizado pela República a fazer uso da força. É o último aviso. Repito, último aviso. Vamos resolver as coisas com tranquilidade.

Tranquilidade, claro. Rosalinda devia ter pensado o mesmo.

— Vá à merda! — ela gritou, enfiando o pé por uma das reentrâncias do gradil para acertar um dos oficiais subalternos entre as pernas.

O homem se encolheu com um resmungo, dobrando o corpo para conter a dor. Mas seu companheiro reagiu.

— Vadia. — Do seu lado da grade, o oficial enfiou o braço pelas barras e agarrou o cabelo de Rosalinda, puxando-a para frente. Ela bateu a testa em uma das hastes metálicas, produzindo um som estalido que ecoou em nossos ossos.

— Desgraçado! Tire as mãos dela!

Antúrio se atirou por cima deles, tentando libertar Rosalinda das garras do oficial. Ela começou a gritar e chorar ao mesmo tempo. Em seu desespero, Antúrio parou de forçar a grade, deixando-me sozinha para impedir que as barras fossem recolhidas contra a parede. O líder dos oficiais enxergou a brecha e tentou forçar passagem. Deixei um gemido estrangulado escapar quando o peso dele se chocou contra o meu, tão maior, tão mais forte, mas eu não podia deixar que passasse, eu não podia...

O cassetete do homem atingiu as juntas dos meus dedos. Gritei de dor.

— Antúrio! — chamei, aflita, os braços tremendo com a força, os dedos machucados ameaçando se partir. Mas ele não me ouvia. Berrava com o oficial que segurava Rosalinda e trocava socos com o outro, o cassetete do terceiro homem aparecendo pelas brechas da grade para acertá-lo repetidas vezes nas costelas, mas ele não soltava, não soltava. A cada impacto, eu conseguia ouvir os gritos de Rosalinda. Havia um fio de sangue escorrendo em seu nariz. Eu nunca a vira tão desesperada, tão perdida, tão...

— Para trás, agora! — a voz do líder soou mais alto em meio à confusão. Estando em vantagem e com o benefício do treinamento, os oficiais se afastaram da grade, e o homem soltou Rosalinda, que cambaleou e caiu para trás contra o carpete sujo.

Mal tive tempo de registrar o fato antes que o oficial em comando desse uma guinada brusca para o lado, um rompante de força que arrancou meus dedos doloridos da grade. O metal rangeu, entortou, retraiu-se.

Eles começaram a atravessar o gradil.

— Não, não! — Ergui as palmas das mãos, antecipando a violência, mas o homem apenas me empurrou, passando por mim como um obstáculo ou um incômodo do qual deveria se livrar. Meu ombro se chocou contra a parede. Senti a articulação estalando enquanto a dor descia pelo braço.

— Agora você vai ver, vadia — disse o homem que Rosalinda atingira. Ele tinha o cassetete erguido acima da cabeça e avançava para minha amiga, que tentava rastejar para trás usando as mãos como apoio, ainda caída no chão.

Antúrio se atirou por cima dele. Os dois rolaram no carpete. Os outros homens se juntaram ao combate, enxergando no segurança uma válvula de escape para toda a tensão acumulada. Na proporção de três para um, a situação estava fadada a virar uma carnificina, mas Antúrio agarrava os oficiais e mantinha-os focados apenas nele, protegendo Rosalinda a todo custo.

— Tire ela daqui! — ele gritou para mim, apenas um dos olhos abertos, o outro já uma massa compacta de carne inchada e roxa.

Ele não precisou me explicar mais nada. Seu tom, o jeito como me encarava, a forma como estava disposto a morrer sem ceder um só passo. Era uma ordem, mas era também um pedido. Uma declaração. Eu e ele sabíamos que um dia nossos erros cobrariam a conta. Nós havíamos trazido aquilo para Rosalinda, envolvendo-a em nossos assuntos sujos, em nossas pontas soltas. Tolú e a Flor de Lótus eram apenas novos fios em nosso emaranhado. Se os oficiais subissem, quantas coisas encontrariam no apartamento de Rosalinda? Quantos segredos o segurança devia ter confidenciado à namorada na privacidade dos lençóis, de um coração totalmente aberto? Quantas coisas eu mesma estava escondendo dela? Tudo tinha um custo. E nós não podíamos deixar que ela pagasse. Não Rosalinda. Ela era a melhor de nós, alegre, esperançosa. Eu não podia deixar.

Comecei a me arrastar até ela, tentando alcançá-la, esperando que, se não pudesse levá-la para longe, conseguisse ao menos protegê-la, estar ao seu lado. Por trás de mim, os homens derrubaram Antúrio. O som dos cassetetes chegava em um movimento rítmico, cada golpe estalando, dilacerando a todos nós. Pensei em ossos se partindo, pensei em Tolú mastigando a carcaça do pombo. Senti vontade de vomitar. É o que somos todos, não? Bichos de carne e osso, sangue e tendões.

Rosalinda corria as unhas pelo próprio rosto, deixando vergões, os olhos arregalados e a boca aberta em um terror mudo.

— Por favor, por favor! — ela implorava aos homens, tentando intervir, mas eu a segurei pela cintura.

— Rosalinda. — Segurei o rosto dela entre as mãos, percebendo o quanto meus dedos tremiam, o sangue dela escorrendo pelo nariz. Ela me encarou, mas tinha as pupilas dilatadas, de modo que eu duvidava que estivesse mesmo me ouvindo. — Precisamos ir, vamos sair daqui.

— Vão matar Antúrio, Amarílis. Vão matar Antúrio!

— Se ficar aqui parada, você vai...

Pressenti mais do que percebi o oficial se aproximando. Vi quando os olhos de Rosalinda deixaram meu rosto para focar em algo logo atrás e notei como o medo dela se adensou, misturado com a tristeza.

A magia sibilou em minha nuca, sentindo a aura de violência que percorria aquele homem, a vontade de machucar. Preparei-me para a dor, para lutar.

Mas então, de repente, algo mudou.

O homem que bafejava em minha nuca foi arrancado do chão. De um jeito impossível, ele bateu contra o teto antes de se estatelar no carpete com o pescoço torcido. O segundo e o terceiro oficial tiveram destino parecido, arrancados de cima de Antúrio, ricocheteando nas paredes. Eles caíram imóveis como bonecos de pano. Uma silhueta vestida de preto se movia entre eles, rápida demais para ser qualquer coisa humana.

— Tolú... — murmurei, um misto de alívio e terror preenchendo o peito.

O demônio veio se ajoelhar ao meu lado, segurando-me pelo braço em um movimento rude.

— Você está bem?

Ele estava furioso. Embora estivesse em forma de homem, com as roupas de sempre e o relógio dourado pendendo do bolso do paletó, seus olhos estavam completamente escuros, sem nenhum resquício de branco. Os lábios estavam contraídos em uma linha fina, e eu sabia que, se os abrisse, veria suas presas de lagarto e a língua bifurcada. Tolú parecia completamente fora de si, como se mal me reconhecesse sob a névoa de selvageria que pulsava em seu espírito, os músculos a um milímetro de perder o controle, garras compridas despontando dos dedos sendo fincadas em minha carne.

Mas assenti em silêncio, tentando prestar atenção a cada parte do meu corpo. Eu achava que não estava machucada, apesar dos dedos inchados, mas a verdade era que eu não saberia dizer. Comecei a tremer, os dentes batendo uns nos outros. Minha vista ficou embaçada de lágrimas. Eu estava afundando.

— Ei. — O demônio ergueu meu queixo, tentando me manter minimamente racional. Rosalinda se arrastara até Antúrio, que não se mexia. — O que aconteceu aqui? Quem fez isso?

Tolú precisou me chacoalhar mais uma vez para que eu respondesse.

— Floriano... — murmurei, com a voz engasgada, sabendo que aquele nome bastaria para explicar tudo. Mas acrescentei, talvez para mim mesma: — Eles queriam subir, mas, se subissem... Eles...

Abracei-me ao demônio. Escondi o rosto na manga do paletó de Tolú, deixando que os soluços subissem, que as lágrimas escoassem. Aquilo era um pesadelo, e eu queria acordar. Queria que ele me abraçasse de volta. Eu só queria...

Um gemido próximo indicou que um dos oficiais estava recobrando a consciência. Tolú me soltou. Quando falou, sua voz era a coisa mais distante e fria que eu já ouvira:

— Rosalinda está em choque. Você vai tirá-la desse estado. Vocês duas vão arrastar Antúrio até o seu apartamento e depois vão chamar um médico. Queime o favor de Lótus no fogão assim que chegar, vamos precisar de ajuda. — Ele colocou o relógio dourado na minha mão. — Pague pelo silêncio do médico com isso. Depois que ele for embora, você vai trancar a porta e não vai deixar nada nem ninguém entrar até que eu volte, não importa o que você escute. Balance a cabeça se tiver entendido.

— Aonde você vai?

Ele abriu um pequeno sorriso. Diferente de todos que eu conhecia em seu rosto, aquele era um sorriso cruel e nada humano.

— Vou limpar essa bagunça. Não se preocupe com nada. Cuide dos seus amigos. Entendeu?

Assenti.

Tolú me deixou sozinha e saiu arrastando o oficial semi-acordado pelo colarinho até o pátio.

Eu preferia que Rosalinda tivesse chorado abertamente, gritado ou se debatido. Qualquer coisa que não aquela apatia, aquelas lágrimas correndo em silêncio, contidas e solitárias. Eu precisara erguê-la pelos ombros para que despertasse o mínimo possível a fim de me escutar. A testa dela tinha um vergão vermelho no ponto onde acertara a grade, sangue coagulado começando a acumular sob uma das narinas.

Havíamos transportado Antúrio com dificuldade até o primeiro andar. O corpo do homem era uma manta de retalhos inchados, diferentes texturas e tons de marrom e roxo disputando espaço na pele. O braço direito estava quebrado, dobrado em um ângulo que deixava clara a gravidade do problema. Fiquei enjoada ao observar aquela posição impossível. Rosalinda tentara manter o braço do namorado o mais estável possível enquanto vencíamos degrau após degrau, mas ele era grande demais e pesado demais para que pudéssemos ser qualquer coisa próxima de delicadas. Ninguém veio nos ajudar. Foi com uma força sobrenatural, advinda do desespero, que conseguimos içá-lo para a cama que ele dividia com Rosalinda em seu apartamento, manchando os lençóis brancos.

O médico foi encontrado por intermédio da vizinha da loja ao lado, que muito a contragosto enviou o filho mais novo para buscá-lo ao custo de uma moeda. Depois fechou a porta na minha cara. O doutor, pálido e careca, parecia acostumado com aquele tipo de ocorrência. Passou pelo saguão do sobrado sem se importar com os respingos de sangue que manchavam o carpete e limitou-se a poucas perguntas enquanto examinava Antúrio. Mas aceitou o relógio de bolso de Tolú mesmo assim, guardando-o na maleta após morder um pedaço da corrente, testando a autenticidade do ouro.

O homem foi categórico ao afirmar que Antúrio viveria, mas que precisaria de um bom tempo acamado, na companhia do láudano, até que tudo voltasse para o lugar. Além do braço, havia fraturado também um par de costelas, e talvez nunca mais recuperasse por completo a audição do lado esquerdo. A dor seria insuportável nos próximos dias, ele precisaria de ajuda em todas as necessidades básicas, e precisaríamos fazer de tudo para que não tivesse nenhuma infecção, mas, o médico garantiu, enquanto uma Rosalinda muito quieta derramava lágrimas e assentia sem parar, que ele ficaria bem. Desacordado, Antúrio foi suturado, enfaixado e imobilizado, e então o doutor partiu, deixando para trás apenas a garrafa de láudano e a promessa de uma visita na semana seguinte.

Levei-o até a porta. Tranquei a fechadura com duas voltas da chave. Rosalinda continuava ao pé da cama do namorado, imóvel e silenciosa como um fantasma. A bem da verdade, era o estado catatônico dela que me mantinha de pé — enquanto ela não estivesse em seu juízo perfeito, eu ainda estaria cumprindo minha parte no trato com Antúrio. Seria fácil demais desmoronar, escolher um canto e abraçar meus joelhos, chorar até que a noite viesse outra vez. Mas eu precisava continuar em frente, por ela. Repassei as instruções de Tolú na mente.

Fui até a cozinha cheia de louças e paninhos coloridos, tão incongruente com o que estávamos vivendo. No fogão, queimei a pequena dobradura em forma de flor que trazia escondida no sapato. Aquele cheiro adocicado e floral que eu conhecia tão bem se espalhou pelo cômodo, produzindo uma fumaça cor-de-rosa.

Por favor, ajude meus amigos, pedi, tentando aplicar naquele apelo toda a intenção da minha magia.

Quando o papel se reduziu a um montinho carcomido de cinzas pretas, comecei a preparar um pouco de pão, um pouco de chá. Eu mal havia dormido e não tinha comido nada desde a tarde do dia anterior — o pisca dificilmente contaria como comida —, e imaginei que Rosalinda não estivesse muito melhor. Então comeríamos, mesmo que tudo tivesse gosto de cinzas e sangue.

Não consegui tirá-la do quarto, então fizemos a refeição ao lado da cama, Rosalinda enrolada nos lençóis junto ao namorado e eu no chão, o prato equilibrado nos joelhos. Ela respondia minhas perguntas sempre com uma ou duas palavras, chorando baixinho. Quando terminou de comer, deixou o prato vazio de lado e foi se encolher perto de Antúrio, parecendo uma boneca de pano em comparação ao tamanho dele. Às vezes, Antúrio resmungava baixo, inconsciente. Levei a louça de volta para a cozinha e lavei os pratos e os talheres. Depois, achei por bem deixá-los sozinhos. Não tinha dúvidas de que Rosalinda vira Tolú erguendo aqueles oficiais como se fossem feitos de papel, atirando-os com violência contra as paredes, mas ela não tinha comentado nada. Talvez o choque a impedisse de compreender o que vira, talvez pensasse estar delirando ou simplesmente não estivesse pronta para colocar todo aquele horror em palavras. Fosse como fosse, ela não queria conversar, e, depois de fazer todo o possível para deixá-los confortáveis, minha presença ali parecia um excesso. Pedi que ela me levasse até a porta e voltei para minha própria casa, do outro lado do corredor.

O apartamento parecia descolado do tempo. Lá fora, a vida seguia, e eu ouvia o barulho dos vendedores que passavam, das lavadeiras que conversavam, das risadas das crianças. O sol do meio-dia enchia as janelas e coloria as paredes, mas tudo em mim parecia suspenso. As lagartas de bicho-da-seda estavam famintas, mas não tive coragem de descer e buscar mais amoreira no pátio. Distribuí as poucas folhas murchas que haviam restado do dia anterior em porções iguais entre as caixas, mas eu sabia que os insetos daquela fornada provavelmente morreriam. Era um dia de perdas.

Continuei tentando me manter ocupada até Tolú voltar, um frenesi febril de arrumações e limpeza que tinha como objetivo não me deixar afundar sozinha. Preparei um banho, troquei de roupa, lavei o rosto e o cabelo. A todo momento, olhava para um objeto qualquer do apartamento e pensava que, por muito pouco, ele não estava quebrado, pisoteado por botas de cano alto, jogado de um lado para o outro pelas chaves cruzadas da República.

Quando a tarde subiu no céu, uma chuva fina começou a cair. Tolú chegou quando eu já estava desesperada, sentada no sofá sem saber o que fazer, escutando os pingos contra o vidro da varanda enquanto esperava.

— Sou eu, pode abrir — a voz dele murmurou do outro lado da porta.

Puxei a maçaneta sem saber muito bem o que encontraria do outro lado. Imaginei vê-lo como demônio, em chifres e escamas. Imaginei vê-lo impecável e com aquele sorriso típico de quando tinha todas as respostas. Imaginei vê-lo preocupado, pronto para devolver aquele abraço que ficara pela metade horas antes.

Não imaginei vê-lo derrotado. Cansado.

Tolú tinha os ombros caídos, os cabelos levemente úmidos de chuva, o terno amarrotado cheio de respingos. Seu rosto parecia triste e sem brilho. Se demônios dormissem, diria que Tolú parecia ter o semblante de um insone. Mas, é claro, aquilo era impossível.

Ele cruzou a soleira em passos pesados até o sofá. Meus olhos desceram, atraídos para a camada mais interna da roupa, onde, por baixo do terno, a camisa branca de algodão estava agora vermelha-escura, empapada de sangue. *Sangue de outras pessoas*, entendi. *Como ele conseguiu andar pela rua desse jeito?*

O demônio se largou no estofado carcomido e jogou a cabeça para trás, descansando a nuca no apoio e fechando os olhos. Observei suas mãos, postas sobre os joelhos. Os nós dos dedos estavam esfolados e cobertos por crostas de sangue. Engoli em seco.

— O que você fez? — perguntei.

Tolú abriu os olhos e encarou o teto.

— Está tudo resolvido, não precisa se preocupar — ele disse, ainda com aquela voz distante. — Os oficiais pagaram caro, e agora estão nas mãos da Flor de Lótus. Seu pedido funcionou. Os vestígios do que aconteceu hoje serão apagados.

— E Floriano?

Um esgar perverso deixou que eu entrevisse seus dentes.

— Acho que você nunca mais vai precisar vê-lo.

Foi o jeito meio irreverente com que Tolú falou que me fez prestar atenção ao "nunca mais". Parecia... *definitivo*. A imagem de garras e dentes que trituravam carne e entranhas surgiu em minha memória, rápida demais para impedir. Contive um arrepio, abraçando o corpo. De algum modo, achei que seria rude perguntar diretamente. Mas eu precisava saber.

— Você me disse certa vez que a homenagem do ritual não cobria o preço de tirar uma vida humana.

Tolú se retesou. Levantou a cabeça e olhou direto em meus olhos, as íris verdes brilhando.

— Fiz porque quis.

Havia certo desafio naquela declaração. Ele queria saber o que eu pensava daquilo. Queria ver se eu me encolheria de medo, se choraria pela morte de um homem perverso ou se me escandalizaria por saber que o desgraçado morrera a seus pés, que o demônio conhecia o gosto daquele sangue e que alguns bocados do antigo senhorio talvez ainda descansassem em seu estômago. Tolú jogava aquele jogo desde que havíamos nos conhecido. As provocações, os flertes, o beijo... culminando com a bolinha de pisca em minha língua. Ele me levava por um caminho sem volta, garantindo que, quando a hora chegasse, eu faria o que precisava ser feito e viveria para contar a história. E ele era bom no que fazia.

Devolvi o olhar de Tolú com franqueza. Deixei que ele visse meu luto e meu cansaço. Deixei que visse a mágoa por presenciar meus amigos machucados. A culpa. Mas ele não encontraria ali nenhum julgamento. Tolú fizera tudo aquilo a meu serviço. Para nos proteger. Antúrio poderia não estar vivo caso ele não tivesse aparecido a tempo. E eu não tinha o direito de chamá-lo de monstro apenas por ter o poder de mudar as coisas. Do jeito que quisesse.

A testa do demônio produziu um vinco conhecido, aproximando as sobrancelhas. Ele ainda parecia abatido, mas pensei ter enxergado ali uma pontada de alívio. *Ele estava preocupado com o que eu diria? Ora, aquilo era novidade.* Eu sabia que Tolú estava jogando comigo. Mas não sabia que podia ditar as regras também.

De repente, senti um orgulho bobo da sensação. De vê-lo tão à mercê da minha boa opinião, cachorro baldio baixando as orelhas para receber um pouco de carinho. Tolú era capaz de partir uma pessoa ao meio e passara o dia montando uma camada protetora que garantisse nossa segurança... e era com isso que estava preocupado? Bem, eu precisava mostrar que entendia o que ele havia feito e que apreciava o gesto. Mas eu não tinha palavras suficientes para explicar tudo aquilo, tudo ainda tão novo, tudo ainda tão dolorido e em carne viva, inflamado pelos últimos acontecimentos. Acabaria entre falar alguma besteira ou coisa alguma.

Então tentei uma abordagem diferente.

Deixei a sala em silêncio e fui até o banheiro. Tolú não me seguiu, como eu sabia que não seguiria, mas senti a atenção dele em minhas costas. Separei um balde de água morna que sobrara sem uso após o banho e fui até a cozinha em busca de um pano limpo.

— Tire o paletó — avisei, pondo balde e pano no chão da sala.

Um tanto ressabiado, o demônio me obedeceu sem dizer nada, os movimentos lentos, menos fluidos que o normal. O paletó úmido foi parar no braço do sofá.

Devagar, ajoelhei de frente para ele no piso de tacos e me acomodei entre seus joelhos. Tolú continuava me olhando, bastante sério. Por alguns segundos, pensei ter esquecido o que viera fazer ali, um constrangimento inesperado esquentando minhas bochechas. Ele devia estar mesmo abatido para não fazer uma piada. Mas então pigarreei e ergui as sobrancelhas, correndo os olhos pela camisa vermelho-sangue com o olhar analítico de uma matrona em um orfanato.

— Você está imundo e está sujando o meu sofá.

E, sem dar tempo para que ele reagisse ou para que eu mudasse de ideia, levei a mão ao colarinho e puxei o primeiro botão.

Ele não se mexeu. Tentei não fazer daquilo uma grande cena. Continuei descendo sem hesitar. Na altura do umbigo, puxei o tecido para fora da calça e me livrei dos últimos botões. Uma faixa de pele pálida me encarou, os músculos subindo e descendo conforme o demônio respirava. Alguns pelos escuros corriam pelo baixo ventre, formando uma linha. Tentei não olhar muito a fundo para não correr o risco de ficar ainda mais constrangida. *Carne*, pensei. *Somos todos carne, pele, ossos e tendões, nada diferente de qualquer criatura*. Ainda com diligência, afastei os suspensórios, deixando-os cair de lado pelos ombros, e comecei a puxar-lhe a camisa pelos braços. Tolú inclinou devagar o corpo, ajudando o movimento, até que o tecido empapado de sangue descolou de sua pele com um barulho úmido.

— Posso tentar lavar, mas não acho que isso tenha muita salvação — comentei, erguendo o tecido pegajoso com os dedos em pinça.

Mais uma vez, minha tentativa de fazê-lo sorrir resultou em nada. Tolú continuava me encarando abertamente, o rosto tão sério e neutro que parecia feito em pedra, não fosse o cansaço estampado ali. Não havia pergunta ou ansiedade em suas emoções, e certamente nenhum constrangimento, apenas uma resignação fria e distante. Um olhar tão direto e franco que parecia pesar sob meus ombros. Ele ainda acreditava que seria julgado. Tudo bem, eu lhe mostraria o contrário.

Cerrei os lábios e umedeci o retalho de pano na água, espremendo o excesso no balde. Acomodei-me melhor entre seus joelhos e analisei a situação do homem à minha frente. Como esperado, havia vestígios de sangue seco nas dobras de sua pele, nos pontos onde o fluido atravessara a camisa. Encostei o pano em sua barriga, esfregando uma das manchas. Tolú ainda não falara nada, mas baixou a cabeça para me assistir trabalhando.

Continuei a limpá-lo, parando de tempos em tempos para mergulhar o pano outra vez no balde. Acompanhei os traços de seu peito, lendo as histórias que eles me contavam. Um hematoma havia começado a se formar na lateral das costelas, algum impacto que, em um humano normal, com certeza teria causado bem mais estragos. Passei o pano com mais gentileza ali. A musculatura dele era elástica, não muito pesada, evidenciando um perfil ágil e resistente de felino, diferente de Antúrio. Em todo pedaço de pele havia um relevo, uma marca, uma reentrância. A carne se acomodava a cada mínimo movimento, como uma máquina com mil componentes bem encaixados. Às vezes, a pele dele se arrepiava nos locais onde o pano a deixava, formando pontinhos com pelos quase transparentes no meio, erguidos em alerta. Às vezes, algum músculo relaxava sob minhas mãos. A chuva virava tempestade lá fora, tamborilando contra o vidro das janelas enquanto a tarde escurecia. Não falávamos nada, mas, ainda que Tolú estivesse calado, eu podia ver que apreciava o gesto, que tirava proveito daquela atenção. E eu estaria mentindo se dissesse que não gostava do que via. Tolú era lindo, e a incongruência de tê-lo ali descamisado e sujo no meio da sala enquanto eu o limpava só servia para ressaltar seus atributos. Talvez, em uma outra situação, eu pudesse esquecer o que estava fazendo e me perder no meio de tudo aquilo.

Conforme os minutos escoavam, a água do balde foi ficando vermelha. Depois que o demônio ficou limpo o bastante, deixei as coisas de lado e me levantei, sem, contudo, diminuir a distância entre nós. Eu ainda estava entre os joelhos dele, só que mais alta, de modo que Tolú ergueu a cabeça para continuar me olhando e apoiou o queixo em minha barriga. Contive o ímpeto de afundar as mãos em seus cabelos. Em vez disso, comecei a pressionar seus ombros, desfazendo os nós de tensão que encontrei pelo caminho. Ele finalmente fechou os olhos.

— Preciso que me desculpe, Amarílis — murmurou, entre um e outro grunhido de alívio. — Quebrei a promessa que fiz a você.

Ergui as sobrancelhas ante o tom dolorido do demônio. Eu sabia que Tolú estava preocupado em me deixar chocada com toda aquela violência... mas desculpas? Empurrei seus ombros para trás a fim de enxergar melhor seu rosto. Ele voltou a abrir os olhos. Como era esquisito vê-lo tão vulnerável.

— Prometi que não envolveria seus amigos nisso — Tolú continuou, a voz grave. — Prometi que eles estariam seguros e que você poderia ser quem quisesse, que nada iria lhe acontecer. Mas não cumpri esse acordo.

— Você não tinha como sab...

— Não tinha, mas não importa. Era o meu dever — Tolú me interrompeu, erguendo os braços para segurar minha cintura, encarando-me em um gesto que dizia com clareza o quão importante era me fazer escutar tudo aquilo. — De que vale um demônio que não cumpre seus tratos?

Revirei os olhos.

— Tolú...

— Eu devia ter imaginado. Não resisti à provocação. Peguei aquela garrafa e deixei que Floriano saísse andando depois de tudo porque era... era *irreverente*, ousado, porque eu queria fazê-la rir e demonstrar que éramos melhores do que aquele canalha. Mas eu devia ter sido mais cauteloso. E hoje, enquanto você dormia, fiquei entediado e decidi sair para caminhar um pouco. Deixei você sozinha. Estava tão confiante depois da noite de ontem que não antecipei... eu não...

Soltei os ombros dele, correndo os dedos por aquela pele quente até segurar os lados de seu rosto, para que Tolú olhasse bem em meus olhos e entendesse o que eu estava tentando transmitir desde que pegara aquele balde cheio d'água. Afundado em culpa, ele não estava conseguindo me ouvir.

— Floriano era um homem odioso — falei, pronunciando cada palavra devagar, deixando claro que acreditava em todas elas. — Sempre encontraria um jeito de machucar as pessoas. E provavelmente estamos melhores sem ele. Você não pode cuidar de mim para sempre, a cada minuto do dia, mas você veio quando precisei — acrescentei depressa, antes que ele me interrompesse. — Obrigada por ter nos defendido. Por ter salvado a vida de Antúrio. Se há um culpado nessa história toda, então sou eu quem deveria estar pedindo desculpas.

De repente, lágrimas que eu guardara em silêncio no apartamento o dia inteiro ameaçaram abrir caminho. Um soluço engasgado subiu pela garganta. Mas me obriguei a continuar, mesmo sentindo a quentura úmida correr pelo rosto:

— No dia em que fiz o pacto, agi sem pensar direito. Eu só queria machucar o general e vingar minha mãe, como se, ao fazer isso, estivesse punindo a própria vida pela existência miserável e desinteressante que ela me ofereceu, sempre me escondendo e me privando. Mas a verdade é que eu nunca soube bem o que estava fazendo. Não entendo de magia, não entendo os dons que tenho. Agora descobri que não conheço minha mãe. E não me entenda mal, ainda gostaria de ver general Narciso sangrando. Mas envolvi todos vocês nisso achando que poderia seguir sendo quem eu era, a Amarílis de sempre, morando no lugar de sempre e trabalhando no lugar de sempre. Você tentou me mostrar que eu precisaria ser diferente, Tolú, mas não escutei. Fui eu quem invocou um demônio sem fazer a menor ideia do custo envolvido. — Em um gesto brusco, limpei as lágrimas de uma das bochechas e depois apontei para a porta, como se indicando o apartamento ao lado. — Antúrio não está ferido por causa de você. Mas sim por ser *meu* amigo. Não foi você quem os envolveu nisso tudo. Fui eu. É tudo culpa minha, e foi uma sorte que você tenha aparecido a tempo, antes que... que...

Os soluços vieram descontrolados, impossíveis de conter. Cansaço, dor, raiva e arrependimento, tudo tão misturado que eu não saberia onde terminava uma emoção e começava a outra. Escondi o rosto entre as mãos, chorando desconsolada, deixando que todas aquelas coisas horríveis que eu andara guardando finalmente fluíssem e fossem embora.

Tolú ficou de pé e enfim me enlaçou no abraço que não tinha conseguido oferecer mais cedo. Colei a testa contra seu peito nu, passando os braços no pescoço dele e ouvindo seu coração. Sem constrangimentos, gracejos ou segundas intenções, apenas um ponto de apoio, uma boia em meio à torrente de sensações conflitantes que ameaçavam me dragar.

O demônio acariciou meu cabelo, correu a mão por minhas costas em gestos amplos e lentos, esperando que eu me acalmasse, que colocasse para fora tudo que fosse necessário. Minhas lágrimas desciam por sua pele. Respirei em meio ao calor do corpo dele, que ainda cheirava a floresta, mas também aos vestígios ferrosos do sangue de Floriano. Minha mente voltava de novo e de novo à imagem de Rosalinda sentada no chão ao lado de Antúrio. A primeira, destroçada, tão imóvel quanto o segundo. Minha família. Tão perto da morte, tão perto...

— Você não faz ideia de como é preciosa, não é? — ele sussurrou contra a minha orelha. Começou a movimentar o corpo de um lado para o outro, embalando-nos no ritmo suave e calmante da chuva, como se eu fosse um bebê. — Não tem culpa de nada, Amarílis. Talvez, somente de não ter feito sua própria justiça mais cedo. Já lhe disse isso antes, mas vou repetir. — Ele beijou o topo da minha cabeça. — É um desperdício que uma mulher como você viva enjaulada. Você é um presente para o mundo, Amarílis. Nunca peça desculpas por ser quem é.

— Mas você entende, certo? — Não ousei levantar o rosto, encolhida em seu abraço, embalada em seu ritmo. — Não tenho medo de você e nunca vou ter. Estou tentando explicar isso a tarde inteira.

Tolú deixou um pequeno arquejo escapar pelo nariz, um ensaio para uma risada, mas que mais parecia um gemido aliviado. Tive a impressão de que seus braços me apertaram com mais força.

Não saberia dizer quanto tempo passamos ali nos embalando como quem segue uma orquestra invisível, mas, depois de um tempo, o coração de Tolú começou a bater mais devagar, e minhas lágrimas secaram. A chuva continuava sem dar trégua, e o lampejo de um raio, seguido alguns segundos depois pelo ribombar do trovão, foi o que me fez perceber que já era noite lá fora. De repente, eu estava muito cansada.

Tolú se afastou um pouco, erguendo meu queixo para que eu o olhasse nos olhos. Assim tão próximos, nossa diferença de altura ficava ainda mais evidente. As íris verdes pareciam estrelas lá em cima.

— Nós precisamos conversar — ele disse. — Mas amanhã. Com calma. Agora seria melhor você ir dormir.

Tentei protestar, curiosa com qual poderia ser o assunto de tal conversa, mas meus olhos estavam tão pesados, e uma de minhas pálpebras começou a tremer por conta própria. O demônio me ofereceu um sorriso fraco, como se aquela pequena rebelião em meu corpo fosse argumento suficiente para que eu aceitasse a sugestão dele.

— Coloque uma roupa de dormir e tente descansar por essa noite — Tolú insistiu, já começando a me conduzir em direção ao quarto.

Fui andando com ele pelo corredor banhado em penumbra, exausta demais para discutir, porém mal-humorada, do jeito que costumam ficar os insones quando recebem ordens para seu próprio bem.

— Mas e você? O que vai fazer agora à noite? — reclamei.

— Eu vou ficar bem aqui — Tolú respondeu, puxando a porta do quarto e me conduzindo para dentro do cômodo. Ele, por sua vez, ficou parado na soleira e não atravessou. — Não vou repetir o erro da noite passada. Vou estar com você a cada minuto. Eu prometo. Se é que ainda tenho o direito de fazer alguma promessa. — Ele ergueu um dos ombros, meio sem jeito. A pouca iluminação destacava seus contornos na penumbra. Lembrei vagamente de que devia estar envergonhada pelo estado despudorado do demônio, mas Tolú fechou a porta para me dar privacidade.

Preparei-me para dormir em gestos mecânicos. Tirei os sapatos e a roupa, vesti a camisola, soltei os cachos do cabelo. Mal registrei o momento em que afundei no colchão e sob os lençóis.

Meu último pensamento teve a ver com a chuva. *Parece uma música*, pensei. *Parece que o céu está me contando uma história.*

17

O homem com as chaves cruzadas na mão entrou em nossa casa durante uma madrugada de chuva. Eu lembro porque as botas que ele e os amigos oficiais usavam deixaram marcas escuras no chão de cimento, que demoraram a sumir mesmo depois que foram embora. É uma das muitas imagens das quais me lembro com clareza sobre a ocasião. Eles entraram pelos fundos da casa, derrubando a porta como se estivessem à procura de criminosos. Mas éramos apenas eu, minha mãe e o bebê.

Eu estava na cozinha, recolhendo os cueiros que haviam sido postos para secar junto ao fogão. Jacinto era um bebê de pulmões fortes e muitas vontades, de modo que mamãe e eu sempre estávamos acordadas em algum ponto da noite. Eu a ajudava a cuidar dele, porque às vezes ela ficava apática, pensando no homem misterioso, e esquecia de amamentá-lo. No sonho, eu sabia que eles estavam chegando, mas continuei meus afazeres exatamente como no dia em que tudo havia acontecido.

Sob a luz de um toco de vela, dobrei e empilhei os panos em quadrados pequenos em cima do fogão apagado, mas ainda morno, murmurando uma das canções de ninar que eu costumava ouvir. Embora minha voz soasse como a de uma criança e a casa parecesse ter as dimensões corretas para uma garota nas portas da puberdade, eu ainda me sentia como eu mesma, adulta e confortável em meu corpo. Apenas mais uma das impossibilidades oníricas.

— Amarílis, por que toda essa demora? — chamou minha mãe, do outro lado da casa, como eu sabia que chamaria. Jacinto chorava.

Virei-me com um suspiro e me apoiei nas bordas do fogão. Mas não adiantava me apressar, eu nunca conseguiria chegar àquele quarto. No pesadelo, meu irmão era levado de novo e de novo, arrancado de nós, e eu nunca conseguia vê-lo uma última vez. Apenas escutava o choro, e, com o passar dos anos, já não conseguia me lembrar como eram suas feições de bebê. Lembrava que ele era redondo e enrugado nas solas dos pés pequeninos. Lembrava que, às vezes, Jacinto apertava meu dedo enquanto dormia. Mas não conseguia lembrar de seu rosto, não mais do que a ideia do bebê que um dia conheci.

Os passos do lado de fora começaram poucos segundos depois. Contei nos dedos. Um, dois, três, e então a porta dos fundos veio a baixo. Os homens entraram marchando, pisando duro, sem se importar se derrubavam nossos utensílios pelo caminho. Abaixei-me no vão entre o fogão e a parede por força do hábito. Esperei até que o homem das chaves entrasse. O pai de Jacinto, amante de minha mãe. Aquela versão do sonho era diferente das que eu tinha antes, porém. Agora, desde o encontro na Pimpinella, o homem tinha um rosto. O general abaixou o capuz da capa que usava para se proteger da chuva, e vi suas feições tão distintas e bem-cuidadas, a careca brilhando. É claro que general Narciso não devia ter sido tão completamente careca na época, mas aquela era a única referência que eu tinha dele.

— Peguem o menino — ele disse aos homens, ao mesmo tempo em que ouvi minha mãe gritando, assustada com o barulho da porta. — Não façam mal aos outros.

Por muito tempo, durante a adolescência, eu me pegara pensando naquela frase, entreouvida sem querer em um momento de pânico. *Não façam mal aos outros.* Às vezes, eu me perguntava se o homem tinha lá sua parcela de bondade, se poupara a mim e mamãe por alguma espécie de honra, pelo amor que tinha a ela. Às vezes eu me perguntava o que aconteceria se mamãe tivesse deixado que ele me conhecesse. Será que teria me amado também? Será que me levaria, assim como levou Jacinto? Agora, porém, olhava para Narciso e só conseguia pensar que tipo de mente degenerada acreditava estar poupando de algum mal uma família prestes a ser destruída como a nossa. Um bebê arrancado da mãe, uma garotinha escondida atrás de um fogão, uma mulher prestes a cruzar os limites da loucura.

Mas eu não era mais uma garotinha. Encarei-o abertamente, séria, desprovida de medo, talvez pela primeira vez em anos de pesadelo. Ele não me enxergava: na vida real, no dia em que aquela cena acontecera, eu havia me encolhido fora de vista, silenciosa como um ratinho, como se ainda estivesse trancada no guarda-louças preto de portas empenadas.

Observei as cenas que eu conhecia tão bem com olhos distantes e desapaixonados. O homem que imobilizava minha mãe e a arrastava para a cozinha, os braços dela para trás, o cabelo bagunçado em todas as direções enquanto ela chutava em vão, tentando se libertar. O segundo oficial que surgia logo atrás carregando o bebê. Narciso segurando Jacinto com apenas uma mão, observando-o sob a luz da vela, bem próximo ao rosto. O olhar apaixonado que dava para o menino, o olhar que, estranhamente, costumava ser a coisa mais repulsiva daquela parte do pesadelo.

— Todos esses anos, pensei que eu... achei que o problema... — ele murmurou em seu próprio delírio, um pai embevecido lambendo a cria. — Quando me contou sobre o menino, parecia uma coisa ruim, mas, agora... Isso muda *tudo*.

— Não faça isso. Por favor! Por mim! — minha mãe gritou, o desespero tão afiado quanto uma navalha.

— A vida dele vai ser melhor comigo. Você já tem sua filha — ele argumentou para a antiga amante, indiferente aos soluços desvairados dela. — Agora sei que minha esposa é a culpada por eu não ter um herdeiro. Se ela quer tanto ser mãe, pode muito bem criar meu filho. Pare de lutar contra isso, você sabe que não há nada que possa fazer para me impedir.

Eles a amarraram pelas pernas para que não os seguisse. Quando general Narciso deu as costas e saiu pela porta dos fundos, o último dos oficiais a chutou na barriga, abaixando para sussurrar em seu ouvido:

— Não tente nenhuma besteira, bruxa de merda. Estamos de olho em você.

Abandonei meu posto junto ao fogão, cantarolando a mesma cantiga de antes. Sabia o que estava por vir. No ponto de virada do pesadelo, como se feito sob medida para encapsular apenas as piores partes da minha vida, o sonho se adiantava no tempo. Nunca mostrava como a desamarrei, como contemplei assustada os vincos que a corda áspera deixara em suas pernas. Nunca me deixava chorar abraçada com minha mãe madrugada adentro, nunca deixava que ela me falasse sobre os feitiços em um transe febril. Eu não recebia os objetos de poder, não a via sucumbir lentamente à loucura e, por fim, preparar o ritual. *Uma bacia de sangue*, ela dissera, e lançara um olhar avaliador em minha direção, fazendo-me encolher de medo. Mas mesmo em sua loucura, sempre acreditei que ela me reconhecia como filha de suas entranhas. Mamãe escolhera a si mesma como sacrifício.

Era para lá que o pesadelo costumava pular, para o momento em que eu a encontrava com os pulsos cortados, para o gotejar de sangue descendo pelos braços da cadeira, os olhos vidrados, o cheiro de coisa morta.

Eu não queria vê-la daquele jeito outra vez. Não. Eu não era mais uma garotinha.

De repente, uma novidade. Uma voz, baixa como um zumbido, encantadora como uma fada. Chamando, afirmando que as coisas podiam ser diferentes a partir de agora. Minha voz. A voz da minha magia, aquela que eu sempre tivera tanta dificuldade em escutar e considerar uma aliada.

Agarrei-me a ela e comandei que as coisas mudassem. Que eu fosse para outro lugar, que a magia me tirasse dali o quanto antes. Para onde? Não importa. Para longe.

O sonho começou a mudar. Minha mãe desapareceu.

O lugar parecia um deserto. A terra esfarelava sob meus pés descalços e levantava poeira conforme eu me virava para todos os lados, sem sair do lugar e ainda de camisola, tentando entender onde estava. Não havia nada no horizonte, nada além de pedras escarpadas até onde a vista alcançava. Somente aquele não lugar. O céu era arroxeado, escuro, mas não havia estrelas ou qualquer outro astro visível, apenas um manto homogêneo e infinito. A iluminação tinha uma qualidade artificial e sem fonte definida. Provia pouco mais que o suficiente para enxergar o contorno das coisas. Apesar disso, uma luz impossível banhava a terra com uniformidade, deixando tudo na penumbra. Eu era capaz de enxergar, mas *de onde* vinha aquela luz?

Abracei o corpo, sentindo-me vulnerável apenas de camisola em um espaço tão ermo, ainda que não fizesse frio ou calor naquele deserto.

— Tem alguém aí? — gritei para o nada, um tanto incerta. O vento carregou as palavras para longe.

Eu me lembrava de estar sonhando com minha mãe e meu irmão... mas e depois?

— Por favor, tem alguém aí? — repeti com as mãos em concha, soando esganiçada.

Não tive resposta. Pressionando os lábios, olhei em todas as direções até escolher uma delas para seguir caminhando, rezando para esbarrar em alguma coisa diferente daquele vazio. Um lugar, uma pessoa. Qualquer coisa.

Mas eu só tinha dado um punhado de passos quando ele me chamou.

— Amarílis? O que está fazendo aqui?

Reconhecer a voz de Tolú foi um alívio. Virei-me depressa. Ele estava de pé a alguns metros de distância, em cima de uma pequena formação rochosa que ondulava com o calor, subindo e descendo como um tecido. Seria impossível que o demônio estivesse ali apenas alguns segundos antes. O deserto não parecia um lugar onde uma pessoa pudesse se esconder. Mas ignorei a estranheza de tudo aquilo e corri para encontrá-lo, enquanto Tolú descia derrapando pela encosta, levantando poeira.

Ele estava em sua forma humana, mas a roupa impecável me pareceu esquisita por algum motivo. Por que ele estava usando terno e suspensórios em um deserto? Por que sua camisa parecia *tão branca*, mesmo com a pouca luminosidade? Por que os sapatos brilhavam tanto?

Tolú me alcançou, sem fôlego, encarando-me de boca aberta e testa franzida, como quem vê uma assombração.

— O quê? — perguntei.

— Como você chegou aqui? — ele quis saber. — Como foi que *me trouxe* até aqui?

Por um momento, eu tinha certeza de que sabia. Estava pronta para abrir a boca e fornecer uma explicação bastante óbvia para o meu paradeiro naquele lugar. Mas, quando tentei formar a primeira palavra, percebi que não sabia.

— Eu não sei... — murmurei, correndo os olhos pelo chão, tentando lembrar. — Eu estava sonhando... Eu pedi...

— Você ainda está sonhando — falou o demônio. — Não é essa a questão. Minha pergunta é como você conseguiu entrar neste lugar e me arrastar junto.

Encarei o rosto de Tolú, confusa, piscando. O que ele dizia não tinha o menor sentido.

— O que é este lugar? Nunca estive aqui antes.

O demônio coçou a nuca, correu a mão pelos cabelos. Parecia estar tão intrigado quanto eu. Ressabiado até.

— Este é o meu mundo — respondeu. — Foi aqui que eu nasci, e é aqui que os demônios esperam para atravessar entre as realidades. O não lugar de que lhe falei, lembra? O deserto.

Arregalei os olhos, sentindo o coração disparar.

— Eu nos atravessei para outra realidade?

— Não — ele riu, mas também estava atônito. — E agradeço por isso, caso contrário eu estaria em pânico. Odeio este lugar... Não, você está dormindo, na sua cama, e eu estou muito bem acordado na sala ouvindo seus bichos-da-seda treparem como se não houvesse amanhã.

— Mas...?

— Você manipulou o seu sono, acho. Fugiu para a minha cabeça, para as minhas lembranças. Deve ter acabado trazendo um pedaço da minha consciência junto. — Tolú balançou a cabeça, incrédulo, o rosto afogueado. Soltou um assovio. — Você faz ideia do que acabou de acontecer, Amarílis? Do poder que demonstrou agora?

— Eu... não sei? Eu devia ser capaz de fazer algo assim?

O demônio se deixou cair sentado na terra dura, apoiando os braços nos joelhos, sem se importar com as calças imaculadas que usava.

— Se devia ser capaz? Amarílis, isso é incrível! Você... — Ele esfregou o rosto com ambas as mãos. Depois encarou o horizonte. — Não sei nem por onde começar.

Mordi o lábio. Ficamos em silêncio por um momento, e então fui me juntar a Tolú, sentada na poeira. Era melhor do que ficar ali parada no meio da imensidão. Puxei as rendas da camisola por cima das pernas, mal cobrindo as canelas. Um vento esquisito fez meus cachos balançarem e caírem pelo rosto.

Respirei fundo.

— Nós vamos ficar presos aqui?

— Até que você acorde, eu acho. Espero. Mas posso lhe fazer companhia. Você é mais simpática do que aquele monte de mariposas depravadas.

— Onde estão os outros demônios? — perguntei. — É sempre assim tudo vazio?

Tolú deu de ombros.

— No geral, sim. Você poderia andar por dias e não esbarrar em ninguém. Ou poderia descer por uma dessas encostas e dar de cara com uma horda deles. Mas os demônios sempre estão por aí, enlouquecendo uns aos outros, brigando, conspirando. — Ele virou o rosto para mim em uma careta divertida. — Viu? Nenhum castelo. Apenas minha espécie ficando doida.

Comecei a brincar com as fitas na renda da camisola. Eu mesma as tinha costurado ali, meses antes, com algumas das sobras que Rosalinda trouxera da fábrica, e por isso eu conhecia todos os lugares onde os pontos não eram perfeitos. Pensei nos demônios. Sempre achei que fossem ardilosos e desequilibrados por natureza, mas a fala de Tolú sugeria o contrário.

— Conte como vocês enlouqueceram — pedi.

— Do mesmo jeito que acontece com vocês, humanos — ele respondeu, desinteressado. — Quando a magia foi banida do mundo, fomos perdendo oportunidades de atravessar. Poucos de nós conseguiam pactos, e aí vieram as disputas. Qualquer oportunidade de sair desse poço de merda era defendida com unhas e dentes, e diferentes facções se formaram. Depois de um tempo... não sei, acho que começou a fazer parte da nossa cultura. Nós, os habitantes do deserto. Nós nos machucávamos porque era uma forma de distração, de demonstrar poder e de punir uns aos outros por tudo o que tínhamos perdido. Acho que no fundo os demônios se culpam, sabe? Por terem deixado que a situação chegasse onde chegou.

— Você era um deles? Digo, você também machucava seus parentes?

— Eu era muitas coisas das quais não posso me orgulhar — Tolú confidenciou. — E eu era muito bom em todas elas. Já tinha perdido as esperanças de sair daqui um dia, entende? Existe alguma coisa neste deserto... — Ele bateu com o indicador na têmpora direita. — Algo com todo esse vazio imutável e sem propósito que mexe com a sua cabeça e transforma você em pouco mais do que uma besta. Se quer saber, eu estava no meio de uma briga quando você me convocou.

— É por isso que estava mancando — exclamei, sem conseguir conter um pequeno sorriso, porque era satisfatório ter ao menos uma peça daquele quebra-cabeça nas mãos. — Devo dizer que salvei a sua vida?

— Jamais. — O demônio negou com a cabeça. Depois piscou para mim. — Você precisava ver como estava o outro cara.

Dei risada, a tensão se desfazendo um pouquinho em meus ombros.

— Seria mais correto dizer que você quase me matou de susto. Eu já tinha esquecido como era a sensação da convocação — Tolú continuou. Ele passou a língua pelos dentes, escolhendo as palavras. — Ninguém fazia uma travessia assim havia anos, Amarílis. Acho que você não tem ideia do milagre que conseguiu produzir.

Arregalei os olhos. Milagre?

Tolú confirmou com um aceno de cabeça, lendo em meu rosto surpreso o que eu estava pensando.

— Nós tínhamos histórias, sabe? Profecias sobre o dia em que um humano voltaria a misturar os tecidos da realidade e nos libertaria desse chiqueiro. Mas eram contadas pelos mais antigos entre nós, que enlouqueciam e murchavam devagar até desaparecer bem diante dos nossos olhos, então ninguém os levava muito a sério. — Foi a vez do demônio dar risada. Seus olhos ficaram distantes. — Você pode imaginar minha surpresa quando caí bem no meio da sua sala. Uma humana tão pequena, tão inexperiente nos caminhos da magia... e ainda assim, havia um poder enorme ao seu redor. Tanto caos, tanta *vontade* de mudar as coisas que era como se você pudesse segurar a realidade entre os dedos e moldá-la do jeito que achasse melhor.

Encolhi ainda mais os joelhos para perto do queixo, desconfortá-vel com aquele jeito poético pelo qual Tolú me descrevia. Na minha percepção das coisas, aquela cena fora bem diferente.

— Não sou especial — falei, categórica. — Eu estava assustada naquela noite. Desesperada. Machucada. Não fazia ideia de que estava fazendo algo tão raro.

— Ah, nisso eu concordo — ele opinou, olhando-me de lado, a bochecha apoiada contra o braço escorado no joelho. — Você não nasceu especial. Você se fez especial, Amarílis. De algum modo, acho que os anos que passou escondendo seus poderes serviram para deixá--los mais potentes, mais maturados. Todo esse ódio servindo como combustível, o medo, os pesadelos... Quando finalmente explodiu...

— Foi mais forte do que deveria — completei baixinho. — Você acredita que era inevitável? Digo, que um dia, fatalmente, a magia iria estourar quer eu encontrasse o antigo amante de minha mãe ou não? Que eu sou uma espécie de recipiente para a magia, um...

Tolú me interrompeu, esticando o braço para correr os nós dos dedos em meu rosto.

— Isso importa? — ele perguntou. — Você é você, e foram as suas ações que a trouxeram até aqui. A magia é sua, não o contrário. Além do mais, quando olho para você, vejo apenas uma mulher incrível.

Meu rosto ficou quente, mas não me importei. Sustentei seu olhar, agradecida pelo apoio, por não me sentir sozinha. Vi-me encarando as íris verdes, prestando atenção aos detalhes, e o instante de silêncio durou alguns segundos, até que Tolú engoliu em seco e desviou o rosto para o outro lado, repentinamente desconfortável.

— O que foi? — perguntei, erguendo as sobrancelhas.

— Eu disse que precisávamos conversar.

— Certo...

O demônio suspirou. Jogou a cabeça para trás.

— Não tenho sido totalmente honesto com você, Amarílis, ainda que nunca tenha feito nada para prejudicá-la.

Agora era meu rosto a ficar sério, e me ajeitei na terra seca, procurando uma posição. Uma parte de mim ansiava por ouvir o que ele tinha a dizer, desejando a verdade, mas outra parte cautelosa rezava para que o demônio não estivesse prestes a estragar tudo.

— Quando você me convocou, eu não a conhecia — Tolú explicou. — Eu não sabia que tipo de pessoa era ou o que pretendia fazer, então entrei no jogo e fingi que aquele era como qualquer outro dia na minha vida. E você tem razão, eu senti o seu medo, ainda que estivesse tão assustado quanto você. Mas senti também outras coisas. A sua força, a sua vontade, o jeito como se recusava a ceder e como me desafiava o tempo todo. Havia tanto potencial ali, tanto talento bruto, que eu pensei...

Ele mordeu os lábios ao fazer uma pausa. Seu cabelo engomado brilhava na penumbra. Parecia sem jeito com fosse lá o que precisava dizer.

— Pensou...? — eu o incentivei a seguir em frente, as sobrancelhas erguidas.

— Pensei que poderia moldar você. — O demônio encarou o chão, os ombros caídos. — Resolvi que iria ajudá-la em sua missão, claro, mas que iria tentar fazer com que você se soltasse no processo. Queria que você deixasse todas essas coisas saírem, que fosse seduzida pelo caos e pudesse ser quem realmente é.

Eu o encarei, balançando a cabeça. Não estava entendendo aonde ele queria chegar com tudo aquilo.

— E por que diabos você faria isso?

Tolú sorriu para a escolha de palavras, mas era um sorriso triste.

— Peço desculpas, mas eu estava pensando em mim — ele disse. — Eu precisava que você abrisse mão do controle porque, se deixasse a magia fluir, então eu teria uma chance de ser convocado de novo, de fazê-la me chamar outra vez. — O demônio gesticulou para o deserto. — Eu só queria sair daqui e nunca mais voltar. Odeio este lugar. Odeio o que ele me tornou. — Tolú voltou a encarar meu rosto, e dessa vez identifiquei coisas novas em seu semblante. Uma expressão de orgulho ferido, de ambição. O brilho distante do lagarto cinzento que existia por baixo daquela pele. Seus olhos ficaram pretos por um momento. — Eu posso ser tanta coisa e tenho tanto poder para gastar, tantas diversões para viver... Detesto estar preso e definhar um pouco todos os dias, assim como essas rochas se desfazem com o vento, grão a grão, até não passarem de nada além de poeira sob os nossos pés. Então eu planejava fazer com que você se apaixonasse pela vida que um pacto recorrente comigo podia oferecer. Assim eu nunca precisaria voltar. Eu nunca seria esquecido.

— Você estava me usando — resumi para ele todas aquelas palavras bonitas. Meu medo confesso. Preferia que Tolú chamasse as coisas pelo nome certo.

— Eu estava desesperado — ele se defendeu. — Preciso que entenda que eu nunca sequer pensei em trair você ou faltar com a minha palavra. Por favor, Amarílis, é importante.

Voltei a mexer na barra da camisola, tentando manter a calma.

— Você se arrepende?

— Não — ele falou em uma sinceridade fria. — Eu lamento, porque agora olho para você e me sinto diferente. Mas não a conhecia na época, e ainda faria muitas coisas piores para viver eternamente no mundo dos homens. Então não posso afirmar que me arrependo. Seria uma mentira.

Eu não sabia o que responder. Por um lado, entendia os motivos dele. Olhando a imensidão solitária daquele deserto, eu entendia perfeitamente que alguém estivesse disposto a fazer qualquer coisa para escapar. Não era muito diferente da existência de um operário de fábrica sem sonhos ou ambições, que só repete o trabalho uniformizado, mais uma formiga na multidão esperando a chegada derradeira da morte. Eu calhara de ser uma humana desconhecida no lugar e na hora certa. Não podia culpá-lo. Ao mesmo tempo, eu não gostava nada de ter sido colocada naquela posição. O preço para despertar a fome que havia dentro de mim fora alto. Antúrio ainda estava de cama, e ninguém sabia a extensão de suas sequelas. Rosalinda estava destruída. E, ainda que eu soubesse que aquilo não era de todo verdade, era doloroso pensar que Tolú me empurrara para o abismo em benefício próprio.

Eu precisava de um pouco mais de tempo para decidir o que estava sentindo, porque não estava com raiva, mas nem tampouco feliz. Senti como se estivesse outra vez escondida atrás do fogão, a boca apoiada nos joelhos.

Ante o meu silêncio, Tolú deixou um misto de suspiro e riso nervoso escapar pelo nariz.

— Seria ótimo se você pudesse falar alguma coisa. Um xingamento. Até mesmo uma daquelas suas séries intermináveis de perguntas, sabe?

— Por que está me contando isso agora?

Ele engoliu em seco. *Cuidado com o que pede.*

— Porque... porque agora, como já disse, as coisas mudaram.

— Acho que eu mereço uma explicação melhor que essa.

Tolú se encolheu, e experimentei certa satisfação em vê-lo fazer isso. Mas é claro que só durou um segundo. Como o bom demônio que era, recuperava-se fácil de qualquer constrangimento. O suficiente para se virar para mim no chão de areia, as pernas cruzadas, o rosto franco e desimpedido em minha direção. Ao que parecia, aquele seria seu verdadeiro pedido de desculpas e sua confissão.

— Não sei dizer quando as coisas começaram a mudar — ele disse, a voz suave, gentil. — Talvez quando você me olhou na sala da sua chefe e me desejou com a mesma intensidade com que quis me estrangular. Ou quando me explicou sobre os bichos-da-seda, quando caminhou na chuva ou quando brigou comigo para defender seus amigos. Foi antes de eu tê-la beijado naquele bordel, tenho certeza, mas devo admitir que as coisas mudaram bastante depois dali. E eu sabia que estávamos brincando com fogo, você também sabia, mas acreditei de verdade que eu saberia conduzir aquela dança sem me queimar. Eu costumava ser bom nisso, afinal de contas. Mas então... — O demônio coçou a nuca, parecendo quase envergonhado. — Eu me sinto um grande idiota por não ter notado antes.

Precisei me segurar para não demonstrar o quanto meu coração estava batendo em antecipação ao que ele estava para dizer. Cerrei os dentes para me impedir de comentar qualquer coisa.

Tolú apoiou as mãos na areia e se arrastou para mais perto. Em um simples movimento, seu nariz ficou a centímetros do meu, e tive que contar com toda a minha força de vontade para permanecer imóvel. Ele segurou meu rosto, acariciou minha bochecha com um polegar morno. Apertei os joelhos com mais força, as unhas entrando na carne sob o tecido da camisola.

— Quando ouvi você me chamando — ele disse — e percebi que os oficiais estavam lá dentro, que estavam ameaçando você, experimentei algo que... Não sei, talvez a palavra que estou procurando seja *inédito*. Há alguma verdade no que dizem sobre os demônios, sabe? Nós realmente só nos importamos com as nossas sombras e promessas.

Os humanos vêm e vão a cada pacto, entende? E o tempo continua correndo enquanto o deserto permanece, então não há razão para se apegar. Mas quando ouvi seus gritos, seu desespero... Quando vi aquele homem prestes a bater em você... Eu senti medo, Amarílis. Pânico. Tive medo de perder você. Ao mesmo tempo, descobri que era você a coisa mais preciosa que eu tinha. Que eu faria de tudo para mantê-la a salvo, mesmo às minhas custas. Mesmo que precisasse jogar meus planos fora.

Um calor úmido foi o único indicativo da lágrima solitária que desceu pela lateral do meu rosto. Tolú a limpou antes de me olhar com um meio-sorriso culpado, quase travesso.

— Acho que estou perdido, sabe? Você poderia me fazer ficar de joelhos se quisesse, e isso me deixa um tanto assustado, porque você seria tola em não se aproveitar da chance. Eu faria qualquer coisa que ordenasse. — Ele pôs um de meus cachos castanhos por trás da orelha. — Pouco antes de dormir, falei que você era um presente para o mundo. Mas, se me permitir o egoísmo, eu diria que você é também o meu presente. Um que nunca pensei encontrar.

Como era injusto que ele pudesse falar todas as coisas erradas que havia feito e ainda assim deixar meu corpo morno sob a camisola. Como podia varrer o meu bom senso com um par de olhos verdes e algumas palavras bonitas.

Desgraçado.

E, ainda assim, mesmo sabendo dos perigos, eu o queria. Queria me estilhaçar sobre ele, queria arrebentar minhas correntes contra o poder de Tolú e ordenar que aguentasse o tranco. *Se deseja me usar, então vai deixar que eu o use também.*

Mas não queria dar a ele esse gostinho tão depressa. Ainda não. Ajoelhar, foi o que ele disse? Bem, estávamos no meu sonho.

Fingindo um ar desinteressado, limpei mais uma vez o rastro daquela lágrima solitária e ergui o rosto para o céu arroxeado que nos cercava. Apenas imensidão e uniformidade.

— O céu é vazio aqui — comentei. — Finalmente entendi por que gosta tanto de observar as estrelas na minha varanda.

Tolú deu risada, talvez percebendo minhas intenções de adiar um pouco mais o inadiável. Ele voltou a se acomodar na areia e passou os braços ao meu redor. Devagar, com reverência, o demônio me puxou, acomodando-me entre os joelhos, minhas costas contra o tecido da camisa que recobria seu peito. A camisola subiu perigosamente até o quadril. Contive um calafrio quando o hálito dele atingiu minha orelha.

— Não só as estrelas. Gosto de observar as suas sardas também.

Tolú beijou meu ombro no mais sutil dos carinhos, apenas um mínimo roçar de lábios por cima de uma das manchas marrons que se insinuava pela manga da camisola fina. Outros beijos seguiram o primeiro, criando uma trilha de constelações até meu pescoço.

— Você vai me fazer implorar? — ele perguntou.

Contei mentalmente até três para descobrir o paradeiro da minha voz.

— Talvez... Você disse que eu seria burra de não tentar.

Outro beijo.

— Não lembro de ter usado a palavra *burra*.

— Eu posso mesmo mandar você ficar de joelhos? Parece uma boa ideia.

O demônio lambeu o lóbulo da minha orelha. Pega de surpresa, arqueei a coluna em um movimento satisfeito. Talvez eu fosse louca de provocá-lo no próprio jogo, mas era sempre tão recompensador ser derrotada nele que eu não podia negar o apelo.

— Pode, mas devo lembrá-la de que farei isso apenas em pensamento, porque ainda estou acordado e cercado de minhocas na sua sala. Está bem desconfortável, na verdade.

— Primeiro, são lagartas. E segundo... — Afastei o rosto e ofereci para Tolú o meu melhor sorriso de desdém, as vistas embaçadas de desejo. Inclinei a cabeça. — Você fala demais. Mas nunca morde. Talvez devesse se empenhar mais em ser um demônio.

O olhar que ele me deu em resposta continha fome o suficiente para devorar o mundo inteiro. A mão de Tolú escorregou para a minha coxa, segurando a barra da camisola. Ele enrolou os dedos nos laços de fita. Era uma provocação, mas também um pedido.

— Isso é uma ordem?

No mundo real, acordei com a porta do quarto batendo. Mal tive tempo de me virar na cama antes que o corpo de Tolú se chocasse contra o meu.

Ele se acomodou por cima de mim, subindo, encontrando meus lábios na penumbra da madrugada. Recebi-o de braços abertos, porque o peso dele sobre o meu parecia tão correto, seu calor reconfortante após dias negando desejar exatamente aquilo. Abracei-o e corri os dedos por suas costas nuas enquanto ele me beijava. Tolú era atencioso, dedicado, passeando com a língua pelos cantos da minha boca, deixando em mim aquele gosto de algo antigo e pecaminoso que, em tão pouco tempo, eu aprendera a amar.

Com a mão, ele seguiu descendo até segurar uma de minhas panturrilhas, apertando de leve, puxando a perna para que se dobrasse contra a lateral do corpo dele. Devia ter tirado os sapatos em algum momento da noite, porque, do outro lado, seu pé descalço roçou contra o meu.

Tolú interrompeu o beijo, a mão ainda em minha perna, esfregando o nariz pelo meu pescoço.

— Você não imagina o quanto desejei fazer isso com você naquele bordel, na frente daquelas pessoas. — A voz dele era grave e estrangulada, como se precisasse lutar para se conter.

— Faça agora. — A minha não estava muito melhor. Aproveitei para correr os dedos pelo cabelo do demônio, finalmente saciando aquela curiosidade, sentindo os fios se tornando menores conforme eu descia em direção ao pescoço, espetando na altura da nuca, a sensação ainda melhor do que achei que seria. E porque eu me sentia tão viva e liberta nos braços dele, puxei sua nuca com os dedos em garra, obrigando-o a erguer a cabeça e olhar para mim, acrescentando com uma ousadia que não costumava aparecer com tanta naturalidade em minha língua: — Mas é uma pena que dessa vez não tenha ninguém para assistir ao que você vai fazer comigo.

Ele grunhiu um sorriso. Percorreu com um dedo preguiçoso o decote da camisola, arrastando o tecido para baixo, exibindo meu ombro. A pele pareceu fria sem a proteção do tecido. Eu queria que ele a esquentasse.

— Você sabe mesmo o que está pedindo? — ele comentou, um pouco mais sóbrio, mas ainda com os olhos grudados em meu colo. — Não seria como está imaginando.

Encarei seu rosto com uma pergunta silenciosa escrita em minhas feições.

204

— Receber a atenção de um demônio... — Ele suspirou enquanto explicava, ainda apertando minha panturrilha com a mão que não estava ocupada com a camisola. — Você faz ideia do que significaria? Se eu tirasse a máscara? Se *eu* perdesse o controle? Seria sujo e feio, Amarílis, e tudo que é podre brotaria sem parar e mancharia a sua pele. Não há volta em um amor como o meu. Não é bonito, não é romântico. É *monstruoso*.

— Não me importo — falei, e estava sendo sincera. Àquela altura, eu podia contar nos dedos as coisas que Tolú me diria e que me fariam desistir do que eu estava sentindo. Na minha visão, com a mente embotada de desejo, ele só estava sendo dramático.

— Não se importa agora. Não se importa enquanto está ardendo aí dentro. Depois, vai me odiar. Vai me chamar de coisas que você ainda nem sabe o nome. — Ele balançou a cabeça, cansado. — Não consigo deixar de pensar que é injusto com você. Que a estou enganando de alguma forma.

Ele tentou se afastar com a dor de quem na verdade quer permanecer, e a noção daqueles centímetros a mais entre nós dois percorreu meu corpo como um choque físico. Segurei-o com o desespero dos afogados, passando os braços em seu pescoço, prendendo o quadril do demônio entre meus joelhos, uma tábua de salvação. Mais um pouco e eu chiaria feito um gato. Não deixaria que ele fosse embora.

— Amarílis...

— Não, escute você — eu o interrompi, uma certeza assustadora crescendo no peito. — Preste atenção. *Olhe* para mim. Por favor.

Podia sentir o coração dele reverberando, misturado ao compasso do meu. Devagar, ergui o queixo em uma posição de desafio, controlando a respiração. Encarei suas íris verdes por completo, sem nenhuma barreira, nenhuma mentira ou dissimulação. Nada das defesas que eu cuidadosamente construíra aqueles anos todos, com medo de me machucar da mesma forma que minha mãe havia feito. Para ele, eu baixaria cada uma delas. Porque eu queria que ele visse. Eu precisava que entendesse que eu também usava uma máscara para todas as outras pessoas. Uma máscara de civilidade e perdão e gentileza. Mas, por dentro...

Eu queria que Tolú pudesse ver aquilo que corria de verdade em minhas veias, aquilo que se aninhava tão fundo que nem eu mesma ousava encarar. Por tanto tempo eu vinha negando tudo aquilo. E agora queria que ele me visse inteira, quebrada, sangrando e, pior, gostando daquela dor, tratando-a como uma velha amiga. Rindo com dentes vermelhos. Manchar a minha pele? Meu amor, eu fora formada do piche que recobria as ruas, do óleo que movia as máquinas, do suor salgado que agora brotava em meu pescoço e descia por entre os seios. Eu era uma mistura de todas as lágrimas já derramadas e das injustiças cometidas.

Arqueei o corpo por baixo dele, deixando que cada centímetro dançasse contra a pele do demônio, os mamilos aparecendo por baixo da camisola. Ele estava por um fio, e eu jogaria sujo para ter o que queria. E eu queria Tolú. Precisava que ele entendesse, e acho que ele estava mesmo começando a perceber o que tinha em mãos. Seus olhos ficaram mais afiados, brilhando por trás do rosto tão bem controlado. Sua mandíbula ficou tensa, exibindo linhas que desciam pelo pescoço. Eu era capaz de contar toda vez que ele engolia a saliva.

Você quer beber a minha loucura, não é?

— Pergunte — ronronei para ele com a voz macia.

— Não haverá volta, Amarílis.

— Não quero voltar.

— Você não precisa de mim. Com o seu poder e um pouco mais de treinamento, poderia ser qualquer coisa na República. Uma santa, se quiser.

— Como Narciso? Pois escolho continuar sendo escória. — Voltei a mexer os quadris e desci as mãos para o cinto de sua calça, obrigando-o a trincar os dentes. — Uma vez você quis saber onde consegui o sangue para o ritual de invocação. Floriano tinha um gato. Torci seu pescoço do jeito que minha mãe me ensinou a matar as galinhas, levei-o para casa e abri sua garganta. Deixei-o pendurado pingando sangue na torneira da cozinha. Sei que era um animal inocente, mas eu estava com raiva e desfrutei de cada segundo, sabendo da dor que causaria em Floriano, sabendo ser uma das poucas formas com que eu poderia revidar. Não será você a me tornar pecadora. Então pergunte logo — repeti. — Deixe que eu escolha.

206

A expectativa por ele era um combustível devastador, e precisei retorcer os dedos dos pés para me impedir de puxá-lo em minha direção. Assumir meu delito era uma espécie prazerosa de dor, e eu estava queimando, perversa.

Após segundos que se arrastaram como horas, o demônio voltou a se acomodar entre minhas pernas, o nariz junto ao meu. Ele fez a pergunta que eu esperava que fizesse:

— Você tem medo de mim?

— Não — respondi com franqueza. — Sei o que você é, e não tenho medo.

— E o que você quer que eu faça?

— Que me ame aqui, agora. Que me mostre quem eu sou de verdade e depois me deixe escolher se gostei do que vi.

Por alguns instantes, não houve nada, nada além de nossas respirações entrecortadas e a chuva lá fora. Quase temi que ele pudesse ter desistido ou deixado de apreciar a minha resposta. Mas bastou olhar em seus olhos para entender que não era o caso. Havia algo de selvagem crescendo ali, tomando forma, um predador espreitando e antecipando tudo o que poderia fazer comigo. Ele era a criatura mais linda que eu já vira. Tolú havia afirmado estar perdido, mas acho que ele também seria capaz de me deixar de joelhos, só não tinha percebido ainda.

Ele se moveu. Primeiro, as mãos encontraram caminho até a barra da camisola, puxando-a sem pudores para cima, enfiando-se entre minhas pernas desimpedidas enquanto se livrava do restante do tecido embolado em minha cintura. Ajudei-o como pude a jogar a camisola no chão, passando os braços pelas mangas em movimentos desnorteados, trôpega demais por ter a boca do demônio outra vez contra a minha em um beijo descontrolado. Eu sentia o calor dele, e quase derreti quando o demônio fez força com os quadris, pressionando minha virilha, deixando que eu sentisse como estava pronto. Por quanto tempo eu sonhara exatamente com aquilo? Com nós dois?

Tolú abandonou meus lábios para descer por meu pescoço. Agarrou meu seio, torceu meu mamilo entre os dedos. Quando a língua se juntou ao trabalho que as mãos faziam com tamanha diligência, não consegui conter um gemido, e ele riu orgulhoso contra a minha pele

207

como o grande cafajeste que era. Mas eu não me importava, porque também queria explorá-lo e ver do que ele era feito, queria que ele testasse todas aquelas maneiras de arrancar sons da minha garganta.

Corri os dedos e as unhas por seu peito, sentindo a musculatura, lambendo o sal e os resquícios ferrosos que ele trazia no corpo. Ele era como uma fornalha acima de mim, e os pelos de seu umbigo faziam cócegas contra a minha barriga. A cada segundo, a urgência crescia em minhas entranhas como um apelo, o ribombar de um trovão. Calças, eu precisava me livrar daquelas malditas calças.

Ele não protestou quando passei a mexer no fecho de seu cinto. Na verdade, desceu o braço para me ajudar a libertá-lo mais depressa. A presteza com que se livrou do restante das roupas e a noção de que as mãos dele tremiam tanto quanto as minhas só serviram para me deixar ainda mais intoxicada. Eu precisava dele, precisava ter Tolú dentro de mim, porque nenhuma proximidade seria próxima o bastante. Eu queria gravá-lo em meu corpo e fazer com que virasse parte de quem eu era.

Você quer beber a minha loucura? Deixe que eu a sirva em uma bandeja de prata.

Tolú não voltou a pedir licença ou fazer perguntas. Tive apenas um rápido vislumbre de seu corpo antes que ele voltasse a me cobrir, encaixando-se em mim, penetrando em um ímpeto quase rude, soltando um grunhido contra minha orelha ao experimentar o movimento.

De minha parte, deixei de conseguir formular qualquer pensamento racional. Fui preenchida por um misto de alívio e agonia, a respiração saindo pela boca, os olhos fechando de modo involuntário. Passei a acompanhar o ritmo dele, entrando e saindo, prestando atenção somente aos pontos onde nossas peles se tocavam, às trilhas que nossas mãos deixavam um no outro, nossos beijos e gemidos.

— Acho que amo você — a voz de lagarto sussurrou com lábios de homem, o rosto escondido em meu pescoço para que não precisasse me encarar os olhos ao confessar algo tão íntimo.

As palavras me pegaram de surpresa, e meu coração ficou apertado. Eu poderia reagir de forma mais elegante caso não estivesse tão perdida em outros tipos de sensação. Queria responder, mas não conseguia juntar os pensamentos em nada que fizesse sentido, porque nenhuma frase parecia dar conta do que eu tinha para dizer, do que ele me fazia sentir. Estava livre, sem amarras. Pela primeira vez em muito tempo, o mundo não parecia ter importância lá fora e os problemas não passavam de areia levada pelo vento. Todas as minhas costuras e nós desfeitos, a magia cantando, alegre e selvagem, chocando-se contra a dele tão satisfeita quanto eu mesma, deixando um rastro de sombra em meu espírito. Éramos ambos escuridão.

Mas Tolú ainda estava esperando por uma resposta. Seu ritmo havia diminuído. Então optei por demonstrar aquele *amor* — a palavra soando cristalina em minha mente como uma grande descoberta — de outra forma. Tentaria indicar o quanto éramos iguais e certos um para o outro. O quanto eu também queria aquilo.

Abracei-o com força, enterrei as unhas em suas costas. Focinhei seu rosto até desenterrá-lo de meu pescoço, obrigando-o a olhar para mim enquanto, devagar, mas com firmeza, eu o mordia no peito, deixando marcas, causando dor, como se tentasse cavar meu lugar em seu coração atravessando sangue e músculos.

O demônio rosnou em meu ouvido, o som reverberando em meus ossos com uma vibração que não parecia nada humana.

Tudo mudou de repente. Tolú era homem, mas era também besta e bicho. Seus olhos ficaram pretos. Suas garras me apertaram, o quadril me invadiu e ele perdeu o controle. Enquanto eu tentava dar conta de me encontrar em meio àquele turbilhão de emoções, ele era mil olhos, mil toques, mil espinhos e cristas. Escamas arranhando minha pele. Meus gemidos se perdendo entre o sibilar de sua língua bifurcada, enrolada na minha. Era como ser adorada pelo breu, e talvez eu me sentisse mesmo como uma santa venerada por um pecador. Ele disparou, e eu com ele, e nós corremos rumo a um lugar desconhecido, selvagens e livres, sem nenhuma limitação. E ele fazia tanta sujeira por onde passava... Suas garras rasgaram minhas coxas, os dentes perfuraram minhas clavículas. Senti a ardência daqueles pequenos cortes no ar da noite. Saliva e sangue e lágrimas e dedos. Mordidas e lambidas que me arrancavam a razão, até eu não saber mais onde meu corpo terminava e começava o dele. Nós éramos caos, puro caos. E eu não me importava nem um pouco com a forma que assumíamos naquela cama, contanto que ele permanecesse comigo. Minha salvação e ruína.

As estocadas se tornaram mais fortes, mais urgentes. Depois de um tempo, notei que Tolú não estava mais prestando atenção em mim. Estava além, com os olhos pretos vidrados, e tive certeza de que não ouviria caso eu o chamasse pelo nome. Ele estava me consumindo, reivindicando meu corpo de dentro para fora, rasgando caminho com uma fúria selvagem para uma onda que quebraria em breve e que arrasaria tudo ao redor. Não deixaria nada para trás. Ele prendeu meus braços acima da cabeça com um punho de ferro, a outra mão em minha garganta. Seu peso me mantinha presa contra o colchão. Dei-me conta do quão maior ele era, do quão mais forte poderia ser, de como eu devia parecer uma boneca de pano entre os seus dedos.

Por um lado, o pensamento me excitava, e tentei me entregar àquela loucura que, eu sabia, podia ser inebriante a seu próprio modo, cheia de apelos e delícias. Eu queria seguir com ele, cavalgar pelo perigo e ver aonde aquele abismo poderia nos levar. Faltava tão pouco agora... Eu podia sentir aquela coisa crescendo entre nós dois.

Mas outra parte de mim começou a reparar em nosso estado, nos arranhões e mordidas, no modo como ele parecia um animal fora de si, todo garras e dentes. A mão dele pesava em minha garganta. *Monstruoso*, ele dissera. Eu queria que ele consumisse minha loucura em uma bandeja, como um banquete, mas será que ele conseguiria deixar alguma sobra de mim? Será que saberia a hora de parar, ou seu amor me mataria sufocada, como um gato que ama um passarinho?

Tentei afastar as dúvidas, fechando os olhos com força para me concentrar nas sensações boas, no calor e no movimento de vai e vem. Eu queria ser aquela pessoa, eu queria fazer aquilo. Foi o que repeti para mim mesma, tentando afastar qualquer pensamento inconveniente. *Tolú nunca me machucaria. Eu sei quem ele é.*

Porém, antes que aquela onda tão bem-vinda arrebentasse e levasse meus temores, algo mudou sob meus dedos. A pele de Tolú ficou áspera de repente, ressecada e porosa. Abri os olhos. Acima de mim, na penumbra, ele estava cinzento e escamoso outra vez. Seus braços estavam se alongando. Quando me encarou com aqueles olhos vazios como a noite, seu rosto mudou para o do lagarto que eu invocara semanas antes, os chifres aparecendo por entre os fios do cabelo. Em seus olhos vítreos, consegui ver meu reflexo. O olhar assustado de uma garotinha brincando com um demônio.

Foi apenas um movimento involuntário. Uma retração mínima, um mero espasmo dos músculos que, para muitas pessoas, teria passado despercebido. Eu nem sabia direito o que estava fazendo. Eu provavelmente teria apenas enterrado a sensação e seguido em frente.

Mas Tolú percebeu. Ele se encolheu como um animal acuado, sibilando, afastando-se tão depressa para trás que chegou mesmo a tropeçar nos lençóis e cambalear pelo chão do quarto. O contato interrompido deixou um gosto amargo em minha boca, e tive uma sensação tão estranha de constrangimento que puxei a camisola embolada ao lado do colchão para cobrir meus seios, os joelhos dobrados a fim de esconder minha vergonha.

— Tolú, eu...

Mas ele ergueu a mão para me fazer calar, balançando a cabeça. Um instante depois, era humano de novo, apenas um homem de cabelos arrepiados e vergões vermelhos no corpo pálido. Ele começou a procurar as roupas espalhadas pelo quarto. Seus movimentos eram ágeis e desajeitados, como se tivesse pressa para ir embora.

— Tolú — voltei a repetir, recusando-me a sair da cama, porque não, ele não precisava ir embora, e sim, nós poderíamos retomar as coisas bem no ponto em que estavam, aquilo era só um mal-entendido, era só...

Puxando as calças até a cintura, ele ergueu o rosto para mim pela primeira vez. E havia tanta mágoa naquelas íris verdes, tanta dor... Senti como se alguém tivesse me atingido no estômago. Eu havia estragado tudo. Queria poder arrancar meus cabelos. Queria consertar as coisas.

— Isso foi um erro — ele disse, abotoando as calças, enterrando minhas esperanças em uma única frase. — Eu devia ter sido mais prudente e seguido os costumes.

— Não, você está entendendo tudo errado, eu...

— Você *tem* medo de mim, Amarílis — ele afirmou. — Eu vi.

— Tolú, por favor... — implorei, incapaz de aceitar que ele pensasse algo remotamente parecido com aquilo.

Mas ele apenas suspirou e ficou me observando, a distância entre nós contendo a angústia de uma punição.

— Você não devia perder tempo comigo — o demônio falou. — Está se enganando. É fácil amar um monstro quando ele usa outro rosto, outra voz. — Ele indicou o próprio corpo, o torso descoberto. — Não fabriquei essa pessoa para Pimpinella, como teria sido o sensato a fazer. Eu fiz para você, porque queria impressioná-la. Mas não é quem eu sou de verdade. E seria injusto de minha parte usar uma fachada para conseguir sua afeição. Não precisa se forçar a gostar do que eu sou.

— Você está errado! — reclamei, meu corpo frustrado traduzindo meus protestos em forma de mau humor. Tive vontade de correr até ele, de empurrá-lo na cama e gritar em seus ouvidos o quanto ele estava sendo idiota e estava me machucando e estragando tudo ainda mais do que eu.

— Não estou! — ele grunhiu de volta, também aumentando o volume da voz, e identifiquei um resquício de mágoa escapando em seu tom. — Você conseguiria amar tudo isso? Os chifres, as garras e tudo mais? Se eu nunca voltasse a parecer humano, você ainda iria me querer na sua cama todas as noites? Quando sonha comigo, qual é o rosto que eu tenho?

Abri a boca para responder, mas minha garganta não produziu nada. Aquilo era muito injusto. Ele precisava entender que era a primeira criatura sobrenatural a cruzar meu caminho. Como Tolú podia esperar que eu tivesse todas aquelas respostas? Eu ainda estava descobrindo que tipo de bicho eu mesma era.

Queria explicar tudo aquilo para ele, mas Tolú não me deu tempo.

— Foi o que pensei — ele disse, e a decepção em seu rosto doeu mais do que qualquer outra coisa. Senti-me ainda pior quando ele inspirou fundo e assumiu feições neutras e controladas logo em seguida. — Não se preocupe, não estou com raiva. Provavelmente é melhor assim. Eu só queria ter tomado essa decisão antes, entende? Antes de querer tanto você.

— Você não precisa ir embora — murmurei, vendo-o se virar em direção à porta.

O demônio me olhou por cima do ombro.

212

— Preciso sim. Vamos seguir o plano, Amarílis. A festa de Pimpinella está chegando. Vou cumprir a minha parte no trato, e depois estaremos livres um do outro. Não faltarei com as minhas obrigações.

Eu odiava o tom frio e profissional que ele havia adotado. Odiava que estivesse tomando aquela decisão por nós dois. O demônio puxou a maçaneta e me deu as costas para encarar o corredor estéril do sobrado, e o lugar inteiro parecia ter vindo de outro tempo, de outra vida, ainda que fosse meu lar.

— Aguarde os convites para a festa — ele disse antes de sair. — Vou fazer com que sejam entregues para você. Também vou ficar de olho caso precise de ajuda com Antúrio e Rosalinda. Mas, até lá... — Tolú arriscou um último olhar na minha direção. — Isso aqui, entre nós... Acho que é melhor cada um seguir com a sua vida.

Depois que o demônio foi embora e ouvi a porta da frente do sobrado se fechando, depois que comecei a chorar ainda sentindo o cheiro dele por toda parte, não consegui me livrar da sensação de que Tolú havia levado uma parte muito importante de mim por aquela porta. Se eu já não era uma pessoa quebrada, então eu havia acabado de me tornar.

ATO III
MARIPOSA

18

Os dias seguintes passaram como uma névoa. Antúrio permanecia de cama, acordando de tempos em tempos entre as doses de láudano para se alimentar e murmurar delírios. Melhorava, mas também sofria.

Rosalinda conseguira uma licença para cuidar do namorado. Ou pelo menos foi o que me disse. Eu não saberia dizer em que termos a fábrica a teria dispensado por tantos dias, e, embora continuasse a responder minhas perguntas com monossílabos, Rosalinda adquirira a consistência de um fantasma. Vagava pelo apartamento, silenciosa e apagada, incansável em prover todas as necessidades de Antúrio, mas só. Eu precisava lembrá-la de continuar comendo e bebendo água, de pentear os cabelos, trocar o vestido, regar os vasos de planta sob a janela da cozinha. Ela permitia minhas intromissões e parecia grata pela ajuda, mas persistia uma incômoda sensação de que Rosalinda evitava me olhar nos olhos e fugia da minha companhia, talvez com medo de que precisássemos finalmente conversar sobre o que tinha acontecido. Então eu apenas engolia o temor de que ela pudesse me culpar por tudo aquilo, a desconfiança de que ela agora conhecia a verdadeira face de Tolú, e continuava ajudando nas coisas que podia. Daria tempo ao tempo. De certa forma, parecia correto esperar até que ela voltasse a se parecer com a Rosalinda que eu conhecia.

De minha parte, precisei retornar à fábrica. Minhas últimas aventuras com Tolú e os acontecimentos recentes já haviam me custado um punhado de atrasos e faltas, e também a paciência das supervisoras, de modo que eu me sentava, do alvorecer ao pôr do sol, à bancada com a máquina de costura, unindo tecidos e pregando botões. Não que o trabalho me soasse como algo imprescindível. Desde Tolú, aquela parecia uma parte distante da minha vida, apenas uma fachada encobrindo o que eu realmente era. Eu ia até a Pimpinella e trabalhava porque precisava, por alguma estranha consciência que me relembrava a todo instante sobre as contas a pagar, sobre como eu precisava me manter em movimento.

Minha vontade era nunca mais ter de pisar naquela fábrica. Eu passava pelo portão e pensava em Antúrio. Sentava à mesa da cantina e pensava em Rosalinda. Observava Pimpinella passando pelos corredores, mais alegre e enérgica do que nunca, e pensava que a razão para toda aquela vivacidade tinha olhos verdes e um sorriso herege. Passei a trabalhar olhando sempre para os pés.

As lagartas morriam aos montes, cadáveres de mariposa empilhados na mesa da cozinha. Eu não tinha tempo ou disposição para cuidar delas do jeito que deveria, todas as minhas energias consumidas por Rosalinda, pela culpa e pelo luto. Fazia o que podia, e às vezes juntava forças para colher as folhas de amoreira ou limpar as caixas de madeira cheias de dejetos, mas, no geral, estava sempre em débito, e os bichos-da-seda pagavam o preço da mulher que um dia disse querer brincar de deusa mas que sempre estragava tudo. Seus ovos secavam no tampo da mesa e depois iam para o lixo. Que deusa cruel eu devia parecer a eles.

Um escrivão de Fragária viera alguns dias antes para falar comigo, na data de costume para coleta do aluguel. Batera à porta de Rosalinda também, mas ela não estava em casa ou preferira não atender. O homem, um senhor idoso de fala arrastada, explicou que um inquérito fora aberto pelo sumiço de Floriano, meu senhorio, mas que, como o homem não tinha parentes ou testamento conhecidos, o imóvel passaria às mãos da República até segunda ordem, e a coleta do aluguel tornaria-se responsabilidade da prefeitura. Se Floriano não fosse encontrado, o destino do sobrado seria ir a leilão em alguma consulta pública. Mas o homem me garantira, naquele seu jeito pomposo e antiquado, que dificilmente o novo senhorio optaria por despejar uma clientela com um perfil tão seguro quanto duas moças jovens e trabalhadoras. Antes de ir embora, ele me estendera um papel timbrado com o brasão da cidade e as chaves cruzadas da República, registrando todas aquelas informações. O papel tinha o cheiro adocicado e enjoado de um ramalhete de flores. Depois de ver o escrivão virar a esquina, procurei por vultos escondidos e ilusões na rua da frente do sobrado, mas não encontrei ninguém. Os paralelepípedos da calçada estavam banhados pela luz dourada do sol que descia, completamente normais. As pessoas caminhavam, voltando do trabalho, ignorando minha presença como se nunca tivessem presenciado grito algum vindo das escadarias ou um demônio arrastando homens da lei pelo colarinho ensanguentado.

O único indício do que acontecera era a fachada da loja de bebidas, coberta com tapumes por algum funcionário de Fragária. Do lado de dentro, quando atravessávamos a porta do sobrado em direção ao pátio e às escadarias, era possível ver as vidraças e as garrafas acumulando poeira, iluminadas aqui e ali pelos raios de sol que se infiltravam por entre as tábuas. Um espaço esquecido e suspenso no tempo, dormente, à espera.

Um pouco como eu me sentia.

Além de todo aquele peso, eu não andava dormindo bem e tinha sono o tempo inteiro. À noite, sonhava com Tolú, com a língua dele correndo entre minhas pernas. Às vezes, ele me amava, e eu acordava com um gozo estrangulado e cheio de culpa. Em outras vezes, ele me devorava com seus dentes de lagarto, e então eu despertava gritando. Em qualquer das situações, acordar era um lembrete amargo do que eu estava prestes a enfrentar.

Se eu ficasse bem parada, em silêncio em minha cama, quase conseguia ouvir algo mudando dentro de mim, algo se dissolvendo e se reestruturando em minhas entranhas. Eu me sentia dormente, como se vivesse dentro de uma casca. Sem nem notar, comecei a pensar em mim como uma crisálida. Meus pensamentos sempre voltavam para um desejo enorme de dormência e fuga, para depois romper a crosta da existência e ver que tipo de bicho eu havia me tornado. Mas eu estava fraca, fraca... Eu era mesmo filha de minha mãe, e nunca seria borboleta.

Naquela segunda-feira, voltei da fábrica em um dia de chuva. Caminhando, abriguei-me sob a marquise de uma confeitaria chique para esperar que as gotas mais grossas passassem. O cheiro de bolo recém-assado e café invadiu minhas narinas, um perfume sedutor e muito bem-vindo para um corpo cansado e molhado de chuva, um entre tantos que aguardavam sob a marquise.

Enquanto esperava, apoiei a mão na vitrine para admirar os pães e as tortas em exposição, pensando se valeria a pena levar alguma daquelas guloseimas caríssimas para Rosalinda como uma tentativa de agradá-la. Eu já chegara ao ponto de sentir falta dos ares de importância e refinamento da minha amiga.

Mas então meus olhos vagaram para além da vitrine, para a área lateral da confeitaria onde se sentavam os clientes. Um rastro de seda branca e impecável chamou minha atenção. Pimpinella estava sentada a uma das mesas, sorrindo abertamente, as mãos erguendo os cabelos lisos e pretos para cima. De pé ao lado dela, Tolú se inclinava para lhe depositar uma gargantilha no pescoço.

Meu estômago afundou. Meu corpo gritava para que eu fosse embora, para que desse meia-volta e enfrentasse a chuva de qualquer jeito antes que um dos dois pusesse os olhos em minha triste e patética figura de vira-lata, mas não consegui me mover.

O demônio se inclinou para acertar o fecho da gargantilha na parte de trás. Estava tão bem-vestido e penteado, tinha os modos de um príncipe. Ao terminar de posicionar a joia, uma fina corrente dourada com pedras vermelhas, ele aproveitou para apoiar as mãos nos ombros da modista e cochichar ao seu ouvido. Os lábios de Pimpinella se abriram, metade surpresa e metade luxúria, antes de ela rir e se virar para balançar a cabeça para o demônio. De minha posição, era impossível escutar ou mesmo intuir as palavras que ele murmurara apenas para ela, mas pensei ter adivinhado o conteúdo. Sem conseguir evitar, minha mente foi invadida por imagens daqueles dois juntos, fantasias que cravavam estacas em meu coração.

Tolú estava trabalhando a meu serviço. *Ele faz isso para mim*, tentei repetir, em vão. *Talvez nem goste de Pimpinella*. Mas ficava difícil contar essa mentira quando ele sorria com olhos tão brilhantes, quando se sentava tão à vontade ao lado dela. Tolú beijou a mão de Pimpinella ao

220

retornar para a mesa, sentando-se de frente para a mulher, de costas para mim. Corroída de ciúme e mágoa, perguntei-me em silêncio se a modista já o teria levado para a cama, se já teria provado o beijo dele. Mas era óbvio que sim. Pimpinella era uma mulher bem-resolvida demais para se importar com eventuais mexericos ou julgamentos, e Tolú não teria nenhum tipo de pudor para executar seus planos. Restava apenas saber se ele agora achava mais agradável gastar as noites com ela do que comigo, porque a modista decerto não o expulsava da cama nem despejava seus problemas nos ombros dele. Pimpinella era sempre festa e poder e luxo e sorrisos. Uma borboleta, uma cigarra cantando no verão. E eu, crisálida machucada, enfim achei por bem dar as costas e arrastar os pés rumo às poças da rua, abandonando a marquise. Quanto tempo levaria para que ele me esquecesse?

Ao chegar em casa, deixei a roupa úmida secando junto ao fogão e destampei uma das caixas da coleção de bichos-da-seda. Mais duas lagartas mortas jaziam no fundo forrado de cortiça, cercadas por dejetos verdes e pegajosos. Fiquei imóvel por alguns minutos, observando os cadáveres murchos enquanto as sobreviventes imploravam por comida, seus olhos famintos erguidos para o céu em busca da deusa que não mais as provia, escalando os corpos mortos de suas irmãs para alcançar um pouco de ar puro.

Contemplei aquilo tudo por um tempo, resignada em não sentir nada, até que, de repente, experimentei um medo profundo. Eu estava tão perto da loucura que um dos meus antigos mecanismos de defesa disparara. Piscando os olhos depressa, atirei um punhado de folhas velhas de amoreira dentro da caixa e saí da cozinha. O que estava acontecendo comigo?

À noite, chorei encolhida e sozinha dentro da banheira.

Naquela terça-feira, cortei o dedo ao preparar o jantar de Rosalinda e vi sombras dançarem nas paredes e chamarem meu nome. Foi a primeira vez que Antúrio abriu os olhos e sorriu para mim, reconhecendo meu rosto.

De volta ao apartamento, deixei-me cair em uma das cadeiras da mesa da cozinha, exausta demais para fazer qualquer coisa que não fosse encarar o vazio. Desci os olhos para as lagartas agonizando na caixa destampada sobre a mesa. Famintas como estavam, eu sabia que, mesmo que sobrevivessem, apresentariam uma metamorfose problemática pela falta de nutrientes. Provavelmente morreriam encruadas em seus casulos, sem nunca romper a casca. Eu sentia muito por elas. Sabia que era minha culpa, e doía, só não conseguia reunir forças para intervir de qualquer forma, sabendo que já estavam condenadas.

Uma das lagartas subiu no cadáver de uma irmã morta e começou a roer os olhos da defunta. Franzi a testa e aproximei o rosto para observar melhor, intrigada por aquele comportamento até então inédito. Ao que parecia, pressionada pela proximidade da morte e de uma vida de privações, qualquer criatura se corrompe.

Assisti ao inseto roer com insistência os tecidos mais moles, diligente, fileira após fileira em um ímpeto desesperado, a pele descorada subindo e descendo em ondas. A lagarta morta começou a minguar, desaparecendo entre os dejetos, cheirando a matéria orgânica processada.

De repente, um ímpeto. Desamarrei o retalho de pano que eu colocara no dedo para estancar o corte e pressionei o ferimento até que uma gota de sangue pingasse bem diante da lagarta que se alimentava. Ela se retraiu a princípio, pega de surpresa, mas depois sua cabeça começou a virar de um lado para o outro, farejando, até que ela se arrastou para a gotícula vermelha e começou a sugar a substância com avidez.

Pareceu-me justo que, como uma deusa caída, ela se alimentasse de mim.

Puxei a caixa seguinte.

Naquela quarta-feira, vomitei no trabalho e precisei me esconder no vestiário da fábrica até que o enjoo passasse. *Está grávida*, disse uma das funcionárias ao analisar meu rosto pálido, sem saber que eu de fato alimentava outras vidas com minhas entranhas, mas não do jeito que ela estava pensando.

As sombras passaram a me seguir para todo lado. Dentro de mim, a magia se tornara dormente, hibernando em um ronronar pegajoso, cheio de estalos úmidos.

À noite, reavivei o corte com uma agulha e alimentei outra vez as lagartas. As cerca de uma dúzia que haviam sobrevivido adquiriram uma coloração rosada na pele. Elas pareceram sorrir ao contemplar meu rosto.

Naquela quinta-feira, acordei com dor de cabeça e o apartamento mergulhado em absoluto silêncio, o ar estagnado como o interior de uma estufa. A louça suja se acumulava em pilhas dentro da pia. Achei que as lagartas tivessem morrido. Mas, para minha surpresa, as sobreviventes haviam tecido seus casulos durante a madrugada, invólucros vermelhos como pétalas de rosa, muito antes que o esperado. Em vez da textura aveludada e inofensiva das crisálidas comuns de bicho-da-seda, aqueles casulos pareciam venenosos e pútridos, o tipo de invólucro que abrigaria uma tarântula. Era mais alongado do que arredondado, tecido com mais aspereza. Em vez de casulos, pareciam coágulos.

Deve ser a força do sangue, pensei, querendo acreditar que a transformação fora adiantada pelos nutrientes mais abundantes do que na composição das folhas. Mas eu sabia que era culpa da minha magia. Eu guardara tanto por tantos anos, que agora tinha muito para dar. Eu estava transformando aquelas lagartas em *outra coisa*.

Enjoada, levei a caixa restante com os casulos para o meu quarto e saí para trabalhar e visitar Rosalinda, que seguia sem conversar comigo. Esqueci de comer. Vomitei mais duas vezes.

Naquela sexta-feira, os casulos começaram a zumbir baixinho. Se eu os segurasse contra a luz, conseguia ver uma massa disforme se contorcendo lá dentro como um órgão arrancado, um feto fora do útero. Eram lindos, e foi minha vez de sorrir para eles. Aqueles meus filhos de podridão nunca mais passariam fome.

Naquele sábado, Tolú bateu em minha porta.

19

Tomei um susto ao vê-lo parado no corredor. Não esperava que viesse me visitar.

Ele continuava tão deslumbrante quanto eu me lembrava, talvez até um pouco mais, com os suspensórios marcando seus contornos na camisa. No mesmo instante, tornei-me consciente do quão decrépita eu deveria estar parecendo, e contive o impulso de me encolher quando Tolú correu os olhos por meus cabelos de cachos desfeitos, secos nas pontas e oleosos nas raízes, pelas roupas folgadas, pela mancha de café na altura da barriga e pelas olheiras a espreitar em meu rosto. O demônio pareceu pego de surpresa com meu estado. Por um momento, as feições de Tolú assumiram um ar constrangido. Se adotassem qualquer traço mínimo de pena, eu seria capaz de bater a porta na cara dele. Mas, ao menos ali, Tolú se manteve firme, e eu também. Cruzei os braços e me apoiei com o ombro na soleira. Não adiantaria convidá-lo para entrar, e quis me poupar da humilhação. Aguardei que Tolú tomasse a iniciativa.

— Eu... eu consegui os convites — ele murmurou em voz baixa. — Trouxe para você — acrescentou depressa, ao ver que eu não reagia. O demônio puxou um pequeno envelope de aparência refinada do bolso de trás da calça e o estendeu para mim.

Peguei o envelope, sentindo a textura aveludada do papel chique. Antes, eu encarava a chegada daqueles convites como um marco, um divisor de águas que me faria decidir de uma vez por todas meu caminho. Se Tolú conseguir os convites, então faço minha escolha sobre assassinar ou não o general. *Se*. Era um jeito de me manter confortável em meus limites. Mas, enfim com o envelope nas mãos, eu não sentia nada, apenas vazio e dormência. Era como se já estivesse morta.

— A festa é daqui a uma semana — o demônio insistiu, mas eu já sabia daquilo. Não se falava de outra coisa na fábrica.

Aquiesci.

— Como vamos fazer isso? — perguntei, porque parecia menos dispendioso seguir o que já tínhamos combinado do que cancelar tudo com Tolú. Se eu não queria fazer nada, então me deixaria levar pela corrente.

— Virei buscá-la no horário indicado no convite. Soube que o seu general não costuma ficar até tarde nas festas. Então precisamos fazer bom uso do tempo.

— Ainda vou ser a sua irmã?

— De criação. — Um sorriso acanhado surgiu nos lábios do demônio. — Falei para Pimpinella que você se interessa pelo mundo da alta-costura, o que vai ser bom para que vocês tenham assunto e evitem temas mais suspeitos. Ela está esperando uma jovenzinha sonhadora que a bajule, então é bom entrar no papel.

Que ótimo.

— Sem problemas — respondi.

Tolú assentiu em um gesto mínimo.

— Assim que tivermos uma brecha, vou apresentá-la ao general. A partir daí, você estará por conta própria. Quer dizer, é óbvio que ficarei por perto para dar a vocês dois o máximo de tempo e oportunidade, mas vai precisar usar seus próprios métodos para afastá-lo dos outros e conseguir o que quer. — O demônio correu a língua pelos dentes, repentinamente nervoso. — Já pensou numa rota de fuga para evitar os oficiais? Ou já planejou como não deixar vestígios que possam conectá-la com a morte de Narciso?

— Não estou preocupada com isso no momento.

Foi uma resposta impulsiva, porque de fato eu ainda não sabia nem mesmo se teria forças ou coragem para dar cabo daquele plano, de modo que aquelas coisas me pareciam decisões com as quais eu deveria me preocupar em um segundo momento. Mas, para Tolú, as palavras soaram de outro jeito. Como se eu estivesse desistindo, me entregando, como se eu fosse sucumbir após aquela festa, sem me importar com o que fariam comigo. O que não era de todo mentira, mas também não era verdade.

Endureci o olhar ao notar a pena tentando abrir caminho pelo rosto dele, e o demônio a engoliu depressa, pigarreando e colocando as mãos para trás.

— E a fantasia? — Tolú quis saber, a voz neutra carregando um toque de elegância.

— Vou providenciar.

Ele coçou a ponta do nariz.

— Espero que não se ofenda com o comentário, mas você precisa estar mesmo *deslumbrante* se quiser contar com alguma chance de sucesso. Precisa fazer o general rastejar, Amarílis. Acha que está em condições de escolher uma fantasia? — O olhar dele passeou de novo pelas partes folgadas de minha roupa, as sobrancelhas erguidas, até parar no curativo tosco que envolvia meu dedo, protegendo o corte que eu nunca deixava estancar. — Quer que eu...?

— Você não precisa me vestir — eu o interrompi, um tanto magoada, fechando a mão ferida em punho. Eu já acatara as sugestões do demônio em mais de uma ocasião, mas, naquele instante, parecia humilhante precisar dele para me sentir bonita. Como se ele precisasse *me resgatar* daquele poço que eu mesma cavara. Talvez fosse porque a mensagem implícita naquela ideia era de que ele estava bem enquanto eu estava mal. E eu não queria que ele pensasse nada do tipo. Então aprumei os ombros e menti: — Estou mais do que em condições de cuidar de mim, pare de ser condescendente. Quando vier me buscar no dia da festa, até mesmo você ficará sem palavras.

Os olhos dele pareceram se iluminar por um momento.

— Ah, disso não tenho dúvidas — ele sibilou, provocante e triste, e senti minhas bochechas esquentando.

Ficamos nos encarando por mais alguns segundos antes que ele quebrasse o encanto e desse uma desculpa qualquer para ir embora. Despedi-me dele com palavras secas.

— Não se esqueça de escolher uma arma — foi a última recomendação enigmática que o demônio me ofereceu antes de se virar para as escadas.

Depois que Tolú foi embora, corri para vomitar outra vez no banheiro, cuspindo uma bile viscosa e escura com cheiro de sangue que me deixava completamente zonza. Sentada no chão de ladrilhos, corri as mãos pelo rosto, desesperada.

Eu não tinha a menor ideia de como enfrentaria aquela festa ou em que estado Tolú me encontraria.

A noite prometia chuva. Antes de dormir, enrolei-me num robe e recolhi a roupa lavada de Rosalinda no varal do pátio. Eu poderia deixá-la em uma cesta para entregar apenas na manhã seguinte, mas, antes que eu pudesse impedir meus pés, já estava batendo à porta com todas as peças dobradas entre os braços.

Quando Rosalinda girou a maçaneta, fui agraciada por uma visão que eu não sabia estar esperando tanto. Antúrio estava sentado no sofá da sala, ainda encurvado e debilitado, mas vivo e consciente como havia muito não presenciávamos.

— Aí está você — ele sorriu, a voz saindo pastosa.

Virei-me para encarar Rosalinda, ainda atônita, e percebi por trás de seus olhos mortos um brilho de esperança que não estava ali nos últimos dias. Um pedaço cansado e encolhido de meu próprio espírito alegrou-se como se banhado por uma nesga repentina de sol.

— Venha, vamos guardar isso. — Ela tomou o cesto de minhas mãos. Eu a segui sem questionar. Ainda estava apreciando o fato de ver Antúrio fora da cama e Rosalinda me dirigindo mais do que apenas uma palavra por vez. Meio que por instinto e um sussurro da magia, percebi que era chegada a hora, que ela colocaria para fora o que vinha guardando. Uma expectativa preencheu meu estômago, provocando náuseas, espalhando adrenalina.

O quarto que Rosalinda dividia com o namorado permanecia uma bagunça, os lençóis revirados e o colchão afundado no lado em que Antúrio costumava ficar deitado. A mesinha de cabeceira continha apenas esparadrapo e gaze melada de sangue junto com algum remédio amarelo. Ainda assim, a cama desocupada parecia uma imagem bem-vinda, uma novidade. Uma promessa.

Rosalinda largou o cesto sobre o colchão e foi se sentar na beirada da cama. Devagar, puxei para mim a cadeira que repousava debaixo da janela.

Nós duas nos olhamos, um pouco sem jeito, uma amizade enferrujada pela falta de prática. Tanto havia acontecido. O quanto estaríamos mudadas?

Ela suspirou, puxando o ar com força em um movimento amplo para depois exalar devagar, com alívio. Eu podia jurar ter visto seus ombros relaxando como se libertados de um fardo enorme.

— Achei que ele fosse morrer — ela falou em um ímpeto. Depois olhou em meu rosto e balançou a cabeça, como se para confirmar o que havia dito. — Achei que nunca mais conseguiria me sentir feliz de novo.

Era curioso estar tão errada. Por muito tempo, sempre acreditei ser Antúrio o mais apaixonado dos dois. Temia que Rosalinda pudesse partir o coração daquele homem gigante, que não apreciasse o que recebera nas mãos. E, durante aquele tempo todo, ela sabia. Entendia a sorte que tinha, ainda que não demonstrasse tão abertamente. Talvez Antúrio tivesse percebido, lendo a verdade por trás de suas frases espirituosas, de seus olhos alegres. Rosalinda o amava apesar de tudo, por inteiro. Só eu não tinha percebido. Só eu hesitava.

— Você vai ser feliz de novo — afirmei, mais um pedido que uma certeza, mas me agarrei ao pensamento de que ao menos Floriano estava morto e a Flor de Lótus dera um jeito de nos livrar dos oficiais.

Ela me ofereceu um sorriso cansado, correndo a mão pela roupa de cama, tentando eliminar os vincos.

— Quando Antúrio estiver recuperado, preciso arrumar um trabalho novo.

— Por quê? — estranhei. — Não vai voltar para a Pimpinella?

Rosalinda deixou uma risada amarga escapar pelo nariz.

— Não sei se tenho para onde voltar. Quando fui pedir uma licença para cuidar de Antúrio, Pimpinella me chamou de Rosana e disse que não podia se dar ao luxo de perder uma assistente nessa época do ano. Ela me mandou "pensar bem em minhas prioridades".

Foi minha vez de balançar a cabeça, incrédula. Rosalinda deu de ombros.

— Imagino que também não estejam esperando Antúrio de braços abertos, então...

— Não, não é possível... Eu não vou deixar. Posso pegar minhas economias, posso dividir o meu salário e... — Lembrei das notas de dinheiro que eu guardava por trás da cômoda do quarto, de como Tolú gastara cada uma delas a fim de realizar o plano. Eu apostara todas as minhas fichas em uma vingança pessoal, e agora meus amigos estavam sendo penalizados. Os mesmos amigos que eu, egoísta, arrastara para a bagunça completa que era a minha vida. — Eu posso...

Rosalinda me encarava com as sobrancelhas erguidas, o gesto de quem sabe que está ouvindo o impossível. Eu não tinha como ressarci-la pelos meus crimes. Não para sempre. Mesmo com minhas economias, ela e Antúrio teriam de começar tudo de novo, sozinhos. Talvez fosse para isso que ela me arrastara até ali, longe do namorado. Ela sabia sobre Tolú, juntara as peças e entendera que eu era culpada por tudo aquilo. E talvez quisesse apresentar meus erros um a um e me dar a chance de responder por eles.

Senti um caroço se formar na garganta, e minha vista ficou embaçada. Tentei engolir o choro, mas ele vinha em ondas, subindo e subindo, até que a primeira lágrima desceu rolando e levou com ela todo o meu controle.

— Me perdoe — supliquei, inclinando-me para segurar as mãos de Rosalinda. — Eu sinto muito. É tudo minha culpa, é...

Ela puxou as mãos em um gesto brusco, o suficiente para me fazer calar a boca.

— Por que está me pedindo perdão, Amarílis?

Rosalinda parecia impaciente, quase raivosa. Fiquei imóvel por um instante, as mãos ainda em concha segurando um espaço vazio. Aquela não era a reação que eu estava esperando. De repente, ela deu risada. Riu olhando para o teto, balançando a cabeça como se não pudesse acreditar no que via. Eu estava ainda mais confusa.

— É claro que você acha que é tudo culpa sua — ela falou com um tom mal-humorado diante da minha perplexidade. — É claro que daria um jeito de tudo isso ser sobre você. Bem previsível.

— Rosalinda? — perguntei, em um apelo para que me explicasse, mas ela continuava me encarando como se me achasse alguém obtusa demais para não perceber algo que estava bem diante do nariz.

— Ora, Amarílis — ela reclamou, cansada. — Acha mesmo que toda essa situação que estamos vivendo é culpa sua ou do seu amigo bonitão, seja lá que tipo de coisa ele seja?

Certo, ela vira o demônio. Ao menos uma carta estava sobre a mesa.

— Tolú não é uma ameaça, posso garantir que...

— Você ouviu alguma coisa do que eu disse? — Rosalinda me interrompeu. — Eu não estou nem um pouco preocupada com a porcaria do seu sócio, a quem por sinal provavelmente devo a minha vida e a de Antúrio. Acha mesmo que, depois de todos esses anos morando do outro lado da sua porta, nós não percebemos o que você é? Os seus dons? — Ela voltou a expressar raiva quando arregalei os olhos. — Nós *escolhemos* nunca contar, nunca denunciar. Somos os seus amigos. Mas é bom saber que, além de me esconder as coisas, você também subestima a minha inteligência...

— Eu não podia contar! — tentei me defender. — Essa coisa é... perigosa demais. E é minha responsabilidade. Passei a vida inteira escondendo quem eu era para sobreviver, e se algo nos dons da minha mãe pusesse vocês em risco, eu não me perdoaria e...

Rosalinda esfregou os olhos com impaciência. De repente, eu estava me sentindo mesmo burra.

— Não é você quem nos causa problemas, Amarílis. São eles. — Ela gesticulou na direção de um conjunto de pessoas imaginárias para além da janela do quarto. — *Eles*. A República sempre fez vista grossa para qualquer crime que lhe fosse conveniente. Somos apenas nós que não podemos ter nada, nunca, você não entende? Já viu algum figurão ser punido? Acha mesmo que somos tratados iguais? Sempre achei que, se eu trabalhasse muito, com muita vontade e dedicação, eu poderia chegar em algum lugar. Mas sabe qual a grande ironia de as secretárias de Pimpinella serem chamadas de abelhinhas? É que, no fundo, somos operárias como todas as outras. Para se tornar rainha de uma colmeia, Amarílis, é preciso nascer princesa. É preciso receber a melhor comida e uma infinidade de mordomias. — Ela fez uma pausa para correr as mãos no rosto, contendo uma exclamação frustrada. — Ela não sabia nem o meu nome! Depois de todos esses anos, depois de aparecer na frente dela com um hematoma na testa... ela não sabia o meu nome.

230

Engoli em seco, compartilhando daquela dor. Mas Rosalinda ainda precisava despejar mais coisas, e eu me sentia na obrigação de recebê-las com a mesma paciência com que as pedras do porto seguravam as ondas na arrebentação.

— É assim que eles nos querem, percebe? — Rosalinda bateu com o dedo indicador na lateral da cabeça. — Mansos. Com medo. E eu estou cansada. Achei que podia jogar segundo as regras e ser tão boa no jogo que um dia reconheceriam meu mérito. Que um dia eu furaria a bolha. Mas é tudo mentira. Percebi nos olhos daquele homem com o cassetete, no jeito como caminhou para cima de nós... Somos lixo, menos que pessoas, pouco mais que ratos. Eu não quero mais fingir.

— Odeio ver você assim... — murmurei, porque não tinha como dizer que Rosalinda estava errada. Mas ainda assim doía. Ainda era uma realidade horrível de admitir. Eu sabia o quanto aquele sonho importava para ela.

— Sabe por que demorei para conversar com você? — Rosalinda ergueu as sobrancelhas, franca de repente, quase cruel, como se parte dela estivesse satisfeita em notar meu desconforto. — Porque, enquanto Antúrio não se recuperasse, eu sabia que não conseguiria conter a mágoa que eu trazia no peito, a vontade de destruir tudo e todos com as minhas mãos. Eu não a culparia pelo que aconteceu, Amarílis, mas nunca a perdoaria por não fazer nada a respeito. Eu não posso fazer nada. Não sou especial, não tenho esses tais *dons* de que você fala. Sou obrigada a engolir tudo o que a República me enfia goela abaixo e continuar sorrindo, trabalhando, servindo. Mas você é diferente. Sei que tem um plano com esse Tolú, sei que a história de uma sociedade com a Pimpinella é só uma fachada. — Ela voltou a se empertigar, a coluna absolutamente reta. — Você tem o poder, Amarílis. Não o usar porque é covarde demais para se olhar no espelho e perceber que é uma pessoa diferente da sua mãe é cuspir na cara de todos nós. Você fica aí sofrendo, com pena de si mesma, e esquece que nem tudo que acontece no mundo gira em torno do seu umbigo. Você não causou nada do que aconteceu conosco. Nada. Mas você podia ter impedido, se ao menos *tivesse coragem de tentar*. É isso que eu... que eu não consigo...

Ela tapou o rosto com as mãos para esconder o choro, tremendo em soluços. As palavras dela me atingiram com uma força maior do que o previsto. Não estava acostumada a ouvir aquele tom na voz de Rosalinda, e senti meus olhos se enchendo com lágrimas, sem nem saber explicar direito por quais motivos estava chorando. Eram tantos...

Devagar, como se cada movimento custasse muito, saí da cadeira e fui me sentar ao lado dela no colchão.

— Desculpe. Por favor, Rosalinda. Também não quero mais fingir para você. Diga o que eu posso fazer para que me perdoe.

Rosalinda fungou.

— Já disse que não quero suas desculpas. Mas você pode começar me contando a sua história. De *verdade*, dessa vez.

E foi o que eu fiz.

— Certo, isso é um pouco mais do que eu imaginava...

Rosalinda mirava o vazio à frente com olhos vidrados, os braços pendendo sobre o colo, tentando digerir o que ouvira.

Ao lado dela, subi as pernas para abraçar os joelhos, encolhendo o corpo. Contar minha própria história, assim de uma só vez, do início ao fim, era contemplar o tamanho dolorido de toda aquela bagunça. Era quase uma dor física.

— E o seu irmão? — Rosalinda virou o rosto para mim, atônita. Ainda havia lágrimas em suas bochechas.

— Não tenho irmão — respondi. — Já tive um dia, não tenho mais. O general o levou de mim.

— Mas o menino não tem culpa...

— E é por isso que não vou envolver Jacinto em nada disso — falei depressa, porque aquele assunto estava fora de questão. — Ele vai continuar sem saber de onde veio ou mesmo que eu existo, e vai seguir vivendo como um príncipe. A única coisa que pretendo tirar do garoto é aquele pai nojento que ele arrumou e que vai ser muito mais útil morto do que vivo.

Rosalinda remoeu a resposta, correndo uma unha com vestígios de esmalte descascado pelos lábios.

— Então você vai mesmo matar o general. — Ela disse aquilo em um tom pesado, quase como um mau presságio, uma sina. Temi que estivesse com medo.

232

— Não tenho certeza, mas... — Suspirei enquanto balançava a cabeça. — Eu só espero que você não esteja me achando um monstro.

Para minha surpresa, Rosalinda soltou uma risada amarga pelo nariz.

— Eu não me importo nadinha, Amarílis. Nada mesmo. Se você tem os meios para fazer esse desgraçado sofrer, seria uma idiota por não os usar. Esse homem pisaria em nós duas por muito menos.

— É, mas se as coisas derem errado, vocês...

Ela me interrompeu com um gesto.

— E daí se as coisas derem errado, sabe? — Rosalinda indicou o quarto, a cama ainda afundada de um lado. — As coisas parecem estar às mil maravilhas para você? Essa vida é suficiente? É o que devemos desejar para a nossa velhice? Ora, por favor, Amarílis. Se está preocupada comigo e com Antúrio, então não saia presumindo o que é melhor para nós. *Pergunte*.

Um novo soluço chacoalhou meu corpo, subindo em uma onda de alívio e vergonha. *Pergunte*. Aquela palavra tinha poder. Trazia memórias.

— O que você gostaria que eu fizesse? — perguntei baixinho, os lábios tremendo.

Rosalinda sorriu. Também chorava.

— Gostaria que abrisse as suas asas, Amarílis, que saísse da crisálida. E eu estaria bem aqui para assistir ao mundo queimar. Aplaudindo, até.

— Não sou uma borboleta — comentei.

Ela riu.

— Não, não é. Poucas pessoas em Fragária o são.

Ficamos em silêncio por um tempo, Rosalinda passando a mão de um lado para o outro na roupa de cama enquanto eu brincava com os botões da saia xadrez, a cabeça baixa. A conversa ainda ecoava em minha mente, cada frase repetida à exaustão na memória, cada palavra ferindo como um tapa e acalentando como um beijo.

Ela estava certa, não estava? Eu era covarde. Eu flertava com o abismo e sempre recuava ao chegar na beirada. Achava que estava me arriscando, mas aquilo era apenas brincar a uma distância segura, atirar um graveto ao fogo e vê-lo estalar sob as chamas. Vivia em um limbo, sempre me restringindo por medo. Medo de machucar os outros, medo de sofrer como minha mãe sofrera, medo de ser usada, medo de cometer erros. Mas Rosalinda tinha razão: eu não era feliz, não fazia aquilo por realmente acreditar ser a melhor opção. Achava que era a única. Então eu permanecia inerte, no conforto de deixar que a maré do mundo me levasse, uma folha seca balançando na correnteza. Porque assim eu nunca seria culpada de nada.

Eu recuara ao ver a verdadeira forma de Tolú porque ela era uma quebra da normalidade, um ponto fora da curva naquela existência estéril e engaiolada que eu arquitetara. Era o salto no abismo. Se eu me acostumasse com aquilo, se eu o aceitasse e o acolhesse em minhas entranhas, eu jamais conseguiria voltar a ser uma ninguém. Rosalinda tinha razão. Eu podia mudar as coisas. Ou pelo menos fazer com que as pessoas que me machucaram sofressem. Se não tentasse nada, homens como Narciso continuariam a levar suas vidas perfeitas com seus filhos perfeitos. Dormiriam tranquilos à noite.

Um ímpeto de energia retornou, como se estivesse dormindo aquele tempo todo, esperando por uma chance de me lembrar o que eu tinha sentido no dia em que invocara Tolú. Aquela *vontade*, tão poderosa que fora capaz de comandar minha magia sem qualquer treinamento, com punhos de ferro.

— Seu amigo esteve aqui outro dia — Rosalinda comentou de repente, talvez sentindo minha mudança. — Tolú. Perguntou do que estávamos precisando.

É claro que sim. *Ele sempre pergunta.*

— E o que você respondeu?

Rosalinda deu de ombros.

— Disse para ele terminar o que veio fazer aqui. E então dividir os louros conosco — ela sorriu. Por um instante, assumiu seu antigo ar coquete, inclinando a cabeça para falar: — Não gosto de me envolver com os assuntos de Antúrio, mas não sou avessa a tomar dos ricos.

Balancei a cabeça em concordância, limpando as últimas lágrimas. Tudo bem, o plano precisaria continuar. Eu precisava ser forte, corajosa. E eu precisava de um primeiro passo simples para me colocar em movimento após tanta inércia.

— Tenho de arrumar uma fantasia para o baile de carnaval de Pimpinella. Tolú conseguiu convites, e é importante que eu saiba me destacar no meio dos convidados.

Rosalinda assentiu e pôs a mão em meu ombro.

— Você quer ajuda?

Eu não fazia ideia do que fazer, e tinha apenas uma semana para organizar tudo. Mas sorri mesmo assim, confiante, repleta de esperança. Mesmo em meio ao ódio, minha loucura tinha espaço para o amor, e aquilo me aquecia. Eu estava com saudades daquela Rosalinda.

— Eu não conseguiria sem você.

Poucas pessoas em Fragária nasciam borboletas. Tudo bem: seríamos mariposas.

20

A metáfora acabou se provando mais verdadeira do que o esperado quando levei Rosalinda para minha casa na tarde seguinte. Ela torceu o nariz para a bagunça e o cheiro embolorado do apartamento.

— Credo, Amarílis, o que você fez com este lugar? Está parecendo um mausoléu.

Mas minha atenção seguiu em frente, atraída de imediato para a mesa da cozinha, onde, ao amanhecer, eu acordara para ver minhas crisálidas carmesins desfeitas muito antes do esperado, revelando estranhas mariposas vermelhas e pretas que se moviam e balançavam as antenas felpudas em uma busca predatória por parceiros. Eu passara muitos minutos observando-as, admirando aquela impossibilidade parida com meu sangue, girando os casulos abandonados entre os dedos. Os bichos-da-seda pareciam anatomicamente corretos, ainda que de modos estranhos e um pouco maiores, e acasalavam com voracidade em um verdadeiro frenesi de violência que fazia sentido para aqueles animais que pareciam adiantados no tempo. Não demorara quase nada até que os primeiros pares pusessem suas fileiras de ovos, pequenos rubis quase translúcidos, duros ao toque, minúsculos como os brilhantes de uma joia. Eu os havia recolhido com reverência em minhas mãos machucadas pelos cortes constantes. Naquela velocidade, quantas gerações poderiam ser feitas em questão de dias, quantos casulos eu poderia desfiar em seda? Bastava que eu tivesse sangue para alimentá-las...

Ao contrário dos bichos-da-seda convencionais, porém, aquelas mariposas não sucumbiam pacificamente após a postura. Brigavam, esperneavam e se reviravam até seus corpinhos roliços começarem a verter uma substância pegajosa e escura, uma espécie de linfa sanguinolenta que se espalhava pela mesa até secar, manchando a madeira, deixando um cheiro adocicado no ambiente. Eu havia recolhido seus corpos murchos em uma lata, e eles agora repousavam na gaveta do quarto, uma prova do que meu poder era capaz de produzir. Punhados de patas e antenas e asas inúteis em vermelho. Eu havia até selecionado uma das mariposas para prensar entre as páginas de um livro.

Sentada à mesa, as mãos nos joelhos, eu tinha esperado até o meio-dia por alguma mudança na cor dos ovos. Nos bichos-da-seda, os ovos recém-postos mudavam de cor após algum tempo, indicando a fecundação. Mas os rubis seguiram iguais, o mesmo brilho translúcido e vermelho. Eu pegara um deles, tentando amassá-lo entre os dedos. O ovo resistira feito rocha. Aquilo não podia ser um ovo, era mesmo uma pedra. Colocara-o de volta na companhia dos irmãos, intrigada e um tanto decepcionada. Se os ovos não passavam de pedras, então eu não conseguiria forjar uma segunda linhagem, apenas seguir massacrando bichos-da-seda até corrompê-los em mariposas vermelhas.

Mas então me ocorrera que a natureza daqueles animais seguia outro rumo. Eles se alimentavam das minhas entranhas, mas não era exatamente meu sangue que procuravam. Era a magia. Algum tipo de elo de poder capaz de transformar o impossível. A *fecundação* talvez significasse algo a mais naquele caso.

Ovos de rubi e mariposas meio demoníacas. Eu sorrira ao desenrolar o trapo que envolvia minha mão pela oitava vez naquela semana. Aquilo era o retrato do que eu tinha por dentro. Não uma loucura, não uma perdição, mas algo físico e tangível, um poder que de fato corria em minhas veias e alterava as coisas ao redor. Sob meu controle, finalmente, aplicado a algo que eu entendia e apreciava.

Retirara os objetos de poder de minha mãe do baú sob a cama. A agulha, o pilão, a pena e o galho seco. Espetara o dedo com a agulha. Pressionara a ferida, deixando que o sangue pingasse sobre os rubis, e os ovos haviam imediatamente sorvido o líquido, absorvendo tudo, escurecendo até parecerem quase pretos. Aquilo fizera com que eu tivesse certeza sobre a vida que abrigavam. Estavam vivos. Minhas lagartas logo nasceriam. O ciclo correria outra vez, mais rápido, cada vez mais rápido.

Por isso, quando Rosalinda entrou em meu apartamento naquela tarde, eu a levei para a cozinha. Os ovos já haviam começado a eclodir, e lagartas magras e vermelhas com espinhos nas costas começavam a se arrastar em seus movimentos de vai e vem, procurando o que comer.

Rosalinda contemplou aquela cena com uma exclamação presa na garganta, os olhos correndo depressa de um lado para o outro, das lagartas para as manchas na mesa, do curativo em minha mão para a enorme panela sob a pia, cheia de casulos cor de sangue. Mas, para o crédito de minha amiga, ela não fez perguntas ou pareceu horrorizada. Após um tempo, ela apertou minha mão em um gesto de conforto, talvez feliz por me ver compartilhando o conhecimento daquela magia, os segredos enfim expostos.

— Me diga o que fazer — ela falou.

Levei-a até a pia. Os casulos boiavam dentro da panela, embebidos em uma mistura cuidadosamente adaptada pela prática da tentativa e erro, do improviso e das conversas entreouvidas das funcionárias da sirgaria, as perguntas que eu fazia para elas entre um turno e outro, ávida por aprender.

Boa parte do segredo da seda estava na técnica para desfiar os casulos. Os bichos-da-seda costumam tecer a partir de um único fio, e as mariposas roem parte de seus invólucros ao emergir após a metamorfose, de modo que, ao permitir que os insetos adultos nascessem, minha matéria-prima era danificada. E por isso a Pimpinella seguia a sirgaria profissional, cozinhando as crisálidas e preservando os fios inteiros para serem desfiados.

Obviamente, existiam técnicas mais antigas para remendar os estragos, e era nelas que eu me apoiava. Não criaria uma seda tão refinada, e o tecido ficaria um tanto mais rústico, mas aquilo acabava servindo aos meus propósitos. Eu não queria a perfeição.

Durante o tempo em que observara aqueles ovos secando e as mariposas morrendo, eu tivera bastante tempo para refletir sobre algumas coisas. Tolú dissera que eu precisava de uma fantasia capaz de deixar general Narciso sem palavras.

Mas minha mãe não era perfeita. Não era refinada, polida e suave como as damas que costumavam frequentar os mesmos espaços que aquele homem. Não. Minha mãe era bruta como o oceano. Ela era o caos da natureza, nossas arestas e contradições, a magia entrelaçada com a mesma força que faz uma serpente devorar um filhote de pardal ainda no ninho. Feia e bela, imperfeita e imaculada. Cheia de segredos. Talvez minha mãe fizesse o general lembrar do que ele era de verdade, para além das aparências. Talvez fosse aquele tipo de coisa que a República tentava domar. A faísca de rebeldia e inovação que os fazia tremer de medo.

Era esse o fascínio, a mulher mágica que fazia suas próprias regras e o encarava com olhos de mariposa. Éramos criaturas da noite, dos cantos escuros, da floresta e não dos jardins. Cores discretas, olhos estampados em nossas costas. E eu era como ela. Precisava de minha mãe para conquistar a atenção do general que ela um dia amara. Para vingá-la.

O monstro que Tolú tentara revelar para mim mesma não estava após o abismo. Ele não era algo no qual eu podia me transformar caso não tivesse cuidado. Não, o monstro sempre esteve lá. Aqueles ovos de rubi eram prova disso, minha própria essência traduzida em vida. O que eu fazia com Tolú, a ousadia, o pisca, o sexo, eu achava que era por causa dele, mas não era. Era eu. E eu queria ser, por mim e pela primeira vez na vida, o monstro que eu era quando estava com ele.

Foi daí que veio a ideia.

Rosalinda contou os casulos boiando na panela e franziu a testa.

— Você vai precisar de muito mais do que isso para fazer alguma coisa. Quantos acha que vão ser necessários?

— Muitos.

Ela suspirou e prendeu os cachos loiros para trás.

— Certo, é melhor começar. Você quer separar um pouco desse seu sangue em um copo para não precisar ficar usando essa agulha velha toda hora? — Ela encarou meu rosto. — O quê? É um tanto perturbador, Amarílis.

— Mas você não está com medo, está? — *Chega a ser irônico fazer essa pergunta.* — E tem grandes chances de precisarmos virar umas noites fazendo isso.

Rosalinda, no entanto, voltou a apertar minha mão.

— Olhe só para você — ela disse, parte de seu antigo espírito retornando em um sorriso debochado. — Apenas algumas semanas atrás, era a nossa idosa de estimação. Agora está me convidando para noitadas regadas a coisas proibidas. Estou orgulhosa.

Nós nos encaramos por alguns segundos. E então, com uma leveza que eu jamais esperaria, senti uma gargalhada subir por meu peito e abrir caminho em minha garganta. A risada ecoou na cozinha, um som tão estranho e raro para os últimos dias. O som leve de quem finalmente se sentia em casa.

Ao longo daquela semana, noite após noite e madrugadas adentro, havíamos esticado, remendado, enrolado e tecido metros de seda vermelha. Os recortes do tecido amorfo eram leves, apenas um pouco translúcidos, com uma aparência delicada, mas resistente. A cor era incrível.

O vermelho profundo se escondia nas sombras, ficando escuro nas dobras, quase preto. Eu nunca vira um tecido tão mágico por si só.

As pontas dos meus dedos estavam tingidas de carmim. Nossas olheiras estavam escuras. Os bichos-da-seda modificados multiplicavam-se a cada geração. Não ocupavam mais apenas a cozinha, mas também a sala, o quarto e o banheiro. Eu tinha pilhas de mariposas mortas no chão de tacos do apartamento. Às vezes eu precisava varrê-las. Também precisamos conter as lagartas em caixas maiores, separadas por pequenos pedaços de cartolina. Haviam começado a comer umas às outras quando o alimento demorava a chegar, e, com tantas delas, nós havíamos precisado racionar o sangue. Meus lábios estavam pálidos.

Enquanto Rosalinda terminava de recortar os moldes, caminhei até a sala com a gravidade de quem conduz um ritual e encarei a máquina de costura cheia de poeira de minha mãe. Entre meus dedos, o item mais poderoso de seus objetos de poder: a agulha. Manchada de vermelho.

Nas atividades domésticas, em especial naquelas conduzidas por mulheres e passadas de geração em geração, minha mãe me ensinou que é preciso *merecer* o seu lugar no espaço. Provar sua competência sob o olhar atento de especialistas construídas pelo tempo, pelo suor do trabalho.

Sempre tive uma sensação parecida com a costura, e nunca senti que era digna o suficiente para me sentar diante da máquina *dela*, ocupar o lugar *dela* com meus pontos tortos e minhas costuras vazias. Ela fora minha primeira professora. De alguma forma, utilizar aquela máquina era um sinal de que eu havia feito as pazes com tudo o que ela era, defeitos e segredos, para então carregar o legado de nossa família.

Com os dedos tremendo, posicionei a agulha na máquina, devolvendo-a ao lugar que sempre pertenceu. Uma parte de minha mãe, viva, dando intenção à magia que sussurrava em nossas mentes, impregnando-a na seda e costurando o véu do mundo. Minha voz junto com a dela.

Sentei-me diante da máquina. Posicionei os recortes de algodão que usaria como forro em alguns pontos. Respirei fundo e acionei o pedal.

21

Na noite do baile, vesti a fantasia recém-costurada e deixei que Rosalinda cuidasse da minha maquiagem e cabelo. Ela deu alguns passos para trás ao terminar, levando a mão à boca com a apreciação silenciosa de um artista que finaliza uma obra-prima.

— Você está linda. Faça com que eles paguem caro, está bem? — ela sussurrou em meu ouvido, beijando-me na bochecha quando o carro alugado que Tolú enviara buzinou na rua. Guardei a navalha afiada de Antúrio em uma das reentrâncias do forro do vestido, amarrada com um laço. Em um passo decidido, atravessei a porta e rompi meu casulo.

Voar pela primeira vez dava mesmo frio na barriga.

Dessa vez, o motorista, o mesmo de antes, virou o rosto para me observar no banco de trás e arregalou os olhos.

— Boa noite — falei para ele, ajustando as saias sobre o estofamento de couro marrom, acostumando-me àquela nova versão de mim mesma.

— B-boa noite, senhorita — o homem respondeu para a mariposa vermelha.

— Conto com a sua discrição.

— É claro, senhorita.

O veículo tomou as ruas. Dentro da cabine, sorri ao observar a vista da janela. A sensação era maravilhosa.

Pimpinella morava em um casarão imponente de dois andares, com um terraço de colunas na parte de cima e jardins por todos os lados, cheios de estátuas. Imensos castiçais e postes de lâmpadas elétricas faziam o lugar inteiro reluzir mesmo à distância, formando uma espécie de cúpula de luz incrustada no coração de Fragária, extravagante e com ares de festa. Era mesmo a cara da dona.

O automóvel diminuiu a velocidade, e saquei meu convite de um dos bolsos da fantasia. As grades de bronze, encimadas por anjos tocando harpas, foram abertas para a passagem do veículo. As rodas rangeram em contato com o cascalho até pararem sob um arco de cimento caiado que fazia as vezes de marco de entrada, dando início a um caminho de lajotas de pedra que conduzia à porta da habitação. Havia um trio de músicos se apresentando ao lado do arco, recebendo os visitantes. Todos usavam roupas escuras e máscaras pretas.

Um valete uniformizado se aproximou para abrir a porta do automóvel. Respirei fundo e me alimentei de mais certeza.

Avistei Tolú de imediato, antes mesmo que o criado me oferecesse a mão para descer. Ele estava de costas, usando um terno preto, os cabelos penteados para trás com tanta goma que pareciam molhados, os riscos do pente ainda visíveis e formando sulcos entre as mechas. Não parecia, ao menos daquela posição, estar usando nenhuma fantasia significativa. Pimpinella estava bem ao lado dele, entretendo seus convidados, usando um chapéu com penas de faisão e uma máscara que afinava seu nariz até formar um bico. O vestido de corte reto e provocante imitava a padronagem de uma perdiz, bastante elegante. Ao rir, ela apoiava o rosto no ombro de Tolú e erguia a mão oposta, exibindo uma taça de champanhe. Tudo na postura dele indicava relaxamento, e as luzes da festa bruxuleavam por sua silhueta com uma elegância de fazer inveja. Ele havia nascido para aquilo, para o luxo.

Não fique nervosa dessa vez. Muito menos enciumada. Era bom que Tolú estivesse no controle das coisas. E, assim de costas, não me perceberia chegando. Seria minha vez de surpreendê-lo. Como ele dizia mesmo? Eu estava *caçando*.

Sob o arco caiado, o valete conferiu o convite e fez uma reverência, indicando o caminho até a casa.

— Tenha uma ótima noite, senhorita.

Sorri para ele, sentindo-me escorregar para dentro da personagem. Só que, dessa vez, a personagem era eu mesma.

243

— Não se preocupe, eu com certeza vou ter.

Percorri as lajotas de pedra em silêncio, devagar, tomando meu tempo. Alguns dos convidados espalhados nos jardins interrompiam suas conversas para olhar em minha direção. Ouvi os sussurros e fiquei satisfeita. Talvez estivessem tentando descobrir quem eu era, perguntando se eu parecia alguém importante e qual seria o motivo de eu ainda não conhecer nenhuma daquelas pessoas.

Quando cheguei às costas de Tolú e Pimpinella, já estava confortável em minha nova pele. Não mais lagarta, não alguém em quem a dona da fábrica poderia pisar. Dentre todos os insetos, a noite pertencia às mariposas. Pigarreei.

Pimpinella, cujos dedos passeavam pela nuca do demônio, virou o rosto em um movimento ágil, levando consigo as penas de faisão, e percebi quando seus olhos pretos e brilhantes se arregalaram sob a máscara. O sorriso dela vacilou, os lábios se separando conforme o queixo pendia.

Tolú virou logo em seguida, e esqueci Pimpinella por completo sob o peso daquele olhar. Ele havia pintado o rosto, escurecendo a região ao redor dos olhos com alguma espécie de cajal, fazendo o verde da íris quase saltar, elétrico e sobrenatural como um pecado. Grandes argolas ornavam suas orelhas, com uma corrente fina de ouro descendo da maior delas e pendendo até o ombro. Ele tinha braceletes largos e pesados nos pulsos, anéis de incontáveis pedrarias. E o sorriso... Seus olhos percorreram meu corpo, minha fantasia, do topo da cabeça aos pés. Duas vezes.

Contive o calafrio sedutor que percorreu minha coluna ao reconhecer, no sorriso de presas à mostra dele, uma pontada de admiração e outra de surpresa.

A metamorfose estava completa. A seda de sangue, macia e de cor incomparável, uma verdadeira profanação em negro e vermelho, grudava ao corpo e se abria em um decote indecente com formato de coração. A saia descia reta, mas juntava volume na cintura graças ao forro, uma torrente que lembrava o abdômen inchado dos insetos, com fendas escandalosas dos dois lados para permitir ver, conforme o movimento, punhados de minhas pernas.

244

Fora obrigada a esconder as sardas de que ele tanto gostava. De meus ombros, a seda caía para trás e arrastava no chão, duas asas translúcidas e recortadas à perfeição, as pontas unidas cada uma a um cotovelo. Ovos de rubi haviam sido costurados na peça, formando padrões e olhos vigilantes que se estendiam por minhas asas, prometendo caos, violência e paixão. Com exceção dos rubis, eu não usava joias, nada que tirasse a atenção daquelas roupas. Não precisava.

Rosalinda fizera um adorno de cabeça para mim. Penteara meus cabelos para trás, cada cacho modelado em uma confusão ordenada, como o oceano em um dia agitado. Subindo pela testa e abrindo-se nas têmporas, uma coroa vermelha espiralava, as pontas em tule imitando as antenas felpudas dos bichos-da-seda adultos. Ou quem sabe chifres.

Por um momento, era como se a festa tivesse sumido. Mordi os lábios, pintados em carmim escuro. Não importava que Tolú estivesse magoado comigo ou que tivéssemos nos separado de um jeito tão ruim. A eletricidade que corria entre nós dois era inegável, quase magnética, aquecendo meu ventre. Eu mostraria para ele. Éramos iguais agora, dois predadores espreitando entre um mar de cordeirinhos malcomportados. *Peguei você. Vamos dançar. Vamos queimar todos eles.*

— Vocês dois se conhecem? — a voz de Pimpinella pareceu soar de um lugar distante, mas me obriguei a piscar e sorrir para ela. As pontinhas das antenas felpudas balançavam sempre que eu movimentava a cabeça. Ela virou o rosto para Tolú. — Por que não me apresenta para a sua amiga?

Por sorte, Tolú era do tipo que se recuperava depressa.

— Esta é Açucena, a irmã de consideração de quem lhe falei.

Ele estendeu a mão para mim em um gesto fraternal de incentivo, o outro braço descansando nos ombros de Pimpinella. Era uma postura clara de preferência. Ele a deixava no comando e implorava silenciosamente pela benevolência dela. Para que aceitasse a irmãzinha dele em seu círculo, para que a deixasse andar com gente grande.

Aquele era o plano com o qual eu havia concordado muitas semanas antes. Mas eu não era mais aquela Amarílis. Eu me recusava a ter aquele papel, não na noite que decidiria absolutamente tudo. Naquela noite, eu gostaria de ser eu mesma.

Deixei uma risada indiscreta escapar pelo nariz. Pimpinella ergueu as sobrancelhas.

— É assim que estão chamando agora? — Peguei a taça de champanhe que Tolú segurava e roubei um gole antes de devolvê-la, então limpei a mão úmida no corpete do vestido e a estendi para a modista em um gesto firme, seguro. — A última coisa que esse infeliz pode ser considerado é meu irmão. — Pisquei para ela. — Infelizmente, tenho o coração mole para homens bonitos, a senhora com certeza entende.

— *Senhorita*. — Pimpinella retribuiu o cumprimento, visivelmente aborrecida. Alguns convidados mais próximos pareceram ficar desconfortáveis, enquanto outros sorriam, maldosos.

— Ah, peço desculpas.

Senti o olhar avaliador da mulher outra vez, buscando informações em meu rosto, tentando decifrar que tipo de tecido era aquele que eu usava e que ela não conhecia. Ao lado da modista, Tolú franzia a testa em uma tentativa silenciosa de passar uma mensagem, mas eu o ignorava. Que o plano fosse às favas, eu tinha minha própria estratégia. Pimpinella estava olhando com atenção para meu rosto desimpedido... e não me reconhecia. Anos trabalhando em sua fábrica. Se Rosalinda era Rosana, então eu apostara ser apenas um fantasma para Pimpinella. E estava certa. Eu poderia fazer o que quisesse com ela. Com todos ali.

— É uma bela fábrica a que tem, senhorita Pimpinella.

— Tolú disse que você se interessa pela alta-costura — ela comentou, voltando a bebericar da própria taça. — A sua fantasia é realmente muito bonita. Não me recordo de ver um tecido assim em toda a República. Comprou-o além-mar?

— Eu mesma fiz — informei. — Tenho uma técnica própria para trabalhar com a seda.

A modista assentiu devagar, dando o braço a torcer. Talvez não gostasse de me ter em sua casa, mas era apaixonada o suficiente pelo ofício para não desprezar um trabalho bem-feito.

— Vai fazer sucesso nesta festa, Açucena — ela disse, e sorri em agradecimento.

Virei o rosto para Tolú.

— E você? Do que diabos está fantasiado?

Ele deu de ombros.

— Sou um demônio.

— É claro que é — respondi, mal contendo uma risada. — Não sei como madame Pimpinella o suporta. Mas não se preocupe, senhorita, vou livrá-la de tamanho incômodo. — Ofereci o braço à modista. — Importa-se de me mostrar um pouco da festa? Estou ansiosa para me divertir com outras pessoas, e Tolú detesta quando não o deixo ser o centro das atenções.

Desinibida, incapaz de encarar um gracejo social sem entrar na dança, Pimpinella entrelaçou o braço ao meu.

— Ora, nisto nós concordamos, garota.

A festa prosseguiu como uma dança, um jogo ao ar livre. Sorrir para as pessoas certas, flertar, fingir admirar cada fantasia e, é claro, valsar, valsar até que todas as pessoas presentes saibam quem você é e queiram ser você, amar você, mesmo que não admitam. Até que os olhos dos músicos acompanhem seus passos e cada acorde combine com seus movimentos. Até conseguir sentir a presença do demônio mesmo à distância, pois já o enfeitiçou tanto que o olhar dele queima em sua nuca. Porque ele jurou ser melhor que vocês seguissem separados, mas não consegue evitar o próprio instinto. E você dança, dança.

Senhora Melissa elogiou meu vestido. Um tal Aranto disse jamais ter visto uma mulher tão bonita, e madame Camélia correu os dedos cheios de anéis e marcados de idade pelos ovos de rubi presos em minhas asas.

— Mas isso aqui é magnífico — ela disse, maravilhada. — Como posso fazer para comprar um tecido assim?

Ela cheirava a talco e licor sob a fantasia de colombina. Aproximei meu rosto do dela, como se aproveitando o fato de Pimpinella estar ocupada dançando com Tolú a alguns passos de distância.

— Ainda é segredo, mas estou pensando em abrir meu próprio negócio na cidade. Algo exclusivo, é claro, para poucos clientes. — Sorri com o canto da boca e fingi ajeitar um dos arranjos floridos que enfeitavam o jardim. — Mas preferia que a informação não fosse a público por enquanto. Não gostaria que Pimpinella pensasse em mim como uma adversária, principalmente em sua própria festa.

— Minha boca é um túmulo — retrucou madame Camélia, a mão no peito como se prestasse um juramento.

Mas eu sabia que, até o fim da noite, cada convidado ficaria sabendo da novidade.

General Narciso chegou manso, sem fazer muito alarde. Desacompanhado, usava, no lugar da fantasia, o uniforme completo e impecável de sempre. Ou estava fantasiado como si mesmo ou não tinha o menor senso de humor. Dado que tomava água em uma taça chique, sentado em um banco de pedra, sem falar com ninguém e observando a todos, eu estava propensa a acreditar na segunda opção. Uma pena. Se soubesse que aquela seria sua última noite respirando, talvez ele preferisse um pouco de champanhe.

— Dança comigo? — a voz de Tolú soou quente e inesperada em meu ouvido. Ocupada em observar o general, eu não tinha percebido sua aproximação.

— Sua dona o soltou da coleira? — provoquei.

Ele riu, o hálito misturado ao perfume das flores.

— Foi Pimpinella quem me mandou vir para cá. Disse que eu estava parecendo só ter olhos para uma mulher esta noite.

— Sinto muito por ter atrapalhado seu romance.

— Não vou precisar dela depois de hoje. Quando a noite terminar, não preciso mais ser personagem de ninguém. — Os olhos de Tolú, realçados pelo cajal, estavam sóbrios e controlados, mas, ainda assim, havia uma espécie de violência por baixo deles, certa melancolia de quem se depara com o fim, com a despedida. Meu coração se aqueceu em resposta, cheio de coisas a dizer, mas ele indicou com o queixo o pátio do jardim onde ocorriam as danças. — Podemos?

Assenti em um gesto mínimo e deixei que meu demônio me conduzisse para uma valsa. Era uma provocação ter o corpo dele tão colado ao meu mais uma vez, as mãos de Tolú esquentando minha pele. Tudo em mim reagia, como um incêndio alimentado pelo vento. Eu sabia que estávamos chamando atenção. Ficávamos bem juntos. Éramos invencíveis, a bem da verdade, e era tentador olhar para todas aquelas pessoas ricas e influentes e imaginá-las como nada além de vermes destinados aos nossos planos. A sensação de poder só servia para que eu desejasse ainda mais me perder no cheiro de Tolú, na condução da dança, na textura da gola da camisa que eu acariciava ao segurá-lo pela nuca. Mas... ainda não. Com sorte, se eu fizesse tudo direito, ainda teríamos muito tempo para aquele tipo de coisa.

Isso se Tolú me desse uma chance.

— Está pronta? — ele perguntou baixo contra o som dos violinos. — Logo Pimpinella vai abrir as portas do casarão e chamar os convidados para o jantar — ele explicou. — Todos vão entrar, os garçons estarão ocupados e os jardins ficarão vazios. Seu general provavelmente vai esperar que o casarão esvazie um pouco antes de jantar, então essa vai ser a sua janela. Mas não vai durar muito, então seja esperta. Vou tentar manter os outros longe.

— Certo. — Um calafrio nervoso percorreu minha coluna. Não exatamente por medo, mas pela expectativa do que estávamos prestes a fazer.

— Ei. — Tolú me girou, e ergui os olhos para ele. Parecia entender o que eu estava sentindo, e deixou um sorriso gentil transparecer. — Você não precisa fazer nada que não queira, lembra? A decisão é sua.

— Eu quero.

Ele assentiu.

— Você fez um bom trabalho com a fantasia, por falar nisso.

Sorri de lado, uma centelha de humor.

— Eu sei. E você pode só dizer de uma vez que estou bonita.

Experimentei o calor de uma risada em meu pescoço. Tolú hesitou por um momento, depois passou a língua nos lábios e me encarou de um jeito que sugeria assuntos sérios. Prendi a respiração.

— Amarílis, eu...

— Com licença. — Uma mão tocou o ombro de Tolú de leve, e ele interrompeu o ritmo da valsa para virar o rosto na direção de quem o chamava, fazendo suas argolas tilintarem com o movimento brusco, quase irritado. Um jovem de pele escura e sorriso franco estava parado atrás dele. Tínhamos sido apresentados mais cedo. Chamava-se Hortênsio, e o pai dele detinha os contratos da República para operar

249

as linhas de bonde em Fragária. A fantasia roxo-berrante não lhe favorecia muito. — A senhorita me concede a próxima dança? Não é justo que apenas um cavalheiro monopolize a moça mais bonita da festa.

— Ora, Hortênsio... — Passei dos braços de um para o outro. Tudo em meu corpo rejeitava a sensação do garoto. *Ele não se encaixa*, pensei, mas não deixei que percebesse. — Está apenas sendo gentil, não me mime tanto.

Tolú foi embora.

Esbaforida e sorridente, desabei no banco de pedra agarrada a uma garrafa de champanhe, as pernas esticadas saindo pelas fendas da saia e lembrando muito pouco a dama refinada e misteriosa de antes. O retrato da animação.

Virei para o lado e dei de cara com o rosto do homem que eu mais odiava. General Narciso me observava na outra ponta do banco, segurando uma taça vazia, a expressão um misto de surpresa e divertimento. Exatamente como eu o queria. Ao nosso redor, o jardim deserto balançava as folhas ao sabor da brisa, a melodia e os sons das conversas vindo agora do interior do casarão.

Nossa vez de dançar, general. Forcei uma risada constrangida.

— Desculpe. Sentei aqui sem nem cumprimentá-lo. O senhor deve estar me achando uma maluca.

— A senhorita está fazendo sucesso esta noite.

A voz de general Narciso era educada e franca, livre de qualquer suspeita. Um perfeito cavalheiro.

Inclinei-me para ele com um ar confidente.

— Parte de mim está lisonjeada com tanta atenção, admito, mas a outra parte continua com medo de que a qualquer momento eu vá falar alguma besteira e arruinar tudo. É bem exaustivo.

Trocamos um sorriso cúmplice. Era uma provação sorrir de forma tão sincera para ele. Meus pés clamavam para que eu me levantasse e fosse para bem longe, a adrenalina correndo pelas veias. Em vez disso, ergui o rosto para as folhas altas das palmeiras que ladeavam o banco e para o céu estrelado mais acima. Suspirei e voltei a encará-lo, piscando os olhos para transmitir inocência.

— O senhor se incomoda com a minha companhia? Apenas enquanto recupero as forças. Estava precisando de um pouco de ar.

— De modo algum, é um bom esconderijo. — Ele sorriu com simpatia e deu de ombros. — Também não estou muito animado para jantar com todas aquelas pessoas. — O general indicou a garrafa em minhas mãos. — Vejo que a senhorita garantiu um souvenir.

Escondi o rosto com a mão livre enquanto dava risada, apertando o champanhe contra o peito.

— Meu plano era não ter testemunhas.

— Prometo não contar a ninguém.

— Ah, mas não sei se posso confiar no senhor. Talvez seja melhor suborná-lo. — Pisquei de modo coquete. — Permite que eu encha sua taça em troca do seu silêncio?

— Seria um prazer. — Ele estendeu a mão tatuada. — General Narciso, ao seu dispor.

— Açucena.

O general beijou minha mão. Senti bile no estômago, e precisei conter a magia para que ela não o fizesse em pedaços com as próprias unhas.

Enchi a taça dele pela segunda vez.

General Narciso observava a iluminação amarelada do jardim. Em nosso esconderijo privado, já havíamos conversado uma dúzia de amenidades.

— O senhor ainda não me disse por que também veio se esconder aqui...

— Por favor, me chame apenas de Narciso. Chega de formalidades na minha vida. — O olhar dele vagueou até minhas antenas improvisadas, e aproveitei para enrolar um cacho de cabelo com a ponta do dedo, puxando-o para a lateral. Um gesto de minha mãe. Consegui ver o pomo de Adão do general subir e descer sob a farda. Suor começava a brotar em sua pele, mas ele recuperou depressa a compostura e sorriu. — De fato, não fui feito para salões de baile. Sempre me pareceram perda de tempo. A falta de ordem me deixa nervoso.

Mentira. A falta de ordem o atrai como nada no mundo.

251

O general passou a mão pela careca.

— Meu filho é o maior alvo das minhas manias por disciplina. O garoto já deve estar farto.

— Então o senhor tem um filho?

— Por favor, Açucena, já disse, me chame de Narciso. — Ele sorriu de lado, galante. Depois prosseguiu em um tom que deixava claro seu apreço pelo menino: — Jacinto é um ótimo garoto. A alegria da minha vida. Preferi deixar tanto ele quanto a mãe em casa. Aqui não é ambiente para eles.

— Pretende ir embora cedo?

Ele pôs a mão de lado sobre a boca para confidenciar um segredo:

— Não conte a ninguém, mas estou aqui apenas pela política da boa vizinhança.

Sorri. Na superfície, ele parecia tão inofensivo. Com um servo exemplar como aquele, quem poderia pensar mal da República?

— Fui filha única — comentei, fingindo tomar um gole de champanhe direto da garrafa. — Mas sempre quis um irmão. — Observei seu rosto em busca de algum traço de reconhecimento, mas não encontrei nada. Eu seguia invisível. A força de não ser ninguém e de ser tudo ao mesmo tempo. Estalei os lábios. — Conte mais sobre o seu menino. Você parece ser um ótimo pai.

General Narciso ficou contente com aquele elogio ao próprio ego, acompanhando com uma satisfação indolente enquanto eu sorvia um novo gole da garrafa, os olhos grudados em minha boca pintada de carmim. Não demorou para que ele se animasse em relatar os pequenos incidentes de sua vida doméstica, sempre enaltecendo todas as qualidades do filho e lamentando pela saúde frágil da esposa. Enquanto isso, eu fingia interesse e voltava a lhe encher o copo.

O álcool soltava sua língua. Depois de algumas taças, conversávamos quase como velhos amigos, e ele me contava sobre suas viagens, as dificuldades de administrar os oficiais pelos quais era responsável e toda a frustração de manter em ordem um casamento em que nunca houvera amor. Ele também deixava claro seguir um código de ética bastante estrito, e se preocupava em ceder ao filho um legado de trabalho honesto e de acordo com as leis.

Para alguém que não o conhecesse, Narciso pareceria um homem fácil de se conviver e gostar. Ele acordava todos os dias, cumpria seus compromissos e retornava para casa como um marido exemplar e pai dedicado, devotado à família e livre de vícios, atormentado por uma companheira que claramente não se esforçava o bastante para retribuir a bênção de ser sua esposa. O filho o considerava um herói. Os amigos o consideravam um camarada de extrema confiança, e a República, é claro, podia contar com ele em qualquer eventualidade. Se a visão das chaves cruzadas em sua mão, segurando a taça, não fosse um lembrete tão nítido do verme que realmente era, eu poderia ter ficado balançada, temendo cometer um erro.

Mas eu o conhecia. Eu sabia o que havia por baixo de toda aquela fineza. Uma mulher caída no chão da cozinha, amarrada, gritando por seu bebê enquanto a primogênita se agachava aos soluços a seu lado. Reconsiderei minha opinião sobre a roupa que o general escolhera. Na verdade, Narciso estava fantasiado. Aquela farda era seu disfarce derradeiro.

— E então eu o procurei pela tarde inteira, até descobrir que Jacinto continuava aquele tempo todo embaixo da cama!

Obriguei-me a rir de sua história sem importância, fingindo estar embevecida pelas qualidades do homem. Com o cotovelo no encosto do banco de pedra, apoiei a cabeça em uma mão para olhá-lo de lado, o mais íntima que pude. Suspirei.

— Seu filho parece um garoto de sorte por ter você. Sua esposa também. É uma pena que ela não reconheça isso.

Ele engoliu em seco, os olhos adquirindo aquela qualidade anuviada do desejo. Inclinei-me para perto.

— Nunca pensou em ter mais filhos?

Narciso suspirou, a expressão atravessada por uma pontada repentina de mágoa e assuntos mal resolvidos.

— Minha esposa tem dificuldades para conceber. Tentamos muito, fomos a vários médicos, mas é preciso aceitar as coisas como são. Jacinto foi um milagre, ninguém acreditou quando aconteceu, estávamos no meio de uma viagem diplomática fora de Fragária... Mas agradecemos por isso todos os dias.

Sorri para a mentira com uma gentileza apiedada. Eu não conhecia a esposa do general, mas sentia pena daquela mulher miserável atrelada a um monstro. Eu queria correr as unhas pelo rosto dele e arrancar a carne até os ossos. Queria gritar, queria furar seus olhos e lembrá-lo de quem Jacinto era filho. Mas sorri. E, com bile subindo pela garganta, coloquei minha mão sobre a dele, meus dedos tocando o contorno horrendo das chaves em sua pele.

— É mesmo uma pena. Mais champanhe?

Narciso passou a língua por dentro da taça, sorvendo as últimas gotas da bebida. Sua careca estava vermelha e pontilhada de suor, os olhos azuis rodeados por pequenos vasos que lhe acentuavam as rugas.

Ele me observou com atenção por um momento, a expressão intrigada e distante de quem revira memórias.

— Você parece alguém que conheci certa vez, borboleta...

Tentei me mostrar desconcertada na medida certa, pois aquela era uma estrada sinuosa. Seria útil que as semelhanças pudessem ajudar Narciso a se sentir tentado, mas eu também corria o risco de vê-lo conectar os pontos e descobrir o quanto estava próximo da verdade. Com sorte, o champanhe ajudaria. A voz dele já estava pastosa. O general não era acostumado a beber ou baixar a guarda.

— Uma mulher? — perguntei.

Ele confirmou com a cabeça.

— Um grande amor. — Devagar, Narciso apoiou um braço no banco e se arrastou para o lado, chegando mais perto.

Contive o asco enquanto seus olhos percorriam meu rosto.

— O que aconteceu? — Era um milagre que minha voz continuasse tão firme, e por isso deixei escapar apenas uma nota de nervosismo para dar mais credibilidade ao papel.

Ele inalou meu hálito com inegável prazer.

— Ela era... *incompatível* com o que se esperava de mim. Escolhi o dever acima do amor, e tive de deixá-la para trás.

Canalha. Você a largou para morrer, arrancou o filho recém-nascido de seus braços.

— Sente falta dela?

— Todos os dias.

Eu também. Gostaria de poder esquecê-la. Mas, graças a você, ela é um fardo que carregamos juntos, não é?

Segurei o silêncio ao máximo, deixando que ele construísse a tensão, que fizesse alguma bobagem e ficasse vulnerável. Eu não tinha muito tempo até o fim do jantar e precisava agir. O queixo do general tremeu. Ele fez menção de acariciar minha bochecha, seu rosto inteiro vindo para frente, tentando experimentar minha boca.

Joguei a cabeça para trás e apertei as mãos no colo, o nojo sendo disfarçado em um gesto pudico. Narciso se retesou no mesmo instante. Pareceu envergonhado.

— Ora, perdoe-me, Açucena. Eu não sei o que me deu... Eu... Mil desculpas...

— Não, não é isso — apressei-me em falar, e aquele tom encabulado encaixava tão bem em minha língua que eu parecia mesmo uma mocinha assustada.

Eu sabia o que ele queria ouvir. O que homens como ele gostavam de ouvir. Nunca eram culpados, nunca cometiam erros. Eram só *vítimas* de tentações muito maiores do que suas capacidades humanas. Tentações que precisavam ser expurgadas e eliminadas da existência. Controladas e colocadas em gaiolas. Baderna. Desordem. Mulheres mágicas com peles cobertas de sal.

E como seria bom brincar com ele, vê-lo caminhar pé ante pé rumo à ruína. Ele se tinha em tão alta conta que sequer desconfiava da mocinha bonita que escapara da festa apenas para lhe dar atenção. Narciso seria apenas um ratinho entre minhas garras, e, de repente, eu estava ansiosa por isso.

Meu rosto assumiu o mais compreensivo e benevolente dos ares.

— Está tudo bem, não precisa se desculpar. Essas coisas acontecem. A culpa não é sua. Você é um bom homem. — Ele relaxou ao ouvir aquilo, metade lascívia, metade um garotinho buscando aprovação. Mordi os lábios, tentando fisgá-lo pelo desejo. — Só não... Não aqui... Você é casado. E as pessoas...

O general concordou com a cabeça, indulgente, acreditando sem reservas no que eu dizia. Em sua mente acostumada ao poder e às bajulações, parecia inconcebível que eu *não fosse* recíproca àquele

255

sentimento tão nobre, a um homem tão importante. É *claro* que eu o queria com a mesma ardência, e nada contrário passava por sua cabeça cheia de vento. Eu poderia rir se não estivesse tão cheia de ódio.

— Venha, vamos para algum lugar mais privado.

Deixei que Narciso me conduzisse pela mão até os fundos da propriedade, acariciando meus dedos, e deixei que percebesse meus batimentos acelerados, meu nervosismo. Que interpretasse tudo aquilo como o calor da excitação.

Nos jardins que davam para a parte de trás da casa, as sebes eram mais altas e mais selvagens, tendo a função de servir como pano de fundo para a paisagem da residência, escondendo o terreno vizinho após o muro. As paredes externas do casarão eram adornadas com arcos e colunas, criando recônditos cobertos de musgo sob o terraço do segundo andar, deserto no momento. Ainda havia iluminação suficiente para enxergar com clareza, mas as luzes elétricas rareavam, criando, entre as colunas, uma penumbra perfeita para os apaixonados.

Narciso me empurrou contra a parede fria da construção. Estava transformado. Não sobrara nada do homem civilizado cheio de cortesias de minutos atrás. Agora ele tinha o rosto e a fome que eu conhecia. Enquanto tentava chegar mais perto, afastando os volumes da minha saia para o lado, enfiando as mãos pelas fendas e tentando se posicionar entre minhas pernas, eu podia enxergar a situação pelo que realmente era. Eu era de novo a menina trancada no armário. E ele era de novo o homem que machucaria minha mãe e marcaria minha família para sempre. Ele tinha cheiro de colônia, bebida e morte.

Só que agora eu não era mais uma menina. Eu era o dobro do que jamais fora.

Quando general Narciso segurou meu queixo a fim de me puxar para um beijo, ele sentiu uma lâmina fria pressionada contra o pescoço. O general congelou no ato, imóvel feito uma estátua. Baixou os olhos para a pequena navalha prateada que eu segurava, tão inocente e discreta por dentro do vestido que passara despercebida.

— Está querendo brincar? — ele perguntou, não amedrontado, mas apenas mais excitado. Achava que eu não fazia a sério, porque também era inconcebível para ele que alguém tão delicada pudesse

256

lhe representar de fato algum perigo. — É desse tipo de coisa que você gosta?

Sorri para o contraste de lâmina e garganta, meus músculos retesados sob todo aquele poder. Um mínimo gesto e eu mudaria tudo para sempre.

Narciso pareceu notar a mudança. Ele tentou retroceder para longe da navalha, mas foi interrompido quando uma silhueta escura brotou de trás de uma das sebes e se posicionou às costas do general.

Havia um demônio atrás dele. Pela posição do braço de Tolú, ele também segurava uma lâmina, talvez pressionada contra a casaca azul do general. Narciso devia ter seguido o mesmo raciocínio, porque arregalou os olhos e ergueu as mãos em um gesto pacificador.

— Vamos todos ficar calmos e... — ele disse.

— Ah, eu estou bastante calmo — respondeu o demônio. — Apenas obedeça à moça, está bem?

General Narciso não entendia o que estava acontecendo, mas começava a ceder ao medo.

— O que querem de mim? D-dinheiro? É dinheiro o problema?

— Isso não é um assalto — comentei, gelada, embora fervesse por dentro. — Vim aqui para acertar as contas com você.

A testa dele ficou enrugada.

— Contas? Açucena, não tenho nada para... — Ele tentou se virar para Tolú. — O que ela...?

— Seu assunto é comigo — falei. — E se você tentar gritar — acrescentei depressa, vendo que ele procurava com alguma esperança pelas janelas do casarão —, então será a última coisa que vai fazer em vida. Meu nome é Amarílis. Você me conheceu muitos anos atrás, quando eu ainda era menina, na noite em que roubou uma criança e destruiu o coração desse seu tal grande amor. Você se lembra?

Enquanto eu falava, a cada palavra, podia ver o terror da compreensão se infiltrando nos olhos do homem, sua boca pendendo, o pomo de Adão subindo e descendo contra a pressão da navalha.

— Quem... quem você...?

— Fiquei bem parecida com ela, não acha?

— Você é a filha de Dália — ele completou com assombro, a voz mal passando de um sussurro.

257

— E você é o homem que a matou. Hoje, você vai pagar por isso, general.

Aumentei a pressão da lâmina apenas um pouco, vendo brotar a primeira gota de vermelho em seu pescoço. Narciso soltou um pequeno ganido e ergueu as mãos ainda mais alto em rendição.

— Não precisa fazer isso, menina. Existem outras formas de resolver as coisas! Posso compensá-la, posso...

— Não estou interessada.

— Mas, mas... eu amava a sua mãe!

Acabei dando risada.

— É mesmo?

— Eu sabia o que Dália era — ele tentou se explicar. — Eu sabia que ela escondia você porque não queria que eu descobrisse que a filha havia puxado à mãe. Mas eu nunca a denunciei, nunca! Pelo contrário. Se eu não tivesse acobertado tanto Dália, ela já estaria presa e morta muito antes de Jacinto nascer!

— Devo ser grata a você, então? É isso? — Coloquei ainda mais força na navalha, e ouvi quando Tolú estalou o pescoço para um lado e para o outro. Eu sabia o quanto aquele cenário de tensão era inebriante para ele.

— Escute, escute... — Narciso implorou. — Admito que não lidei muito bem com a situação, que deveria ter feito mais por sua mãe. Fiquei triste quando soube da morte dela, juro. Mas posso compensá-la, posso...

— Você destruiu a minha família.

— Mas você precisa entender o meu lado! É uma pena que as coisas tenham terminado assim, e adoraria ser capaz de mudar o passado, mas o que eu poderia fazer contra a República? Eu só estava cumprindo meu dever, entende? Não tenho nada contra gente do seu tipo. Mas era eu ou eles. Se descobrissem sobre Jacinto, minha vida estaria arruinada!

— É assim que consegue dormir à noite, general? É assim que justifica uma vida inteira manchada em sangue? — Minha voz subiu de tom, o ódio aflorando por todos os poros.

— Estamos ficando sem tempo — Tolú comentou baixo, os olhos voltados para o terraço no segundo andar do casarão.

258

— Por favor, sou um pai de família — ele implorou. — Dei tudo para Jacinto, garanti que levasse uma vida mais fácil que a de todos nós, que não desenvolvesse nenhum traço de magia para colocá-lo em apuros. Fiz dele um menino normal. Amado, acolhido...

O pânico deixava a voz dele vulnerável. Se eu quisesse, sabia que podia fazê-lo chorar de joelhos como uma criancinha. A sensação era deliciosa. Inebriante. Eu queria que aquele momento durasse ao máximo.

— Você roubou o meu irmão.

Um burburinho distante começou a tomar forma acima de nós. As portas duplas para o terraço deviam ter sido abertas após o jantar. A penumbra e a vegetação do jardim proviam alguma cobertura, mas qualquer pessoa debruçada no balcão do segundo andar obteria uma visão privilegiada daquela cena.

— Logo teremos plateia — o demônio insistiu com uma expressão de urgência. — Precisa decidir.

General Narciso ficou desesperado.

— Não! Jacinto é meu filho também. Pense... — Ele se engasgou contra a navalha. — Pense na vida maravilhosa que dei a ele. Pense em como ele vai sofrer se eu...

— Cale a boca. Graças a você, Jacinto não passa de um estranho para mim. Não poderia me importar menos. O que deixo para ele se você morrer? Uma grande herança? Ótimo, já é muito mais do que eu recebi.

Narciso corria os olhos de um lado para o outro, buscando desesperado por algo, *qualquer coisa*, que pudesse usar para me comover. Abaixo da cintura, uma mancha ácida e fedorenta se infiltrou pelo tecido da calça conforme ele perdia o controle sobre a bexiga. A certeza da morte ia lentamente se assentando na mente do general.

Tolú continuava imóvel, e eu sabia que não mexeria um dedo além daquilo, mesmo com os convidados da festa prestes a retornar. Se eu quisesse deixar Narciso ir embora, ele não questionaria. Mas eu sentia seu olhar cravado em meu rosto, esperando.

— Por favor... — o general tentou uma última abordagem, lágrimas correndo pelo rosto vermelho. — Você não vai vingar a morte de sua mãe com mais violência. Escolha o caminho da civilidade. Não há bem que se sustente no mal. Eu sei disso.

Ouvindo aquelas súplicas, investiguei meus sentimentos em busca de alguma compaixão. Algum medo ou arrependimento. Não encontrei nada. Narciso também carregava um monstro dentro de si, mas de um tipo diferente e perigoso, dissimulado, camuflado e viciado em poder. Aquele monstro devoraria tudo se pudesse, se eu desse as costas para ele. Tomaria tudo. A suposta civilidade de uma República fundada em sangue inocente sempre o favoreceria. E a loucura, que sempre enxerguei em minha mãe, eu agora reconhecia nele, em sua visão mesquinha sobre a vida. Ele a enlouquecera. Eu estava lúcida.

— As pessoas vão chegar a qualquer momento — ele choramingou. — Se fizer isso, será pega. Vai estragar a sua vida.

Sorri para ele.

— Uma vez, ouvi você chamar minha mãe de louca... Sabe qual a melhor parte? Puxei a ela.

Como se possível, o general ficou ainda mais branco. Meu tom de voz não deixava dúvidas; para ele, eu soava mesmo como uma mente insana. Uma bruxa. E então ele foi capaz de ver, porque assim eu quis. Faíscas de luz estalaram ao nosso redor, minha magia reunida em expectativa, pronta para trabalhar quando fosse necessária. Enfim liberta, percorrendo meu corpo e o dele por inteiro, dizendo com uma clareza cristalina: *estamos com fome, sempre com fome*. Desfazendo a realidade do general como o novelo de mentiras que era. Narciso chutou e se debateu, mas Tolú o prendeu com firmeza, segurando os braços do homem para trás, mal registrando os movimentos do general, a atenção toda em mim.

Senti-me inesperadamente calma.

Cheguei bem perto de Narciso e olhei para ele com meu rosto de mariposa.

— Lembre-se dos meus olhos. Lembre-se de que fui eu quem o mandou para o inferno.

No fim, ele tentou gritar. Mas a magia fechou sua garganta e a faca correu em um sorriso vermelho, a carne cedendo com mais facilidade do que eu esperava, rasgando em um movimento úmido. O sangue espirrou quente em meu rosto, manchando minhas roupas,

260

um fluxo morno e constante cobrindo meus dedos. Observei enquanto os olhos dele ficavam vítreos, enquanto os joelhos cediam e o corpo perdia o pouco viço que ainda conservava. Meu coração batia em um ritmo alucinado.

Narciso tombou aos meus pés. Seu sangue foi sorvido pela terra do jardim assim como o de qualquer outra das pessoas comuns cujo destino ele selara durante o Regime.

Fiquei um tempo em silêncio olhando para seu cadáver, meu peito subindo e descendo em uma respiração descontrolada, deixando que o peso daquele término se assentasse no mundo real. O general estava morto. Minha vingança, concluída.

Ergui os olhos para Tolú. Achei que ele estaria me observando com um de seus sorrisos perversos, com uma expressão de raiva ou mesmo indiferença. Não era do tipo que se impressionava com a morte humana.

Mas eu não esperava vê-lo *assombrado*. Incerto.

Tolú tinha a boca entreaberta e os olhos fixos. Encarava meu rosto com uma fisionomia bem parecida, eu imaginava, com a que eu portara ao vê-lo no dia da invocação. Como se estivesse enxergando um demônio pela primeira vez. Era estranho estarmos em lugares trocados. Mas era bom também.

Ergui o pé e passei por cima do cadáver de Narciso, chegando junto do demônio, apenas centímetros de distância. Tolú baixou o rosto, e olhei bem no fundo de seus olhos verdes rodeados de cajal. Soltei a navalha de Antúrio no chão.

— Você conseguiu — ele murmurou, orgulhoso, atônito, mas também um pouco entristecido. — Nosso pacto está terminado.

As palavras pairaram ao nosso redor como um encantamento. De alguma forma, senti uma espécie de vínculo se partir entre nós, e soube em minha alma que ele estava livre. Sem minha magia para segurá-lo no plano da existência, Tolú voltaria para o deserto infinito muito em breve. Ele estava se preparando para uma despedida. Mas eu, não.

— Você devia ir embora antes que alguém a veja. Não vou poder protegê-la agora que...

— Não estou preocupada com isso — repeti.

— Amarílis...

261

Sorri para ele. Um sorriso franco e aberto, cheio de desafio. Meu rosto sujo de vermelho.

— Você tem medo de mim?

Ele foi pego de surpresa pela pergunta. Mais que isso, foi pego de surpresa pela sugestão da pergunta, pelo convite, e sorriu. Observei enquanto mil respostas espirituosas cruzavam seu rosto, mas Tolú segurou minhas mãos manchadas entre as suas e respondeu com um tom de reverência que fez meu ventre se contorcer:

— Você, desse jeito, é a coisa mais bonita que eu já tive o privilégio de ver.

— Ainda acha que me ama?

— Todos os dias, mesmo que eu nunca mais volte a vê-la.

Ergui o queixo.

— Faria qualquer coisa por mim?

Tolú sorriu de canto de boca, meneando a cabeça em um gesto de falsa impaciência.

— Você sabe que sim. Eu traria o mundo abaixo se você quisesse. Bastaria pedir.

Sorri para ele, segurando a expectativa crescente entre nós como um emaranhado de linhas tensas. A penumbra nos envolvia, os galhos farfalhando com o vento e o cheiro ferroso do sangue aos nossos pés. Eu havia passado muito tempo com medo de ser usada, de repetir os erros de minha mãe. Mas agora entendia a verdadeira natureza daquele acordo, o motivo pelo qual Lótus usara a palavra *mestra* para me descrever. Tolú esperava meu próximo movimento, sabendo que aqueles votos eram a maior vulnerabilidade que poderia ter demonstrado. Ele era meu, e agora aguardava sua sentença. Para saber se eu o queria de volta.

— Deixe-me ver você — pedi, erguendo uma das mãos para tocar sua bochecha. Tolú se inclinou para mais perto, desejando encostar nossos narizes. Balancei a cabeça. — Não. Quero ver você *de verdade*.

A boca de Tolú pendeu outra vez. Ele hesitou por um momento, mas depois se transformou em silêncio sob o toque dos meus dedos. Olhos pretos, escamas cinzentas, língua bifurcada, braços compridos com ombros arqueados. Lindo. Eu queria ter notado aquilo antes.

Corri a mão por seu rosto, tentando memorizar as reentrâncias de seus ossos, todas as pontas e abaulamentos que davam forma ao que ele era. As argolas tilintavam em suas orelhas. Quando os chifres surgiram em meio ao couro cabeludo, corri a unha pelas fissuras em espiral que os adornavam, sentindo as camadas sobrepostas de queratina, descascando nas bordas. Ele fechou os olhos, derreteu em meus braços, tão poderoso, tão dócil.

Devagar, como quem pede permissão, beijei seus lábios cinzentos. Era áspero e diferente, mas ainda ele, o gosto dele, a sensação dele, completo e correto em minha língua. Seus braços enormes me envolveram, desceram pelo quadril, apertaram minhas costelas.

De repente, um grito logo acima. Tolú me apertou com mais força, rosnando em protesto. Alguém tinha nos visto do terraço. As pessoas estavam chegando, e logo os oficiais da República seriam chamados para me prender. Não tínhamos muito tempo. Mas nenhum de nós quis ser o primeiro a interromper o beijo.

Inclinei o rosto de lado e mordi a parte interna da bochecha com força até sentir o gosto metálico brotando. Deixei que ele experimentasse meu sangue com a língua, e o demônio gemeu em meu abraço, perdendo-se na quentura daquele líquido como quem desfruta de uma bebida cara. Após me certificar de que ele engolira uma quantidade suficiente, afastei o rosto em um rompante, pegando-o desprevenido. Sorri com dentes e gengivas vermelhas, e concentrei minha magia, agora fácil e ordenada, em um propósito claro. Proferi as palavras que o prenderiam de novo a mim:

— Pelo contrato de magia que nos rege, você me deve um favor.

Tolú arregalou os olhos e me encarou com assombro. Vi meu rosto refletido na superfície vítrea e completamente preta de suas pupilas. Ao nosso redor, os gritos se tornavam mais altos. Logo viriam me buscar.

— O que você deseja? — ele perguntou, por um fio.

Dei de ombros.

— Você. Eu mesma. Que sejamos felizes todas as noites.

— Esse é um conceito bem amplo... — Ele estreitou os olhos.

— Espero que meu sangue mágico baste. E que você demore bastante para cumprir o trato.

263

Tolú abriu um sorriso cheio de dentes. Voltou a me beijar, mas não tínhamos tempo.

— Escute... — Apalpei o forro do vestido e tirei de lá o último pertence que havia trazido para a festa. A sacolinha de couro era pequena, mas pesada devido ao conteúdo. Puxei os cordões para abri-la e deixei que alguns dos ovos de rubi rolassem na mão do demônio. — Estes são ovos de bicho-da-seda. Dos *meus* bichos-da-seda. Rosalinda sabe o que fazer para conseguir mais. Quando me prenderem... — Puxei o rosto dele para que continuasse prestando atenção, pois Tolú se afastara para resmungar contra a ideia. — *Quando me prenderem*, você, Rosalinda e Antúrio precisam usar da influência que conseguirem juntar por meio da seda de sangue para me libertar. Não vou para o Tribunal Extraordinário por causa de um crime comum, lembra? Haverá um julgamento. A sentença em si não é relevante, o que importa é que teremos *tempo*.

Tolú observou as pedrinhas brilhantes, balançando-as de um lado para o outro na mão. Ele assentiu com a cabeça ao entender.

No fim das contas, eu tinha um plano de fuga. O melhor de todos. O único que realmente funcionava naquela República de degenerados: poder. A noite inteira, eu exibira meu vestido, falara sobre o tecido, os rubis, a seda exclusiva. Enchera os olhos daquelas pessoas com cobiça. Somando isso ao assassinato do general, eu seria uma lenda, o assunto mais comentado da festa inteira. E, para aquelas figuras cheias de dinheiro, pouco importaria quem eu era ou o que tinha feito — desejariam apenas o glamour de desfilar por aí com roupas beijadas pela própria morte. Luxo e pecado sempre apreciavam andar de mãos dadas.

Minha metamorfose, meus bichos-da-seda, eram eles a chave para a minha liberdade. A vida nunca mais seria a mesma, e esse era só o começo. Havia mundos e mundos a explorar. Eu só precisava de *mais tempo*.

— Você devia ir agora — falei —, antes que o vejam.

Tolú ainda parecia preso em um torpor de admiração, embevecido.

— Não vão ver — ele respondeu, e então começou a embalar nossos corpos no ritmo suave de uma valsa silenciosa, para lá e para cá, o calor de sua pele contra a minha. — Vou estar bem ao seu lado.

Deixei-me levar. Esperei. Quando os oficiais fardados da República finalmente apareceram, com os convidados da festa ao fundo em exclamações afetadas e ataques de nervos, soltei-me de Tolú e aguardei com calma enquanto os homens verificavam o cadáver do general e, depois, colocavam minhas mãos para trás em um movimento rude. Eles me arrastaram em meio à multidão, pelo jardim, pelo caminho de pedras, até o arco caiado. O vento fazia com que as asas de mariposa subissem às minhas costas.

Louca. Conversando sozinha. Toda suja. A sangue frio, você viu? Um escândalo.

Em um último gesto teatral, joguei a cabeça para trás e gargalhei. A risada saiu clara, limpa, aliviada. Eu estava tão viva. Eu era perfeita.

Um demônio ao meu lado, o cadáver de um inimigo aos meus pés e uma vida cheia de possibilidades no horizonte, bem ao alcance das minhas mãos. A magia cantando.

O que mais uma mulher como eu poderia querer?

AGRADECIMENTOS

Continuo acreditando que as histórias que libertamos no mundo são, também, uma soma das pessoas que encontramos pelo caminho, da arte que consumimos e das memórias que compartilhamos.

Mariposa vermelha foi um livro escrito em um momento bem difícil da minha vida, que acabou coincidindo, por ironias do destino, com a pandemia da covid-19. Amarílis e Tolú vieram ao mundo em parte como um exercício para colocar no papel algumas coisas indigestas que eu precisava dizer. E sou grata por ter encontrado tantas pessoas generosas dispostas a me ajudar neste processo.

Obrigada a Jana Bianchi, que me convenceu a interromper um projeto pela metade para me dedicar a esta história, percebendo que minha cabeça andava descrente de heróis e queria mesmo era flertar com alguns demônios.

Obrigada a Ana Luiza Poche, Ariel Ayres (primeiro leitor!), Gabi Coutinho, Heloísa Ciol, Lina Machado, Lis Vilas Boas, Marina Melo e Morana Violeta por todas as palavras de incentivo enquanto, dia após dia, vocês viam esta história nascer. Tem um diabinho para cada um de vocês aqui, e nossas conversas são o sonho de qualquer escritor.

Obrigada à minha agente, Gabriela Colicigno, e a toda equipe da Agência Magh, que seguem administrando esta autora que preferia estar morando no meio do mato e que adora fazer perguntas.

Obrigada a todos da Suma que trabalharam para tornar *Mariposa vermelha* infinitamente melhor do que a versão original. Obrigada a Paula Lemos por ter se apaixonado primeiro pelos meus demônios, a Fernanda Dias por ter sido uma fada-madrinha de mil braços e a

Marcelo Ferroni pelos apontamentos precisos e por ter me apresenta-do *O mestre e Margarida*. Obrigada a Luíza Côrtes, pelo carinho com o texto e a Gislene Barreto, por toda a disposição. Obrigada a Diana Passy pela preparação atenta e pelos comentários valiosos (desculpa pelo gato!). Admiro demais o trabalho de todos vocês.

Em outras frentes, preciso agradecer imensamente a Joana Fraga pela capa dos sonhos para esta história. Sempre fui fã do trabalho dela, mas, sem dúvida, sua versão da Amarílis é minha ilustração favorita do seu portfólio. Obrigada também a Thais Lima por me dei-xar parecendo uma Autora Importante™ — um dia ainda descubro como você faz estas magias. Obrigada a Francine Silva pelas sprints com barulhinho de chuva que embalaram a escrita de quase todas as cenas deste livro.

Por fim, obrigada aos amigos, familiares e colegas de trabalho, perto ou longe: puxa vida, foram anos difíceis, hein? Mas vejam só, nós chegamos ao outro lado! Amo vocês, continuem andando, YNWA.

Ao meu marido, Lucas, cujos demônios combinam muito com os meus, dedico a melhor das danças e faço votos de que leia pelo menos este.

1ª EDIÇÃO [2023] 2 reimpressões

ESTA OBRA FOI COMPOSTA PELA ABREU'S SYSTEM EM CAPITOLINA REGULAR
E IMPRESSA EM OFSETE PELA GRÁFICA SANTA MARTA SOBRE PAPEL PÓLEN
DA SUZANO S.A. PARA A EDITORA SCHWARCZ EM MAIO DE 2024

A marca FSC® é a garantia de que a madeira utilizada na fabricação do papel deste livro provém de florestas que foram gerenciadas de maneira ambientalmente correta, socialmente justa e economicamente viável, além de outras fontes de origem controlada.